구덩이!
HOLES

구덩이

HOLES

루이스 쌔커 장편소설 | 김영선 옮김

창비

셰리, 제씨카, 로리, 캐슬린, 에밀리에게.

그리고 우리 모두의 선생님이 될 수 있는,
5학년 주디 앨런 선생님에게.

| 일러두기 |

1. 이 소설은 루이스 쌔커(Louis Sachar)의 *Holes* (Random House 1998)를 완역한 것이다.
2. 맞춤법은 1988년 1월 19일 문교부가 고시한 '한글 맞춤법'(제88 - 1호)에 따랐다.
3. 소설에 등장하는 인명과 지명 등은 현지 발음을 최대한 반영했다.

1

여기는 초록호수 캠프입니다

1

'초록호수 캠프'에는 호수가 없다. 한때는 아주 큰, 텍사스에서 가장 큰 호수가 있었다. 지금부터 100여 년 전의 일이다. 그러나 지금은 메마르고 밋밋한 황무지일 뿐이다.

예전에는 '초록호수'라는 마을도 있었다. 호수가 마르면서 마을도, 마을 사람들도 사라져 버렸다.

여름 한낮 기온은 35도를 맴돈다. 그것도 그늘을 찾아서 쟀을 때 말이다. 하지만 메마르고 휑뎅그렁한 황무지에 그늘이 많이 있을 턱이 없다.

나무라고는 '호수'의 동쪽 끝에 오래된 참나무 딱 두 그루가 있을 뿐이다. 해먹 하나가 나무 사이에 걸려 있고, 그 뒤편에 오두막집이 한 채 있다.

캠프에 온 아이들은 해먹에 누울 수 없다. 해먹은 캠프 소장의 것이기 때문이다. 참나무 그늘도 마찬가지다.

이곳에 사는 방울뱀과 전갈은 그늘을 찾아 바위 밑이나, 캠프에 온 아이들이 파놓은 구덩이 속으로 들어간다.

방울뱀과 전갈에 대해 알아두면 좋을 것이 하나 있다. 네가 그것들을 건드리지 않으면 그것들도 너를 건드리지 않는다.

보통은 그렇다.

전갈이나 방울뱀에게 물린다고 최악의 일이 일어난 것은 아니다. 죽지는 않을 테니까.

보통은 그렇다.

캠프에 온 아이들 중에는 전갈이나 작은 방울뱀에게 일부러 물리는 아이들이 있다. 호수에 나가 구덩이를 파는 대신, 몸이 나을 때까지 하루나 이틀 텐트에서 쉴 수 있기 때문이다.

그러나 노랑 반점이 있는 도마뱀에게 물리면 절대로 안 된다. 그건 최악의 경우다. 서서히 그리고 고통스럽게 죽게 될 테니까.

항상 그렇다.

만약 노랑 반점 도마뱀에게 물린다면, 참나무 그늘 아래로 가서 해먹에 눕는 것도 괜찮을 것이다.

더는 너한테 뭐라고 할 사람이 없을 테니.

2

여러분은 아마도 묻고 싶을 것이다.

"초록호수 캠프 같은 데를 도대체 왜 가요?"

캠프에 온 아이들 대부분은 선택의 기회가 없었다. 초록호수 캠프는 못된 아이들을 위한 캠프다.

못된 아이들을 데려다가 매일 뙤약볕 아래서 구덩이를 파게 하면 착한 아이들이 될 것이다.

이게 바로 몇몇 사람들의 생각이었다.

스탠리 옐내츠에게는 선택의 기회가 있었다. 판사가 이렇게 말했으니까.

"감옥에 갈래, 초록호수 캠프에 갈래?"

스탠리의 집은 가난했다. 그래서 스탠리는 캠프라고는 한 번도 가본 적이 없었다.

3

운전사와 경비원을 제외한다면 버스 안에 승객은 스탠리 옐내츠 혼자뿐이었다. 경비원은 운전석 바로 뒤에 앉아 스탠리를 마주 보고 있었다. 장총 한 자루를 무릎 위에 놓고서.

스탠리는 버스 앞에서 열 번째쯤 되는 자리에 수갑을 찬 채로 앉아 있었다. 수갑의 다른 쪽 끝은 의자 팔걸이에 연결되어 있었고, 바로 옆 자리에는 스탠리의 배낭이 놓여 있었다. 배낭 안에는 엄마가 준 칫솔, 치약, 필기도구가 들어 있었다. 스탠리는 엄마에게 적어도 일주일에 한 번은 편지를 쓰겠다고 약속했다.

스탠리는 창밖을 내다보았다. 하지만 볼 것도 없었다. 온통 건초 더미와 목화밭뿐이었다. 어디로 가는지도 모르는 채, 스탠리는 긴 버스 여행을 했다. 버스에는 에어컨이 없었다. 뜨겁고 무거운 공기가 수갑만큼이나 답답하게 몸을 조여왔다.

스탠리와 스탠리의 부모는 스탠리가 그저 잠시 캠프에 가는 거라 생각하려 애썼다. 잘사는 아이들처럼 말이다. 어렸을 때 스탠리는 동물 인형들을 가지고 동물들이 캠프에 왔다고 상상하면서 놀곤 했다. 스탠리는 그 캠프를 '놀이와 게임 캠프'라고 불렀다. 동물 인형들을 데리고 공깃돌로 축구를 하기도 하고, 장애물 경주를 하기도 하고, 고무줄에 매달아 번지점프를 하기도 했다. 스탠리는 자기가 지금 '놀이와 게임 캠프'로 가는 거라 생각하려고 애썼다. 잘하면 친구들을 사귈지도 모른다. 최소한 호수에서 수영을 할 수는 있겠지.

스탠리한테는 친구가 없었다. 게다가 뚱뚱해서 학교 아이들에게 뚱보라고 놀림을 받았다. 선생님들까지도 무의식중에 상처를 주는 말을 내뱉곤 했다. 스탠리가 마지막으로 학교에 간 날, 수학 선생님인 벨 선생님은 비율에 대해 가르쳤다. 그러면서 예를 들어 설명한답시고, 반에서 가장 무거운 아이와 가장 가벼운 아이를 불러내 몸무게를 쟀다. 스탠리는 가장 가벼운 아이보다 몸무게가 세 배는 더 나갔다. 벨 선생님은 두 아이가 무안해하는 것도 모르고 칠판에 '3:1'이라고 썼다.

바로 그날, 스탠리는 체포되었다

스탠리는 의자에 몸을 푹 파묻은 채 앉아 있는 경비원을 바라보왔다. 잠이 든 것 같기도 하고 아닌 것 같기도 했다. 하지만 썬글라스를 낀 채여서 눈을 감았는지 떴는지 안 보였다.

스탠리는 못된 아이가 아니었다. 스탠리는 저지르지도 않은 죄로 유죄 판결을 받은 것이었다. 스탠리는 단지 잘못된 시간에 잘못된 장소에 있었을 뿐이다.

이게 다 아무짝에도-쓸모없고-지저분하고-냄새-풀풀-나는-돼지도둑-고조할아버지 탓이다!

스탠리는 혼자 웃음을 지었다. 이것은 스탠리 가족들끼리 하는 농담이었다. 무슨 일이든 잘 안 풀린다 싶으면, 스탠리 가족은 아무짝에도-쓸모없고-지저분하고-냄새-풀풀-나는-돼지도둑-고조할아버지 탓으로 돌렸다.

스탠리의 고조할아버지가 발이 하나밖에 없는 집씨 여인한테서 돼지를 훔치는 바람에 그 집씨 여인이 고조할아버지와 자손들에게 저주를 내렸다, 뭐 그런 사연이었다.

물론 스탠리와 스탠리의 부모는 저주 따위는 믿지 않았다. 하지만 무슨 일이든 잘 풀리지 않을 때, 다른 사람을 탓할 수 있다는 건 나쁠 게 없었다.

잘 풀리지 않는 일은 무지 많았다. 스탠리 가족은 잘못된 시간에 잘못된 장소에 있기 위해 태어난 사람들 같았다.

스탠리는 차창 밖으로 휑한 황야를 바라보았다. 축 처진 전화선이 오르락내리락했다. 부드럽게 노래를 불러주던 아버지의 쉰 목소리가 스탠리의 귓전에 맴돌았다.

"만약에, 만약에……."
딱따구리가 한숨짓네.
"나무껍질이 하늘처럼 부드럽다면."
나무 아래 허기진 외로운 늑대 한 마리,
입맛 다시며 다ー아ー아ー알을 보면서 울부짖네.
"만약에, 만약에……."

아버지는 이 노래를 스탠리에게 자주 불러주었다. 감미롭고 애
절한 멜로디도 좋았지만, 스탠리가 특히 좋아하는 부분은 아버지
가 '달'이라는 단어를 '다ー아ー아ー알' 하고 목 놓아 부르는
대목이었다.

버스가 무언가에 걸려 덜컹거렸다. 경비원이 얼른 자세를 고쳐
앉았다.

스탠리의 아버지는 발명가다. 성공한 발명가가 되기 위해서는
세 가지가 필요하다. 머리, 노력 그리고 약간의 행운.

스탠리의 아버지는 머리도 좋았고 노력도 많이 했다. 일단 어떤
실험을 시작하면, 몇 년이고 그 일에 매달렸으며 며칠이고 밤을 꼴
딱 새우기 일쑤였다. 하지만 운이 따르지 않았다.

실험이 실패할 때마다 스탠리는 아버지가 아무짝에도ー쓸모없

고ㅡ지저분하고ㅡ냄새ㅡ풀풀ㅡ나는ㅡ돼지도둑ㅡ고조할아버지를 들먹이며 씩씩거리는 것을 들을 수 있었다.

스탠리 아버지의 이름 역시 스탠리 옐내츠다. 정확한 이름은 '스탠리 옐내츠 3세'이고, 우리의 주인공 스탠리는 '스탠리 옐내츠 4세'다.

스탠리 옐내츠(Stanley Yelnats)라는 이름은 앞부터 읽으나 뒤부터 읽으나 철자가 똑같다. 스탠리 가문 사람들은 하나같이 이 사실을 무척 좋아했다. 그래서 대대로 사내아이 이름을 스탠리라고 지었다. 우리의 주인공 스탠리는 외아들이다. 다른 스탠리 옐내츠도 모두 외아들이었다.

모든 스탠리 옐내츠에게는 또 다른 공통점이 있었다. 엄청난 불운에도 불구하고 하나같이 희망을 잃지 않았다는 것. 스탠리의 아버지가 "나는 실패에서 배운다"라는 말을 입에 달고 다니는 것만 봐도 알 수 있듯이 말이다.

하지만 이것 역시 저주의 일부분일지도 모른다. 만약 스탠리와 스탠리 아버지가 늘 희망을 품는 성격이 아니었다면, 그렇게 매번 희망이 산산조각 나는 아픔을 겪을 필요도 없었을 테니까 말이다.

"스탠리 옐내츠가 모두 실패한 인생들인 건 아니야."

스탠리와 아버지가 기가 팍 죽어 집씨의 저주를 진짜로 믿으려 들 때마다 스탠리의 어머니는 이렇게 말했다. 스탠리 옐내츠 1세, 그러니까 스탠리의 증조할아버지는 주식시장에서 큰돈을 벌었다.

"그런 분을 두고 운이 없다고 하면 말이 되겠니."

그럴 때 스탠리 어머니는 스탠리 옐내츠 1세가 겪은 불운에 대해서는 입을 다물었다. 스탠리 옐내츠 1세는 뉴욕에서 캘리포니아로 이사 가다 전 재산을 잃어버렸다. 역마차를 타고 가다가 무법자 '키스하는 케이트 바로우'를 만나 몽땅 털린 것이다.

그런 일이 없었다면 지금쯤 스탠리 가족은 캘리포니아 해변의 고급 저택에 살고 있을지도 모른다. 하지만 스탠리 가족은 고무 냄새와 발 냄새가 코를 찌르는 코딱지만 한 아파트에서 비좁게 살고 있다.

만약에, 만약에…….

아파트에 고무 냄새와 발 냄새가 진동하는 것은 스탠리 아버지가 낡은 운동화를 새 운동화로 바꾸는 방법을 발명하려고 애쓰는 탓이었다.

"낡은 운동화를 새 운동화로 바꾸는 방법을 최초로 찾아내는 사람은 아주 큰 부자가 될 거야."

스탠리의 아버지는 이렇게 말했다. 아버지의 이 최근 실험이 스탠리가 체포되는 빌미가 되었다.

버스는 점점 더 심하게 덜컹거렸다. 어느덧 비포장도로를 달리고 있었다.

증조할아버지가 '키스하는 케이트 바로우'에게 강도를 당했다는 사실을 처음 알았을 때 스탠리는 사실 무척 깊은 인상을 받았다. 캘리포니아 해변에 사는 건 당연히 반길 일이지만, 가족 중에 누군가가 유명한 무법자한테 강도를 당했다는 것도 나름대로 멋진 일이었다.

케이트 바로우가 실제로 스탠리의 증조할아버지에게 키스를 한 건 아니었다. 키스를 했다면 정말 멋진 일이었겠지만, 그 여자는 사람을 죽일 때만 그 사람에게 키스를 했다. 케이트 바로우는 증조할아버지의 돈을 턴 후 증조할아버지를 사막 한가운데에 버려둔 채 가버렸다.

"목숨을 잃지 않으셨으니 얼마나 **운**이 좋으시니."

스탠리의 어머니는 냉큼 그렇게 말했다.

버스 속도가 점점 느려졌다. 경비원이 기지개를 켜면서 툴툴거렸다.

"초록호수 캠프에 온 것을 환영한다."

운전사가 말했다.

스탠리는 지저분한 차창 밖을 내다보았다. 호수는 보이지 않았다. 초록색도 거의 찾아볼 수 없었다.

4

경비원이 수갑을 풀어주면서 버스에서 내리라고 했다. 일어서던 스탠리는 순간 어찔했다. 무려 여덟 시간이나 버스를 타고 온 탓이었다.

"조심해라."

운전사가 버스 계단을 내려가는 스탠리에게 말했다.

계단을 조심하라는 건지, 앞으로 초록호수 캠프에서 조심하라는 건지 스탠리는 아리송했다.

"태워주셔서 고맙습니다."

스탠리는 입이 바짝바짝 타고 목이 따끔거렸다. 발아래로 딱딱하고 메마른 땅이 보였다. 수갑을 찼던 손목에는 땀이 흥건했다.

땅은 척박하고 황량했다. 허름한 건물과 텐트 몇 개가 눈에 띄었다. 좀 더 멀리 키가 큰 나무 두 그루 아래 오두막집이 한 채 보였다. 살아 있는 식물이라고는 그 나무 두 그루밖에 보이지 않았다. 잡초조차 없었다.

경비원이 스탠리를 작은 건물로 데려갔다. 건물 입구에는 이렇게 적혀 있었다.

여기는 초록호수 캠프 소년원입니다.

그리고 바로 옆에는 이런 문구가 있었다.

텍사스 주 형법에 따라 총기, 폭발물, 무기, 마약, 술 등의 반입을 금지합니다.

스탠리는 그걸 보며 '당연한 말씀!'이라고 생각했다.

경비원이 스탠리를 데리고 건물 안으로 들어갔다. 다행스럽게도 그곳에는 에어컨이 있었다.

한 남자가 다리를 책상 위에 올려놓은 채 앉아 있었다. 스탠리와 경비원이 들어서자, 남자는 그 자세 그대로 고개만 돌렸다. 실내인데도 썬글라스를 끼고 카우보이모자를 쓴 채였다. 손에는 음료수 캔을 들고 있었다. 그것을 보자 스탠리는 목이 더 타들어 가는 것 같았다.

경비원이 싸인을 받으려고 남자에게 서류를 건넸다.

"웬 해바라기 씨가 이렇게 많아?"

경비원이 말했다.

책상 옆으로 해바라기 씨가 가득 든 삼베 자루가 놓여 있는 게 스탠리 눈에 띄었다.

"지난달에 담배를 끊었거든."

카우보이모자를 쓴 남자가 말했다.

남자는 팔에 방울뱀 문신을 했다. 남자가 싸인을 하자 방울뱀 꼬리가 꿈틀거렸다.

"예전에는 하루에 담배 한 갑을 피웠는데, 요즈음은 일주일에 해바라기 씨 한 자루를 먹는다니까."

경비원은 웃었다.

카우보이모자를 쓴 남자의 책상 아래에 작은 냉장고가 있는 게 분명했다. 어느새 남자가 음료수 캔 두 개를 꺼내 놓았다. 순간 스탠리는 하나는 자기한테 주겠거니 생각했다. 그러나 남자는 두 개 모두 경비원에게 주면서, 하나는 운전사에게 갖다 주라고 했다.

"오는 데 아홉 시간, 가는 데 아홉 시간. 꼬박 하루야."

경비원이 투덜거렸다.

지루하기 짝이 없던 버스 여행을 떠올리자, 스탠리는 경비원과 운전사가 좀 안됐다는 생각이 들었다.

카우보이모자를 쓴 남자가 휴지통에 해바라기 씨 껍질을 뱉었다. 그러고는 책상을 돌아 스탠리에게 다가왔다.

"내 이름은 '미스터 선생님'이다. 나한테 말할 때마다 그렇게 불러야 한다. 알았지?"

스탠리는 잠시 머뭇거리다,

"네, 미스터 선생님."

하고 대답했다. 하지만 그게 진짜 이름이라고 믿기는 어려웠다.

미스터 선생님이 말했다.

"넌 걸스카우트 캠프에 온 게 아니다."

스탠리는 미스터 선생님 앞에서 옷을 벗어야 했다. 미스터 선생님은 스탠리가 옷 속에 숨긴 물건이 없는지 확인했다. 그런 다음 스탠리에게 옷 두 세트와 수건 한 장을 주었다. 소매가 길고 위아래가 하나로 붙은 오렌지색 작업복과 오렌지색 티셔츠 그리고 노란색 양말이 모두 한 세트였다. 이 양말이 원래 노란색이었을까. 스탠리는 의심스러웠다.

하얀 운동화와 오렌지색 모자, 묵직한 플라스틱으로 만든 휴대용 물통도 받았다. 안타깝게도 물통은 텅 비어 있었다. 모자 뒤쪽에는 햇빛을 가려주는 천이 달려 있었다.

스탠리는 지급받은 옷을 입었다. 옷에서 비누 냄새가 났다.

미스터 선생님이 한 세트는 일할 때 입고 한 세트는 쉴 때 입으라고 말했다. 빨래는 사흘에 한 번씩 하는데, 그때 작업복을 빤다. 그러면 다른 한 벌이 자동으로 작업복이 되고, 쉴 때는 새로 빤 옷을 입게 된다.

"너는 하루에 구덩이를 하나씩 파야 한다. 토요일 일요일 같은 건 없다. 구덩이는 깊이가 1.5미터, 폭도 어느 쪽으로든 1.5미터가 되어야 한다. 삽을 자로 쓰면 된다. 아침 식사 시간은 네 시 삼십 분이다."

스탠리가 꽤나 놀란 표정을 지었는지, 미스터 선생님은 곧바로 제일 더운 시간을 피하기 위해 그렇게 일찍 하루를 시작한다는 설명을 덧붙였다.

"널 돌봐 줄 사람은 아무도 없다. 구덩이 파는 시간이 길어지면 길어질수록 땡볕 아래 오래 있어야 한다. 만약 구덩이를 파다가 뭐든지 신기한 물건을 발견하면 나나 다른 상담 선생님에게 보고해야 한다. 구덩이를 다 파면, 그 이후는 자유 시간이다."

스탠리는 알아들었다는 뜻으로 고개를 끄덕였다.

"여기는 걸스카우트 캠프가 아니다."

미스터 선생님이 다시 말했다.

미스터 선생님은 스탠리의 배낭을 검사하더니, 배낭을 가지고 있어도 좋다고 하고는 땡볕이 내리쬐는 바깥으로 스탠리를 데려갔다.

"주변을 한번 잘 둘러봐. 뭐가 보이냐?"

스탠리는 광대한 황무지를 쭉 둘러봤다. 열기와 먼지 때문에 공기가 무거워 보였다.

"특별히 볼 만한 게 없는데요."

그렇게 말하고는 서둘러 덧붙였다.

"미스터 선생님."

미스터 선생님은 껄껄 웃고 나서 말했다.

"감시탑 보이냐?"

"아니오."

"전기 철조망은?"

"아니오, 미스터 선생님."

"전기 철조망 같은 건 없지, 그렇지?"

"예, 미스터 선생님."

"여기에서 탈출하고 싶냐?"

스탠리는 미스터 선생님이 무슨 뜻으로 그런 말을 하는지 몰라 물끄러미 쳐다봤다.

"탈출하고 싶으면 어디 한번 해 봐. 지금 당장 뛰어가 봐. 붙잡지 않을 테니."

스탠리는 무슨 꿍꿍이속인지 알 수 없었다.

"내 총을 보고 있구나. 걱정 마라, 쏘지 않을 테니."

미스터 선생님은 권총집을 톡톡 두드렸다.

"이 총은 노랑 반점 도마뱀 때문에 가지고 있는 거다. 너한테 총알을 낭비하는 일은 없을 거야."

"저는 탈출하지 않을 거예요."

"잘 생각했다. 여기서 탈출한 사람은 한 명도 없어. 이곳은 담장도 필요 없지. 왜 그런지 아니? 이 근방 150킬로미터 안에 물이 있는 곳은 여기밖에 없거든. 탈출? 할 테면 해봐. 사흘도 안 돼 독수리 밥 신세가 될 테니까."

오렌지색 작업복을 입은 아이들이 삽을 질질 끌며 텐트 쪽으로 걸어가는 모습이 스탠리 눈에 들어왔다.

"너, 목마르냐?"

스탠리는 귀가 번쩍 뜨였다.

"네, 미스터 선생님."

"음, 갈증에 익숙해지는 게 좋을 거다. 앞으로 열여덟 달 동안 목이 마를 테니."

5

캠프에는 커다란 회색 텐트 여섯 개가 있었다. 텐트에는 각각 A, B, C, D, E, F라고 검은 글씨가 쓰여 있었다. 상담 선생님들은 F텐트에서 잤다.

스탠리는 D텐트로 배정되었다. 펜댄스키 선생님이 스탠리의 상담 선생님이었다.

"내 이름은 외우기 쉬워."

텐트 바로 앞에서 스탠리와 악수를 하면서 펜댄스키 선생님이 말했다.

"쉬운 단어 세 개만 기억하면 돼. 펜, 댄스, 키."

미스터 선생님은 사무실로 돌아갔다.

펜댄스키 선생님은 미스터 선생님보다 젊고 인상도 덜 험상궂었다. 머리를 너무 짧게 자른 탓에 언뜻 보면 대머리 같았다. 하지만 얼굴은 굵고 고불고불한 검은 수염으로 뒤덮였고, 코는 햇볕에 심하게 탄 상태였다.

"미스터 선생님은 사실 그렇게 나쁜 분이 아니야. 담배를 끊은 뒤로 기분이 좀 안 좋을 뿐이지. 진짜 걱정해야 할 사람은 소장님이야. 초록호수 캠프에는 규칙이 딱 하나 있다고 보면 돼. 소장님을 화나게 하지 마라, 바로 이거야."

펜댄스키 선생님이 말했다.

스탠리는 알아들었다는 뜻으로 고개를 끄덕였다.

"스탠리, 내가 너를 존중한다는 것을 알아줬으면 좋겠다. 네가 살다가 좀 나쁜 실수를 저질렀다는 건 나도 알아. 안 그랬으면 여기 오지도 않았겠지. 하지만 누구나 실수는 하는 법이야. 나쁜 일 한 번 했다고, 그 아이가 꼭 나쁜 아이라고는 할 수 없잖아."

펜댄스키 선생님이 이어 말했다.

스탠리는 고개를 끄덕였다. 상담 선생님에게 자기가 무죄라고 말해봐야 괜한 헛수고일 것 같았다. 여기 오는 애들마다 다들 자기는 무죄라고 했을 것이다. 괜히 처음부터 태도가 불량한 아이라는 인상을 줄 필요는 없지 않은가.

"네가 인생이 전환점을 맞이하도록 도와주마. 하지만 너도 나를 도와줘야 한다. 네가 도와줄 거라고 믿어도 되지?"

"네, 선생님."

"좋아."

펜댄스키 선생님이 스탠리의 등을 토닥거렸다.

삽을 든 아이 둘이 텐트가 있는 곳을 가로질러 오고 있었다. 펜댄스키 선생님이 그 아이들을 불렀다.

"렉스! 앨런! 이리 와서 스탠리에게 인사하렴. D조 새 식구다."

두 아이는 피곤에 지친 눈빛으로 스탠리를 힐끔 바라봤다.

두 아이의 얼굴이 온통 땀범벅이고 너무도 지저분한 탓에, 스탠리는 한참 뒤에야 한 명은 백인이고 다른 한 명은 흑인이라는 것을 알아챘다.

"멀미봉투 녀석은 어떻게 됐습니까?"

흑인 아이가 묻자 펜댄스키 선생님이 대답했다.

"루이스는 아직도 병원에 있어. 다시는 돌아오지 않을 거야."

펜댄스키 선생님은 아이들에게 스탠리와 악수를 하고 '신사답게' 자기소개를 하라고 했다.

"안녕."

백인 아이가 툭 내뱉자 펜댄스키 선생님이 말했다.

"얘는 앨런이야."

그러자 그 아이가 말했다.

"내 이름은 앨런이 아니야. 내 이름은 오징어야. 쟤는 엑스레이고."

"안녕!"

엑스레이는 미소를 지으며 스탠리와 악수했다. 엑스레이는 안경을 끼고 있었는데, 저런 안경을 쓰고도 앞이 보일까 싶을 정도로 알이 지저분했다.

펜댄스키 선생님은 앨런에게 휴게실에 있는 아이들도 모두 데려와 인사시키라고 했다. 그러고는 스탠리를 텐트 안으로 데리고 들어갔다.

텐트 안에는 간이침대 일곱 개가 있었다. 침대와 침대 사이의 간격이 60센티미터도 안 되었다.

펜댄스키 선생님이 물었다.

"루이스 침대가 어느 거냐?"

"멀미봉투는 여기에서 잤습니다."

침대 하나를 발로 차면서 엑스레이가 대답했다.

"좋아. 스탠리, 저게 네 침대다."

스탠리는 그 침대를 보고 고개를 끄덕였다. '멀미봉투'라고 불리는 아이가 쓰던 침대에서 자야 한다는 사실에 특별히 소름이 끼치지는 않았다.

텐트 한편에는 나무상자 일곱 개가 세 칸, 네 칸으로 두 줄 쌓여 있었다. 상자의 트인 곳은 바깥쪽을 향해 있었다. 스탠리는 배낭과 옷 그리고 수건을 예전에 멀미봉투가 쓰던 나무상자 안에 집어넣었다. 세 칸짜리 줄의 맨 아래 상자였다.

오징어가 다른 아이들 네 명을 데리고 돌아왔다. 펜댄스키 선생님은 호세, 시어도어, 리키 세 아이를 차례로 소개했다. 그 아이들은 자기들끼리 자석, 겨드랑이, 지그재그라고 불렀다.

"모두들 별명이 있어."

펜댄스키 선생님이 설명을 해주었다.

"하지만 나는 부모님이 지어주신 이름으로 부르는 걸 더 좋아하지. 너희들이 여기서 나가 착실하고 성실한 사회의 일원이 되었을 때 **사회에서 통용되는** 이름 말이야."

"제 별명이 괜히 붙은 게 아닙니다. 저는 선생님 속을 들여다볼 수 있어요. 선생님 심장은 아주 크고 뚱뚱하네요."

엑스레이가 안경테를 두드리며 펜댄스키 선생님에게 말했다.

마지막으로 남은 한 아이는 진짜로 이름이 없거나, 아니면 별명이 없었나 보다. 펜댄스키 선생님도, 엑스레이도 그 아이를 제로라고 불렀다.

"쟤 이름이 왜 제로인지 아니? 머릿속이 텅 비었거든."

펜댄스키 선생님이 웃으면서 장난스럽게 제로의 어깨를 흔들었다.

제로는 아무 말이 없었다.

"그리고 이분은 엄마야!"

한 아이가 펜댄스키 선생님을 가리키며 말했다.

"시어도어, 엄마라고 부르고 싶으면 그렇게 하렴."

펜댄스키 선생님은 그 아이에게 미소를 지으며 말했다. 그러고는 다시 스탠리에게 말했다.

"궁금한 게 있으면 시어도어가 도와줄 거야. 알았지, 시어도어? 너만 믿는다."

시어도어는 이 사이로 침을 찍 뱉었다. 그러자 몇몇 아이들이 '집'을 청결하게 유지해야 한다며 툴툴거렸다.

펜댄스키 선생님이 말했다.

"너희들도 한때는 여기 새내기였잖아. 그러니까 그 기분 잘 알 거야. 다들 스탠리를 잘 도와줄 거라고 믿는다."

스탠리는 땅바닥만 물끄러미 내려다보았다.

펜댄스키 선생님이 텐트에서 나가자, 아이들은 수건과 갈아입을 옷을 챙겨서 줄을 지어 나가기 시작했다. 스탠리는 혼자 남게 되자 마음이 놓였다. 하지만 목이 너무 말라 물을 마시지 않으면 당장이라도 죽을 것만 같았다.

"저기, 어, 시어도어, 물통에 물을 채우려면 어디로 가야 하니?"

스탠리는 아이들을 뒤쫓아 가며 말했다.

시어도어가 느닷없이 발끈하더니 스탠리의 멱살을 잡았다.

"내 이름은 시어도어가 아니야. 겨드랑이야."

시어도어가 스탠리를 땅에 패대기쳤다.

스탠리는 잔뜩 겁먹은 채 시어도어를 올려다보았다.

"간이 샤워실에 수도꼭지가 있어."

"고마워…… 겨드랑이."

뒤돌아 가는 겨드랑이를 보면서, 스탠리는 왜 저렇게 기를 쓰고 겨드랑이라는 이름을 고집하는지 도무지 이해할 수가 없었다.

한편으로는 멀미봉투라고 불리는 아이의 침대에서 자야 하는 것에 조금 안심이 되기도 했다. 어쩌면 그 별명이 존경의 표시일지도 모르는 일이니까.

6

스탠리는 샤워를(샤워라고 하기가 좀 뭐하지만) 하고 저녁 식사를(저녁 식사라고 하기도 좀 뭐하지만) 한 다음, 침대로(냄새가 풀풀 나고 누워 있으면 몸이 간질간질한 그 간이침대를 침대라고 하기도 뭐하지만) 가서 누웠다.

물이 턱없이 부족했기 때문에, 한 사람이 고작 4분 정도만 샤워를 할 수 있었다. 그 4분을, 스탠리는 차가운 물에 적응하느라 거의 다 써버렸다. 따뜻한 물이 나오는 꼭지는 아예 있지도 않았다. 스탠리가 쏟아지는 찬물 속으로 몸을 집어넣었다가 화들짝 뒤로 물러서기를 몇 번이나 반복하는 사이, 물은 자동으로 끊겨버렸다. 비누는 써보지도 못했다. 차라리 잘된 일이었다. 어차피 비누 거품을 씻어낼 시간도 없었을 테니 말이다.

저녁 식사는 고기와 야채를 약한 불에 오래오래 찐 것 같은 요리였다. 고기는 색깔이 이상했고, 야채도 과연 초록색인 적이 있었나 싶을 정도였다. 음식들은 하나같이 맛이 다 비슷비슷했다. 그래도 스탠리는 음식을 하나도 남김없이 싹 먹어치웠고, 그것도 모자라 빵 조각으로 국물까지 싹싹 닦아 먹었다. 스탠리는 여태 살면서 아무리 맛이 없어도 접시에 있는 음식을 남겨본 적이 없는 아이였다.

"넌 뭘 했냐?"

한 아이가 스탠리에게 물었다.

처음에 스탠리는 그게 무슨 말인가 했다.

"여기 온 이유가 있을 거 아냐."

"아!"

스탠리는 그제야 말을 알아듣고는 대답했다.

"운동화 한 켤레를 훔쳤어."

아이들은 까르르 웃음을 터뜨렸다. 스탠리는 아이들이 왜 웃는지 의아했다. 자기들이 저지른 범죄에 비하면 너무 하찮아서일까?

"가게에서 훔친 거냐, 아니면 다른 사람이 신은 걸 훔친 거냐?"

오징어가 물었다.

"둘 다 아니야. 그건 클라이드 리빙스턴의 신발이었어."

아무도 스탠리의 말을 믿으려 하지 않았다.

"'달콤한 발' 말하는 거야? 맞아, 그 사람이잖아."

엑스레이가 말하자 오징어도 거들었다.

"말도 안 돼."

스탠리는 간이침대에 누워 아이들과 한 대화를 떠올리며 참 재미있다고 생각했다. 결백하다고 했을 때는 아무도 자기 말을 믿지 않았다. 그런데 지금은 자기가 신발을 훔쳤다고 말하는데도 아무도 믿지 않으니 말이다.

'달콤한 발' 클라이드 리빙스턴은 유명한 야구 선수다. 지난 3년 동안 아메리칸리그에서 도루왕이었다. 게다가 한 경기에서 삼루타를 네 개나 친 기록을 가진 유일한 선수이기도 했다.

스탠리의 침실에는 클라이드 리빙스턴의 포스터가 붙어 있다. 아니, 예전에는 그랬다. 이제는 그 포스터가 어디에 있는지도 모른다. 경찰이 가져가서는 법정에서 스탠리가 범죄를 저질렀다는 증거로 사용했기 때문이다.

클라이드 리빙스턴도 법정에 나왔다. '달콤한 발'이 법정에 나온다는 사실에 스탠리는 내심 자신의 우상을 만난다는 기대감으로 가슴이 설렜다.

클라이드 리빙스턴은 그 신발이 자기 운동화가 맞으며, 노숙자들을 위한 기금을 마련하는 데 쓰라고 기부한 것이라고 증언했다. 그리고 집도 없는 아이들한테서 도둑질을 하는 끔찍한 아이가 세상에 어디 있냐고 했다.

스탠리에게는 그건 정말 최악이었다. 자신의 영웅이 자기를 아무짝에도-쓸모없고-지저분하고-냄새-풀풀-나는-신발도둑으로 생각하다니.

스탠리는 몸을 뒤척이다 문득 간이침대가 자기 몸무게를 못 이겨 무너지면 어떡하나 걱정이 되었다. 간이침대는 폭이 스탠리가 간신히 누울 정도밖에 안 됐다. 겨우겨우 몸을 돌려 배를 깔고 엎드렸지만, 냄새가 너무 고약해서 다시 돌아누워 천장을 본 채로 잠을 청할 수밖에 없었다. 간이침대에서는 썩은 우유 냄새 같은 게 났다.

밤이었지만 공기는 여전히 후끈했다. 바로 옆에서 겨드랑이가 드르렁 코를 골고 있었다.

학교에서 스탠리는 데릭 던이라는 못된 아이에게 괴롭힘을 당했다. 선생님들한테 일러바쳐도 선생님들은 콧방귀도 뀌지 않았다. 데릭 던이 스탠리보다 훨씬 몸집이 작은 탓이었다. 심지어 어떤 선생님들은 데릭처럼 조그만 아이가 스탠리처럼 덩치 큰 아이를 못살게 굴 수 있다는 것에 고소해하기까지 했다.

스탠리가 체포되던 날이었다. 데릭은 스탠리의 공책을 낚아채서는 와서 빼앗아보라며 한참 동안 놀려댔다. 그리고는 결국 남학생 화장실에 있는 변기 속에 공책을 빠뜨렸다. 스탠리가 겨우 공책을 끄집어냈을 때는 학교 버스가 이미 떠난 뒤였다. 스탠리는 걸어서 집으로 가야 했다.

스탠리가 공책이 젖어서 못 쓰게 된 쪽에 있는 내용을 다른 데다 베껴 써야겠다고 생각하면서 걸어가는데, 바로 그때 느닷없이 하늘에서 운동화 한 켤레가 떨어졌다.

스탠리는 판사에게 그대로 말했다.

"저는 집으로 걸어가고 있었고, 갑자기 운동화가 하늘에서 떨어졌습니다. 그중 한 짝은 제 머리에 떨어졌고요."

운동화에 머리를 맞았을 땐 정말 아팠다.

정확히 말하면 운동화는 하늘에서 떨어진 게 아니었다. 그때 스탠리는 막 고가도로 아래를 지나가던 참이었다.

어쨌든 스탠리는 그것을 일종의 계시라고 생각했다. 아버지가 헌 운동화를 새 운동화로 바꾸는 방법을 연구하던 무렵, 느닷없이 어디에선가 운동화 한 켤레가 떨어진 것이다. 마치 하늘이 내린 선물인 양.

그게 클라이드 리빙스턴의 신발이라고 누가 상상이나 했겠는가. 사실 그 신발은 달콤한 것하고는 거리가 멀었다. 신발 주인이 누구인지는 몰라도 발 냄새가 지독한 사람인 것만은 틀림없었다.

스탠리는 그 신발에 특별한 의미가 있으며, 어떤 식으로든 아버지의 발명에 결정적인 기여를 할 것이라고 생각할 수밖에 없었다. 우연의 일치라고 하기에는 너무도 기이했기 때문이다. 스탠리는 운명의 신발을 쥐고 있는 느낌이었다.

스탠리는 달렸다. 지금 생각해보면 왜 달렸는지 모를 일이었다. 1분이라도 빨리 아버지에게 신발을 가져다주고 싶었기 때문일 수도 있고, 학교에서 겪은 끔찍하고 창피한 일에서 한시라도 빨리 벗어나고 싶었기 때문일 수도 있다.

경찰차가 스탠리 쪽으로 다가와 멈춰 섰다. 경찰관이 무엇 때문에 그렇게 뛰어가냐고 물었다. 그러고는 신발을 낚아채더니 무전기에 대고 뭐라고 뭐라고 말했다. 곧이어 스탠리는 체포되었다.

그 운동화는 노숙자 보호소의 진열대에서 도둑맞은 것으로 밝혀졌다. 그날 저녁 노숙자 보호소에서는 행사가 열릴 예정이었다. 가난한 사람이 공짜로 받아먹는 음식을 부유한 사람들이 100달러를 내고 먹는 행사였다. 어렸을 때 노숙자 보호소에서 지낸 적이 있던 클라이드 리빙스턴도 와서 연설을 하고 싸인회를 할 계획이었다. 그리고 클라이드 리빙스턴의 운동화는 경매에 오를 예정이었다. 예상 판매액은 5,000달러 이상이었다. 수익금은 모두 노숙자를 위해 쓰일 것이었다.

프로야구 일정 때문에 스탠리의 재판은 몇 달이나 늦어졌다. 스탠리의 부모는 변호사를 쓸 형편이 못 되었다.

"변호사는 필요 없어. 있는 그대로 진실만 말하면 돼."

엄마는 그렇게 말했다.

스탠리는 있는 그대로 진실을 말했다. 하지만 거짓말을 좀 하는 게 더 나았을 뻔했다. 운동화를 길거리에서 주웠다고 말할 수도 있었다. 그냥 하늘에서 뚝 떨어졌다는 말을 믿을 사람이 어디 있겠는가?

스탠리는 깨달았다. 이 모든 일은 운명이 아니었다. 아무짝에도-쓸모없고-지저분하고-냄새-풀풀-나는-돼지도둑-고조할아버지 탓이었다!

판사는 스탠리가 비열한 범죄를 저질렀다고 했다.

"그 신발은 5,000달러가 넘는 값어치가 있어. 노숙자들에게 음식과 집을 마련해주는 데 쓸 돈이지. 그런데 그런 걸 너는 기념품이랍시고 훔친 거야."

판사는 초록호수 캠프에 빈자리가 있다고 말한 뒤, 그 캠프의 규율이 스탠리의 인격 수양에 도움이 될 거라고 했다. 초록호수 캠프 아니면 감옥, 둘 중 하나였다. 스탠리의 부모는 초록호수 캠프에 대해 알아볼 시간을 줄 수 있는지 물었지만, 판사는 빨리 결정을 내리라고 충고하며 이렇게 말했다.

"초록호수 캠프의 빈자리는 금세 찹니다."

7

스탠리의 오동통하고 여린 손에 삽은 무겁기만 했다. 삽을 땅에 쑤셔 넣으려고 했지만 삽날은 땅에 흠집 하나 내지 못하고 그대로 팅겨 나올 뿐이었다. 삽자루를 통해 전해지는 떨림이 스탠리의 손목을 지나 뼛속까지 덜덜 떨리게 했다.

날은 아직 어두웠다. 빛이라고는 달빛과 별빛뿐이었다. 스탠리는 하늘에 그렇게 별이 많은 건 처음 보았다. 아까 펜댄스키 선생님이 아이들을 깨웠을 때, 스탠리는 방금 잠이 든 것 같은 느낌이었다.

스탠리는 있는 힘을 다해 다시 삽으로 메마른 호수 바닥을 찍어보았다. 손에는 충격이 느껴졌지만 땅에는 아무런 흔적도 없었다. 삽에 무슨 문제가 있는 게 아닌가 싶었다. 스탠리는 4~5미터 떨어져 있는 제로에게 눈길을 돌렸다. 제로는 흙을 파내고 있었다. 구덩이 옆에 쌓인 흙이 30센티미터 정도는 되어 보였다.

아침 식사로 미적지근한 일종의 씨리얼이 나왔다. 정말 마음에 든 건 한 사람 앞에 하나씩 나온 오렌지주스 한 팩이었다. 씨리얼 맛도 그다지 나쁘지 않았지만, 간이침대에서 나는 것과 비슷한 냄새가 났다.

식사를 마친 아이들은 물통에 물을 채우고 삽을 집어 들고는 호수를 가로질러 걸어갔다. 조마다 작업 구역이 달랐다.

샤워실 근처에 삽을 보관하는 창고가 있었다. 스탠리 눈에는 삽들이 모두 똑같아 보였다. 그런데도 엑스레이는 다른 아이들이 손도 못 대게 하는, 자신만의 특별한 삽이 있었다. 엑스레이는 그 삽이 다른 삽들보다 더 짧다고 주장했지만, 글쎄 짧아봤자 1센티미터나 짧을까?

삽은 삽날 끝부터 나무 손잡이 끝까지의 길이가 1.5미터였다. 삽의 길이가 바로 파야 하는 구덩이의 깊이였다. 그리고 삽을 바닥에 평평하게 눕혔을 때 어느 쪽으로든 폭도 그만큼이 되어야 했다. 엑스레이가 가장 짧은 삽을 고집하는 데는 다 이유가 있었던 것이다.

호수에는 여기저기 구덩이와 흙무덤이 널려 있었다. 그 모습을 보면서 스탠리는 언젠가 본 달 사진을 떠올렸다. 펜댄스키 선생님의 말이 생각났다.

"신기하거나 특이한 걸 발견하면 나나 미스터 선생님이 물탱크

트럭을 몰고 왔을 때 반드시 보고해야 한다. 네가 찾은 물건이 소장
님 마음에 들면 그날은 일을 더 안 해도 된다."

그때 스탠리는 이렇게 되물었다.

"도대체 뭘 찾아야 하는 거지요?"

그러자 펜댄스키 선생님은 이렇게 대답했다.

"특별히 뭘 찾는 게 아니야. 넌 인격 수양을 위해 구덩이를 파는
거야. 그러다가 행여 뭘 발견할 수도 있을 텐데, 그러면 소장님도
그것에 관심을 보이실 거라는 거지."

스탠리는 난감해하며 삽을 바라보았다. 삽에는 아무런 이상이
없었다. 이상이 있는 건 스탠리 자신이었다.

땅에 약간 금이 간 자국이 보였다. 스탠리는 삽날 끝을 그 금에
댄 뒤, 펄쩍 뛰어서 두 발로 삽날 위에 올라탔다.

그러자 삽이 단단한 땅을 뚫고 들어갔다.

스탠리는 빙긋이 웃었다. 평생 처음으로 뚱뚱한 몸이 제값을 하
는 순간이었다.

스탠리는 삽자루에 힘을 주어 흙을 한 삽 퍼 올려 옆으로 쏟아 부
었다. 첫 삽이었다.

'앞으로 1,000만 번만 더 하면 되겠지.'

스탠리는 그렇게 생각하며 땅에 난 금에 다시 삽을 대고는 뛰어
올랐다.

이런 방법으로 흙을 몇 삽 퍼내다 보니, 문득 자기가 파야 하는

구덩이 안쪽에다 흙을 버리고 있다는 생각이 들었다. 스탠리는 땅바닥에 삽을 평평하게 놓고는 파야 하는 구덩이의 둘레를 표시했다. 1.5미터는 정말 끔찍이도 넓었다.

스탠리는 이미 파낸 흙 중에서 표시한 곳 안쪽에 있는 흙을 바깥으로 옮겼다. 그러고는 물통의 물을 한 모금 마셨다.

'1.5미터는 정말 끔찍이도 깊겠지.'

잠시 뒤 삽질은 훨씬 쉬워졌다. 땅은 표면이 가장 단단했는데, 20센티미터 깊이까지는 마치 햇볕에 구워진 단단한 밤 껍질 같았다. 그 아래는 훨씬 부드러웠다. 하지만 단단한 껍질 부분을 겨우 걷어 냈는가 싶자, 스탠리의 오른손 엄지손가락 중간 부분에 물집이 생겼다. 삽을 잡기만 해도 손이 아팠다.

스탠리의 고조할아버지 이름은 엘리아 옐내츠였다(물론 그분은 자신이 스탠리의 고조할아버지가 될 거라는 사실은 몰랐다). 태어난 곳은 라트비아였다. 열다섯 살이 되었을 때 고조할아버지는 마이라 멘키라는 소녀를 사랑하게 되었다.

마이라 멘키는 열네 살로, 두 달만 있으면 열다섯 살이 되었다. 마이라 멘키의 아버지는 마이라가 열다섯 살이 되면 결혼시키려고 작정하고 있었다.

옐리아는 마이라에게 청혼하기 위해 마이라 아버지에게 갔다. 그런데 마침 이고르 바르코프라는 사람도 마이라에게 청혼하기 위해 그 집에 와 있었다. 이고르는 돼지를 치는 쉰일곱 살 먹은 농부로, 코가 빨갛고 볼이 뒤룩뒤룩했다.

"따님을 주시면 제 돼지들 가운데 제일 살진 녀석을 내놓겠습니다."

이고르는 이렇게 제안했다.

"자네는 가진 게 뭔가?"

마이라의 아버지가 엘리아에게 물었다.

"사랑으로 가득 찬 심장입니다."

엘리아의 대답을 듣고는 마이라의 아버지가 말했다.

"살진 돼지가 더 낫겠구먼."

절망에 빠진 엘리아는 마을 외곽에 사는 늙은 집씨 여인, 마담 제로니를 찾아갔다. 마담 제로니는 이고르 바르코프보다도 나이가 많았지만 엘리아와는 친구처럼 지냈다.

마을 청년들은 진흙 레슬링을 좋아했지만 엘리아는 마담 제로니를 찾아가 이런저런 이야기를 듣는 것을 더 좋아했다. 마담 제로니는 피부가 검고 입이 아주 컸다. 그리고 사람들을 볼 때면 눈이 터질 듯이 커지고 아주 뚫어져라 바라봐서 사람들 마음속까지 읽는 것 같았다.

"엘리아, 무슨 고민 있니?"

분통 터지는 일이 있다고 엘리아가 미처 말도 꺼내기 전에 마담 제로니가 먼저 물었다. 마담 제로니는 자기 손으로 직접 만든 휠

체어에 앉아 있었다. 왼쪽 발목이 잘려 나갔기 때문이다.

"마이라 멘키를 사랑하게 되었어요. 그런데 이고르 바르코프가 마이라를 차지하려고 가장 살진 돼지를 내놓겠다고 했어요. 저한테 그렇게 값비싼 게 어디 있어야 말이죠."

"잘됐네. 너는 결혼을 하기에는 아직 젊어. 네 인생은 아직도 앞길이 창창해."

"하지만 마이라를 사랑하는걸요."

"마이라는 머리가 꽃병처럼 텅 비었어."

"하지만 예쁘잖아요."

"그러니까 꽃병이지. 걔가 쟁기질을 하겠니, 염소젖을 짜겠니? 못하지. 걔는 너무 가냘파. 그리고 어디 수준 높은 대화나 할 수 있겠어? 못하지. 멍청하고 어리석거든. 또 네가 아플 때 널 돌볼 수나 있겠어? 못하지. 철이 없어서 네 보살핌만 받으려 들걸. 그래, 걔는 예뻐. 그래서 뭐? 퉤."

마담 제로니는 땅에 침을 뱉었다.

그러고는 엘리아에게 미국으로 가야 한다고 말했다.

"내 아들처럼 미국으로 가야 해. 그곳에 네 미래가 있어. 마이라 멘키한테가 아니고."

그러나 엘리아의 귀에는 마담 제로니가 하는 말이 한마디도 들어오지 않았다. 엘리아는 열다섯 청춘이었고, 마이라의 아름다운 외모에 눈이 멀어 있었다.

마담 제로니는 엘리아가 몹시 낙담해 있는 것을 보기가 괴로웠다. 그래서 내키지는 않았지만 엘리아를 돕기로 마음먹었다.

"마침 우리 집 암돼지가 어제 새끼들을 낳았어. 그런데 한 마리가 젖을 못 빨더군. 네가 그 새끼 돼지를 가지렴. 어차피 그냥 놔두면 죽을 녀석이니까."

마담 제로니는 엘리아를 데리고 뒷마당에 있는 돼지우리로 갔다.

엘리아는 작은 새끼 돼지를 받아 들었다. 하지만 쥐보다 약간 더 클 뿐인 새끼 돼지가 무슨 소용이 있을까 싶었다.

"그 녀석은 크게 자랄 거야."

마담 제로니가 엘리아한테 장담을 하고는 이어 말했다.

"저기 숲 뒤로 산이 보이지?"

"네."

"산꼭대기에 가면 물이 위로 흐르는 개울이 있어. 새끼 돼지를 매일 산꼭대기로 데려가서 그 개울물을 먹여라. 그리고 새끼 돼지가 물을 마실 때, 넌 옆에서 노래를 불러줘."

마담 제로니는 돼지에게 불러줄 특별한 노래를 가르쳐주었다.

"마이라의 열다섯 번째 생일날, 마지막으로 새끼 돼지를 산으로 데려가 물을 먹여라. 그런 다음 곧장 돼지를 가지고 마이라의 아버지에게 가는 거야. 네 돼지가 이고르의 어떤 돼지보다도 더 토실토실 살이 올랐을 테니 말이야."

"돼지가 그렇게 크고 살이 찌면 어떻게 산꼭대기까지 데려갈 수 있겠어요?"

"너한테 지금 그 새끼 돼지가 무겁니, 안 무겁니?"

"당연히 안 무겁죠."

"그럼 내일이면 너한테 무거워질 것 같아?"

"아뇨."

"너는 매일 돼지를 산꼭대기까지 데려가야 해. 돼지는 조금씩 무거워지겠지만, 덩달아 너도 조금씩 힘이 세질 거야. 그나저나 마이라 아버지한테 돼지를 준 다음에, 네가 나를 위해 한 가지 꼭 해야 할 일이 있다."

"뭐든지 말씀만 하세요."

"다름이 아니고, 나를 그 산꼭대기로 데려가 줘. 나도 그 개울물을 마시고 싶어. 그리고 나한테 그 노래를 불러줘."

엘리아는 그렇게 하겠다고 약속했다.

마담 제로니는 만약 엘리아가 약속을 지키지 않으면 엘리아와 그 자손들은 영원히 저주를 받을 것이라고 경고했다.

그때 엘리아는 저주 같은 건 신경도 쓰지 않았다. 열다섯 소년인 엘리아에게 '영원히'라는 말은 일주일 뒤 정도로 대수롭지 않은 것이었다. 게다가 마담 제로니를 좋아하니까, 기꺼이 산꼭대기로 데리고 갈 생각이었다. 지금 당장이라도 마담 제로니를 산꼭대기로 데려가고 싶지만, 아직은 그런 만큼 힘이 세지 못한 게 안타까울 따름이었다.

스탠리는 아직도 땅을 파고 있었다. 얼추 90센티미터 정도까지 파 들어갔지만, 그건 구덩이의 한가운데만 봤을 때의 이야기고, 주변부는 많이 파지 못했다. 해는 이제 막 지평선 위로 떠올랐지만, 얼굴에 비추는 햇살은 벌써 뜨거웠다.

물통을 집으려고 몸을 숙이다가 스탠리는 갑자기 어지러움을 느꼈다. 스탠리는 몸을 지탱하려고 무릎에 손을 짚었다. 순간 토할 것처럼 속이 메슥거렸지만, 다행히 토하지는 않았다. 스탠리는 물통에 남은 마지막 물을 마셨다. 손가락마다 물집이 잡혔고, 양쪽 손바닥 한가운데에도 물집이 생겼다.

스탠리보다 구덩이를 얕게 판 아이는 하나도 없었다. 실제로 구덩이 속을 들여다본 건 아니지만, 아이들 옆에 쌓인 흙더미를 보니 짐작이 갔다.

스탠리 눈에 황무지를 가로질러 흙먼지 구름이 이는 것이 보였다. 다른 아이들도 삽질을 멈추고 그 장면을 바라보고 있었다. 흙먼지 구름이 점점 더 가까이 다가오는가 싶더니, 빨간색 픽업트럭이 보였다.

아이들이 작업하는 곳 근처에 트럭이 멈추자, 아이들은 트럭 뒤로 쪼르르 달려가 줄을 섰다. 엑스레이가 맨 앞, 제로가 맨 뒤였다. 스탠리는 제로 뒤에 섰다.

미스터 선생님이 픽업트럭 뒤에 실린 물탱크의 물로 아이들의 물통을 차례차례 채워주었다.

"걸스카우트가 아니지, 어?"

스탠리의 물통을 받아 들면서 미스터 선생님이 말했다.

스탠리는 한쪽 어깨를 으쓱했다.

미스터 선생님은 스탠리가 구덩이를 잘 파고 있는지 보려고 스탠리를 따라갔다.

"더 열심히 파야겠다. 이러다가는 하루 중 가장 더운 시간에도 구덩이를 파야 할 거다."

미스터 선생님은 해바라기 씨를 입 안에 톡 털어 넣더니 솜씨 좋게 껍질을 벗겨서는 스탠리의 구덩이에다 툭 뱉었다.

엘리아는 매일 새끼 돼지를 산으로 데려가 개울물을 마시게 하고 노래를 불러주었다. 새끼 돼지가 살이 찔수록 엘리아도 힘이 세졌다.

마이라의 열다섯 번째 생일날, 돼지의 몸무게는 300킬로그램이 넘었다. 마담 제로니는 엘리아에게 이날도 잊지 말고 돼지를 산에 데려가라고 신신당부했지만, 엘리아는 돼지 냄새를 풍기면서 마이라를 만나고 싶지는 않았다.

그래서 산에 가는 대신 목욕을 했다. 그 주에만 벌써 두 번째로 하는 목욕이었다. 그러고는 돼지를 데리고 마이라이 집으로 갔다. 이고르 바르코프도 돼지를 데리고 그곳에 와 있었다.

마이라의 아버지가 말했다.

"이놈들은 내가 본 돼지들 중에서 최고야."

마이라의 아버지는 지난 두 달 동안 부쩍 덩치가 커지고 힘이 세진 것 같은 엘리아의 모습을 보고는 호감을 느꼈다.

"난 자네를 아무짝에도 쓸모없는 책벌레라고 생각했어. 그런데 이제 보니 진흙 레슬링 선수를 해도 되겠어."

"따님과 결혼해도 되겠습니까?"

엘리아가 용감하게 물었다.

"먼저 돼지 무게부터 달아봐야지."

아, 불쌍한 엘리아! 마지막으로 딱 한 번만 더 돼지를 산에 데리고 갔더라면. 세상에나, 돼지 두 마리의 무게가 정확히 똑같은 것이 아닌가.

스탠리의 손에 잡힌 물집들이 터지고 새로운 물집들이 생겨났다. 스탠리는 통증을 덜어보려고 삽을 요리조리 바꿔 쥐어보았다. 그러다 결국에는 모자를 벗어 삽 손잡이에 덮어씌우고 삽을 잡았다. 이 방법은 효과가 있었지만, 땅을 파는 데는 도리어 방해가 되었다. 모자가 자꾸 손에서 미끄러졌기 때문이다. 게다가 땡볕이 머리와 목에 바로 사정없이 내리꽂혔다.

아까부터 스탠리는 자기가 구덩이 너무 가까이에 흙더미를 쌓는다는 것을 알고 있었다. 흙더미는 지름이 1.5미터인 구덩이의 경계

밖에 있기는 했지만, 곧 공간이 부족하게 될 게 뻔했다. 하지만 그 것을 애써 무시한 채, 스탠리는 여전히 흙더미를 더 높게 쌓아가고 있었다. 결국에는 그 흙더미를 옮겨야 하는데도 말이다.

문제는 흙이 땅속에 있을 때는 꽁꽁 뭉쳐져 있지만, 파내면 부스러져 부피가 커진다는 것이었다. 그래서 흙더미의 높이는 구덩이의 깊이보다 훨씬 더 높았다.

당장이 아니라도 어차피 언젠가는 해야 할 일이었다. 내키진 않았지만 스탠리는 구덩이에서 기어 나와 이미 쌓아놓은 흙에 다시 삽을 쑤셔 넣었다.

마이라의 아버지는 땅바닥에 무릎을 꿇고 손바닥을 짚은 채 돼지 두 마리를 코부터 꼬리까지 꼼꼼히 살폈다.

"이놈들은 내가 본 돼지들 중에서 최고야. 어떡하지? 딸은 하나뿐인데."

마침내 마이라의 아버지가 말했다.

"마이라에게 결정하라고 하는 게 어떨까요?"

엘리아가 제안했다.

"그건 말도 안 돼!"

이고르가 침을 튀겨가며 소리쳤다.

"마이라는 머리가 텅 빈 애야. 걔가 어떻게 결정을 내릴 수 있겠어? 아비인 나도 결정을 못 내려서 이러는데."

마이라의 아버지도 거들었다.

"자기 마음이야 자기가 잘 알겠죠."

엘리아가 말했다.

마이라의 아버지는 턱을 어루만지더니, 껄껄 웃으며 말했다.

"좋아, 까짓것!"

그러고는 엘리아의 등을 철썩 때리면서 말했다.

"나야 아무런들 무슨 상관이야? 누구 돼지면 어때, 돼지는 다 같은 돼지지."

마이라의 아버지는 자기 딸을 불렀다.

마이라가 방으로 들어서자 엘리아는 얼굴이 빨개졌다.

"안녕하세요, 마이라."

"당신이 엘리아군요. 그렇죠?"

마이라는 엘리아를 보고 말했다.

"마이라, 엘리아와 이고르가 둘 다 너에게 청혼하기 위해 돼지를 내놓겠단다. 나는 아무래도 상관없다. 누구 돼지면 어때? 돼지는 다 같은 돼지지. 그래서 너에게 선택할 기회를 주려고. 자, 누구랑 결혼하고 싶니?"

마이라의 아버지가 말했다.

"저보고 결정을 하라고요, 제가요?"

마이라는 어리둥절한 표정을 지으며 말했다.

"그래, 내 아가."

"이런, 전 몰라요. 누구 돼지가 더 무거운데요?"

"둘이 무게가 똑같단다."

"어머나, 어쩜 좋아? 저는 엘리아를, 아니 이고르를, 아니 엘리아, 아니 이고르…… 아, 좋은 생각이 있어요. 제가 1부터 10 사이의 숫자를 하나 생각하겠어요. 그리고 가장 가까운 숫자를 말하는 사람과 결혼하겠어요. 좋아요, 전 숫자를 하나 생각했어요."

"10."

이고르가 말했다.

엘리아는 아무 말도 하지 않았다.

"엘리아, 숫자를 말해보세요."

엘리아는 숫자를 고르지 않았다.

"이고르와 결혼하세요."

엘리아는 힘없이 말했다.

"내 돼지는 그냥 가지세요. 결혼 선물이라고 생각하세요."

두 번째로 물탱크 트럭을 몰고 온 건 펜댄스키 선생님이었다. 펜댄스키 선생님은 점심도 함께 싣고 왔다. 스탠리는 흙더미에 등을 기대고 앉아 식사를 했다. 점심은 쏘씨지가 든 쌘드위치와 감자 칩 그리고 초콜릿이 든 과자였다.

"일은 잘돼 가?"

자석이 묻자 스탠리가 답했다.

"별로."

"음, 첫 구덩이가 제일 힘들어."

스탠리는 긴 한숨을 내쉬었다. 빈둥거릴 시간이 없었다. 다른 아이들에 비해 한참 뒤처진 데다 해가 갈수록 뜨거워지고 있었다. 아직 정오도 되지 않았는데, 벌써부터 일어설 힘조차 없는 것 같았다.

스탠리는 구덩이를 파지 말아버릴까 하고도 생각했다. 그러면 선생님들이 자기한테 어떻게 할지, 자기한테 어떻게 할 수 있을지 궁금했다.

스탠리의 옷은 땀으로 흠뻑 젖었다. 학교에서는 땀이 좋은 것이라고 배웠다. 땀을 흘리면 자연스럽게 체온이 내려가 시원해진다고 했다. 그런데 왜 이렇게 덥기만 한 걸까?

스탠리는 삽을 버팀목 삼아 낑낑대며 겨우 일어섰다.

"화장실은 어디야?"

자석에게 묻자 자석이 두 팔을 쫙 벌려 보이며 말했다.

"구덩이를 하나 골라, 아무 구덩이나."

스탠리는 비틀거리며 호수를 가로질러 갔다. 하마터면 흙더미에 걸려 넘어질 뻔했다.

뒤에서 자석이 소리치는 게 들렸다.

"하지만 먼저 구덩이 안에 도마뱀 같은 게 없는지 잘 확인해!"

마이라의 집을 나선 뒤, 엘리아는 정처 없이 마을을 떠돌았다. 문득 정신을 차려보니 부둣가였다. 엘리아는 그곳에 앉아 차갑고 검푸른 바닷물을 내려다보았다. 자기와 이고르를 두고 고민하다니, 도무지 마이라를 이해할 수가 없었다. 엘리아는 마이라가 자신을 사랑한다고 생각했다. 설사 자신을 사랑하지 않는다 하더라도, 참 사람 보는 눈도 없지. 이고르가 얼마나 구역질 나는 인간인지 그게 안 보인단 말인가.

마담 제로니의 말이 맞았다. 마이라는 머리가 꽃병처럼 텅 비어 있었다.

사람들이 부두로 모여들었다. 무슨 일이 있나 싶어 엘리아도 그쪽으로 가보았다. 그곳에는 다음과 같이 적힌 종이가 붙어 있었다.

갑판원 구함.
공짜로 미국까지 갈 수 있음.

엘리아는 배를 타본 적이 한 번도 없었다. 하지만 그 배 선장은 엘리아를 갑판원으로 뽑았다. 엘리아가 힘깨나 쓸 거란 건 선장도 한눈에 알아볼 수 있었다. 다 자란 돼지를 안고 산을 오르내리는 게 어디 아무나 하는 일인가.

항구를 떠난 배가 대서양에 접어들어서야 엘리아는 마담 제로니를 산에 데려다 주겠다고 한 약속을 기억해냈다. 엘리아는 가슴이 덜컹 내려앉는 것 같았다.

저주를 두려워해서가 아니었다. 저주 따위는 허무맹랑한 것이라고 생각했다. 마담 제로니가 죽기 전에 그 산의 개울물을 마시고 싶어 했다는 것을 알기에, 그것이 못내 가슴 아팠던 것이다.

제로는 D조에서 가장 작은 아이였다. 그러나 구덩이 파는 일은 가장 먼저 끝냈다.

"다 팠어?"

스탠리가 부러운 듯 물었다.

제로는 아무 말이 없었다.

스탠리는 제로의 구덩이로 가서 제로가 삽으로 구덩이 크기를 재는 모습을 구경했다. 구덩이 입구는 완벽한 원이었고 구덩이 벽은 매끈하게 수직을 이루고 있었다. 쓸데없이 퍼 올린 흙은 한 줌도 없었다.

제로가 구덩이 밖으로 나왔다. 제로는 웃지도 않았다. 완벽하게 파놓은 자기 구덩이를 내려다보더니 구덩이에 침을 퉤 뱉고는 몸을 획 돌려 숙소로 향했다.

"제로 저 녀석, 참 신기해."

지그재그가 말했다.

스탠리는 웃고 싶었지만 웃을 힘도 없었다. 스탠리가 보기에는 지그재그야말로 가장 '신기한 녀석'이었다. 지그재그는 비쩍 마르고 목이 길었다. 머리는 커다랗고 둥그런 데다 곱슬곱슬한 금발이 사방으로 뻗쳐 있었다. 긴 목 위에 있는 머리통은 마치 스프링이 달린 것처럼 통통 위아래로 움직였다.

겨드랑이가 두 번째로 구덩이 파는 일을 끝마쳤다. 겨드랑이도 역시 숙소로 향하기 전에 구덩이에 침을 뱉었다. 스탠리는 아이들이 하나씩 하나씩 구덩이에 침을 뱉고 숙소로 돌아가는 것을 지켜보았다.

스탠리는 계속 땅을 팠다. 구덩이는 이제 거의 어깨 높이가 되었다. 물론 흙더미가 구덩이 둘레를 완전히 둘러쌌기 때문에 정확히 어디부터가 지면인지는 알 수 없었다. 더 깊이 파 들어가면 갈수록 흙을 구덩이 밖으로 내던지기가 힘들었다. 스탠리는 흙더미를 또 옮겨야 한다는 것을 깨달았다.

스탠리의 손에서 나오는 피로 모자가 붉게 물들었다. 스탠리는 스스로 자기 무덤을 파는 것 같은 기분이 들었다.

미국에서 엘리아는 영어를 배웠다. 그리고 쎄라 밀러라는 여인과 사랑에 빠졌다. 쎄라는 쟁기를 끌 줄 알고 염소젖도 짤 줄 알았다. 그리고 무엇보다도 스스로 생각할 줄 아는 사람이었다. 엘리아와 쎄라는 자주 밤이 깊도록 웃으며 이야기를 나누었다.

두 사람의 삶은 평탄하지 않았다. 엘리아는 열심히 일했지만 늘 불운이 따라다니는 듯했다. 엘리아는 늘 잘못된 시간에 잘못된 장소에 있는 것 같았다.

그는 자기 아들이 미국에 있다고 한 마담 제로니의 말을 잊지 않았다. 그래서 미국에 온 뒤 줄곧 마담 제로니의 아들을 찾아다녔다. 생전 처음 보는 사람에게 다가가 제로니라는 사람을 아는지, 아니면 제로니라는 이름을 들어보기라도 했는지 물어보았다.

제로니를 아는 사람은 없었다. 사실 엘리아는 마담 제로니의 아들을 찾게 되면 무엇을 해야 하는지도 몰랐다. 산으로 데려가서 돼지에게 불러주던 노래를 불러줘야 하나?

헛간에 세 번째로 벼락이 떨어진 날, 엘리아는 쎄라에게 마담 제로니와 한 약속을 깨뜨린 사연을 이야기했다.

"나는 돼지도둑만도 못한 인간이오. 나를 떠나 저주받지 않은 남자를 찾도록 하오."

"난 당신 곁을 떠나지 않을 거예요. 하지만 나한테 한 가지만 해주세요."

"뭐든지 말만 해요."

"돼지에게 불러주던 노래를 불러주세요."

쎄라가 미소를 지으며 말했다.

엘리아는 쎄라에게 노래를 불러주었다.

쎄라의 눈이 반짝거렸다.

"참 아름다운 노래군요. 근데 무슨 뜻이지요?"

엘리아는 최선을 다해 라트비아 말을 영어로 옮겼지만, 똑같이 옮길 수는 없었다.

"라트비아 말로는 운이 딱딱 맞는 노랫말인데."

"나도 알아요."

1년 뒤 두 사람 사이에서 아기가 태어났다. 쎄라는 아들 이름을 스탠리라고 지었다. 옐내츠를 거꾸로 읽으면 스탠리가 된다고 하면서.

쎄라는 돼지에게 불러주던 노래의 가사를 영어로도 운이 딱딱 맞게 바꾸었다. 매일 밤 쎄라는 그 노래를 어린 스탠리에게 불러주었다.

"만약에, 만약에……."

딱따구리가 한숨짓네.

"나무껍질이 하늘처럼 부드럽다면."

나무 아래 허기진 외로운 늑대 한 마리,

입맛 다시며 다ー아ー아ー아ー알을 보면서 울부짖네.

"만약에, 만약에……."

스탠리의 구덩이는 이제 삽 길이만큼 깊어졌지만 바닥은 아직 옆으로 좀 더 파야 했다. 스탠리는 얼굴을 잔뜩 찌푸린 채 흙을 한 삽 파내 흙더미 위로 던졌다.

스탠리는 구덩이 바닥에 삽을 내려놓았다 놀랍게두 삽이 구덩이에 딱 맞았다. 스탠리는 삽을 돌려보았다. 여기저기 몇 군데 튀

어나온 부분을 파내자 어느 방향으로든 삽을 평평하게 놓을 수 있
게 되었다.

물탱크 트럭이 오는 소리가 들렸다. 스탠리는 미스터 선생님이
나 펜댄스키 선생님에게 자신이 판 첫 번째 구덩이를 보여줄 생각
을 하면서 묘한 뿌듯함을 느꼈다.

스탠리는 구덩이에서 나가려고 가장자리에 손을 얹었다.

그러나 올라갈 수가 없었다. 무거운 몸을 끌어 올리기에는 팔에
힘이 너무 없었다.

발을 버둥거려보았지만, 그마저 별 도움이 되지 못했다. 스탠리
는 구덩이 안에 갇힌 신세가 되어버렸다. 우스꽝스럽다는 느낌이
들었지만, 웃을 기분은 아니었다.

"스탠리!"

펜댄스키 선생님이 부르는 소리가 들렸다.

스탠리는 삽으로 벽에 발 디딜 곳을 두 군데 파냈다. 구덩이를 겨
우 빠져나가니, 펜댄스키 선생님이 걸어오는 것이 보였다.

"네가 기절했나 하고 걱정했다. 그런 애들이 한둘이 아니었거든."

"다 팠습니다."

핏자국이 여기저기 밴 모자를 다시 눌러 쓰면서 스탠리가 말했다.

"잘했다!"

펜댄스키 선생님이 하이파이브를 하자고 손을 높이 들었다. 하
지만 스탠리는 그냥 지나쳤다. 그럴 힘마저 없었던 것이다.

펜댄스키 선생님은 손을 내리면서 스탠리의 구덩이를 내려다보았다.

"아주 잘 팠는데! 숙소까지 태워줄까?"

스탠리는 고개를 가로저었다.

"걸어가겠습니다."

펜댄스키 선생님은 스탠리의 물통에 물을 채워주지 않고 다시 트럭에 탔다. 스탠리는 펜댄스키 선생님이 차를 몰고 가기를 기다렸다가 다시 한 번 자기가 판 구덩이를 보았다. 구덩이가 자랑거리가 아니라는 걸 잘 알면서도, 스탠리는 자신이 자랑스럽기만 했다.

스탠리는 입에 있는 침을 싹싹 모아 퉤 하고 뱉었다.

8

많은 사람들이 저주를 믿지 않는다.

또 많은 사람들이 노랑 반점 도마뱀을 믿지 않는다. 하지만 일단 그 도마뱀에게 물리면, 믿고 안 믿고는 중요한 게 아니다.

사실 과학자들이 그 도마뱀 이름을 '노랑 반점'이라고 지었다는 것이 어찌 보면 신기한 일이다. 정확히 열한 개의 노랑 반점이 있긴 하지만, 몸 색깔이 노랑과 초록이어서 반점들을 알아보기가 힘들기 때문이다.

노랑 반점 도마뱀은 길이가 15~25센티미터이고 눈이 빨갛다. 정확히 말하면 눈은 노랗고, 눈을 둘러싼 피부가 빨갛다. 그런데도 사람들은 눈이 빨갛다고 말한다. 그리고 이빨이 까맣고 혓바닥이 우유처럼 하얗다.

그 도마뱀을 직접 보면, 아마도 이름을 '빨간 눈 도마뱀'이나 '검은 이빨 도마뱀', 아니면 '흰 혀 도마뱀'으로 지어야 한다고 생각할지도 모른다.

몸에 있는 노랑 반점이 제대로 보일 만큼 가까이 있다면, 십중팔구 이미 죽은 목숨일 테니 말이다.

노랑 반점 도마뱀은 주로 구덩이에서 산다. 해를 피할 그늘이 있고 동물을 잡아먹는 새들의 공격도 피할 수 있기 때문이다. 스무 마리 정도가 한 구덩이에 떼 지어 살기도 한다. 튼튼하고 힘센 다리 덕분에, 먹이를 공격할 때면 아주 깊은 구덩이 속에 있다가도 순식간에 뛰어오를 수 있다. 작은 동물, 곤충, 선인장 가시, 해바라기 씨 껍질 등을 먹고 산다.

9

스탠리는 샤워기에서 쏟아지는 찬물에 뜨겁고 쓰린 몸을 맡겼다. 그야말로 천국 같은 4분이었다. 이틀 연속으로 비누칠은 하지 않았다. 스탠리는 너무도 지쳐 있었다.

샤워실에는 지붕이 없었다. 칸막이벽들은 모퉁이를 제외하고는 땅에서 15센티미터 정도 떠 있었다. 바닥에는 배수구도 없었다. 칸막이벽 아래로 흘러 나간 물은 금방 햇볕에 말라버렸다.

스탠리는 깨끗한 오렌지색 옷을 입었다. 텐트로 돌아가 지저분한 옷을 사물함에 넣고는 펜과 필기도구 상자를 들고 휴게실로 갔다.

휴게실 문에는 '휴개실'이라고 쓰여 있었다.

휴게실 안에는 텔레비전이며 핀볼 게임기며 가구며 거의 모든 것이 망가져 있었다. 심지어 아이들도 어딘가 망가진 것처럼 보였다. 아이들은 각양각색의 의자와 소파에 파김치가 된 몸을 축 늘어뜨리고 있었다.

엑스레이와 겨드랑이는 당구를 치고 있었다. 스탠리는 당구대의 표면을 보자 호수 수면이 생각났다. 당구대는 여러 사람이 자기 이름을 새겨 넣은 통에 성한 구석이 없었다. 사방이 울퉁불퉁하고 여기저기에 구멍이 뻐끔뻐끔 나 있었다.

멀찌감치 떨어진 벽에도 구멍이 하나 뚫려 있었다. 그 구멍 앞에는 선풍기가 놓여 있었다. 값싼 냉방장치였지만, 최소한 팬은 돌아갔다.

방을 가로질러 가던 스탠리는 누군가의 다리에 걸려 넘어졌다.

"야, 잘 보고 다녀."

의자에 앉아 있던 오렌지색 옷을 입은 녀석이 말했다.

"너나 잘 봐."

너무 피곤해 만사가 귀찮아진 스탠리가 중얼거렸다.

"뭐! 지금 뭐라고 했어?"

"아무것도 아냐."

그러자 녀석은 자리를 박차고 일어났다. 덩치가 스탠리만큼이나 컸으며 스탠리보다 훨씬 더 성깔 있어 보였다.

"뭐라고 중얼거렸잖아. 뭐라고 했어?"

녀석이 살진 손가락으로 스탠리의 목을 쿡 찍으면서 말했다.

아이들이 금세 둘 주위로 모여들었다.

"진정해."

엑스레이가 말했다. 그러고는 스탠리의 어깨에 손을 얹으면서 겁주는 말을 했다.

"원시인과 붙어봤자 좋을 게 없는데."

"원시인은 끝내주지."

겨드랑이도 옆에서 거들었다.

"난 시비 걸 생각 없어. 그냥 엄청 피곤해서 그래."

스탠리가 말하자 녀석이 툴툴거렸다.

엑스레이와 겨드랑이는 스탠리를 한쪽 소파로 데려갔다. 오징어가 옆으로 비켜 앉으며 스탠리의 자리를 만들어주었다.

"저기서 원시인이 하는 것 봤냐?"

엑스레이가 묻자 오징어가 대답했다.

"원시인은 한 성깔 하는 애지."

그러면서 오징어는 스탠리의 팔에 가볍게 주먹을 날렸다.

스탠리는 소파의 찢어진 비닐 커버에 몸을 기댔다. 샤워를 했는데도 스탠리의 몸은 아직도 후끈거렸다.

"걔한테 일부러 시비를 걸려고 그런 건 아니야."

호수에서 하루 종일 죽어라 일하고 와서 원시인이라는 별명을 가진 아이와 싸우고 싶은 사람이 어디 있겠는가. 스탠리는 엑스레이와 겨드랑이가 와서 자신을 구해준 게 그저 고마웠다.

"첫 번째 구덩이가 마음에 들었냐?"

오징어가 물었다.

스탠리가 끙 앓는 소리를 내자 아이들은 웃음을 터뜨렸다.

"음, 첫 번째 구덩이가 제일 힘들잖아."

스탠리의 말에 엑스레이가 대꾸했다.

"말도 안 돼. 두 번째 구덩이가 훨씬 더 힘들어. 일을 시작하기도 전에 온 데가 다 아프거든. 지금 온몸이 쑤시지? 기다려봐, 내일 아침에는 어떤지. 내 말이 틀려?"

"맞는 말씀."

오징어가 맞장구를 쳤다.

"게다가 재미도 없어져."

엑스레이가 내처 말했다.

"재미라고?"

"날 속일 생각은 하지도 마. 넌 틀림없이 평소에 큰 구덩이를 파 보고 싶었을걸. 그렇지? 내 말이 맞지?"

사실 스탠리는 그런 생각을 해본 적이 한 번도 없었지만, 엑스레이 말이 틀렸다고 말할 만큼 눈치가 없지는 않았다.

엑스레이가 계속 말했다.

"아이들은 누구나 엄청나게 큰 구덩이를 파고 싶어 해. 중국까지 간 정도로 큰 구덩이 말이야. 내 말이 틀려?"

"맞아."

"이제 내 말뜻 알겠지? 내가 말하는 게 바로 그거야. 하지만 이제 그 재미도 사라질 거라고. 그리고 앞으로 구덩이를 파고, 파고, 또 파야 해."

"놀이와 게임 캠프."

스탠리는 조용히 중얼거렸다.

"그 상자 안에는 뭐가 들었냐?"

오징어가 물었다.

스탠리는 자기가 상자를 가지고 왔다는 사실도 잊고 있었다.

"어, 종이. 엄마한테 편지 쓰려고."

"엄마?"

오징어가 깔깔 웃었다.

"편지 안 쓰면 엄마가 걱정하실 거야."

스탠리의 말에 오징어는 얼굴을 찌푸렸다.

스탠리는 휴게실을 둘러보았다. 휴게실은 이 캠프에서 아이들이 재미있게 놀 수 있는 유일한 장소였다. 그런데도 아이들은 휴게실을 엉망으로 만들어놓았다. 텔레비전은 누가 발길질을 했는지 박살이 나 있었다. 탁자란 탁자, 의자란 의자는 모조리 다리가 하나씩 빠진 것 같았다. 제대로 서 있는 건 하나도 없었다.

스탠리는 오징어가 당구를 치러 갈 때까지 기다렸다가 편지를 썼다.

엄마에게,

오늘은 캠프 첫날이에요. 벌써 친구 몇 명을 사귀었어요. 우리는 온종일 호수에 나가 있었어요. 그래서 아주 피곤해요. 수영 시험을 통과하면 다음에는 수상스키 타는 법을 배울 거예요. 저는……

스탠리는 글 쓰는 것을 멈췄다. 누군가 어깨 너머로 편지를 읽고 있는 느낌이 들었기 때문이다. 뒤돌아보니 제로가 소파 뒤에 서 있었다.

"엄마가 내 걱정을 안 했으면 좋겠어."

스탠리는 변명을 했다.

제로는 아무 말이 없었다. 심각한 표정으로, 아니 화가 난 듯한 표정으로 편지를 빤히 바라볼 뿐이었다.

스탠리는 편지를 필기도구 상자에 도로 집어넣었다.

"그 운동화 뒤쪽에 빨간 글씨로 엑스 자 표시가 있었지?"

스탠리는 제로가 무슨 말을 하는지 잘 이해가 안 됐다. 시간이 좀 지나서야 클라이드 리빙스턴의 운동화에 대해 묻는다는 것을 알아차렸다.

"응, 있었어."

제로가 어떻게 그걸 알았는지 스탠리는 의아했다. 엑스(X)는 인기 있는 운동화 상표였다. 클라이드 리빙스턴이 그 운동화 광고 모델을 한 적이 있나 하고 스탠리는 생각했다.

제로는 스탠리를 한동안 빤히 바라봤다. 아까 편지를 볼 때처럼 아주 빤히 말이다.

스탠리는 아무 생각 없이 비닐 소파에 난 구멍 안으로 손가락 하나를 집어넣어 실 같은 것을 끄집어냈다.

"원시인, 가자. 저녁 식사!"

겨드랑이가 소리쳤다.

"원시인, 어서 가자니까!"

오징어도 소리쳤다.

스탠리는 주위를 둘러보았다. 겨드랑이와 오징어는 스탠리한테 말하고 있었다.

"어, 그래."

스탠리는 필기도구를 상자에 집어넣고 아이들을 따라 식당으로 갔다.

원시인은 그 녀석이 아니었다. 스탠리 자신이었다.

스탠리는 왼쪽 어깨를 으쓱했다. 멀미봉투보다야 원시인이 낫지 않은가.

10

스탠리는 정신없이 잠에 곯아떨어졌다. 하지만 아침은 너무도 빨리 찾아왔다. 침대에서 나오려는데 근육이란 근육, 뼈마디란 뼈마디가 죄다 욱신거렸다. 전날보다 몸이 더 쑤실 거라고는 상상도 못했다. 팔과 등만 쑤시는 게 아니었다. 발, 발목, 허리도 쑤셨다. 지금 1초 꾸물거리면 해 뜰 시간이 1초 더 가까워진다는 생각만 아니었다면 침대에서 아예 나오지도 못했을 것이다. 스탠리는 해가 끔찍이도 싫었다.

아침을 먹을 때 스탠리는 숟가락 드는 것조차 힘들었다. 호수에 나가서는 숟가락 대신 삽을 들어야 했다. 땅에 금이 간 곳이 보였다. 스탠리는 자신의 두 번째 구덩이를 파기 시작했다.

스탠리는 삽날에 발을 얹고 삽자루를 엄지손가락으로 밀었다. 그렇게 하는 게 물집 잡힌 손가락으로 삽자루를 잡는 것보다 고통이 덜했다.

스탠리는 이번에는 신경을 써서 파낸 흙을 구덩이에서 멀찌감치 버렸다. 구덩이를 더 깊이 파 들어갔을 때를 대비해 구덩이 근처에 여분의 땅을 확보해둘 필요가 있었다.

하지만 그렇게 깊이 구덩이를 팔 수 있을지 자신이 없었다. 엑스레이 말이 맞았다. 두 번째 구덩이가 가장 힘들었다. 정말 기적이라도 일어나지 않으면 구덩이를 팔 수 없을 것 같았다.

아직 해 뜨기 전이라 스탠리는 모자를 벗어 손에 감았다. 해가 뜨면 다시 모자를 써야 할 것이다. 어제 이미 목과 이마가 새까맣게 탔다.

한 번에 한 삽, 스탠리는 그 생각만 했다. 앞에 놓인 엄청난 일에 대해서는 아예 생각도 하지 않으려고 애썼다. 한 시간 정도 흐르자, 뭉쳤던 근육들이 조금 풀리는 것 같았다.

스탠리는 끙끙거리며 삽을 땅에 쑤셔 넣었다. 그런데 모자가 손에서 미끄러져 나가는 통에 그만 삽을 떨어뜨렸다.

스탠리는 삽을 그대로 내버려 두었다.

스탠리는 물통을 열어 물을 한 모금 마셨다. 곧 물탱크 트럭이 올 것 같았다. 하지만 예상이 빗나갈 경우를 대비해 물을 다 마시지는 않았다. 트럭이 보일 때까지는 남은 물을 다 마시지 말고 기다려야 한다는 것을 이미 터득한 터였다.

해는 아직 뜨지 않았지만, 햇살은 이미 지평선 위로 모습을 드러내며 하늘을 밝히고 있었다.

스탠리는 모자를 주우려고 몸을 숙이다가, 모자 옆에 널찍하고 평평한 돌멩이가 있는 것을 보았다. 모자를 쓰면서도 스탠리는 그 돌멩이에서 눈길을 떼지 않았다.

스탠리는 돌멩이를 집어 들었다. 돌멩이 안에 물고기 모양의 화석이 있는 것 같았다.

돌멩이에 붙은 흙을 털어내자 물고기 모양이 더욱 선명해졌다. 해가 지평선 위로 머리를 내밀자, 물고기의 뼈들이 있던 자리까지 하나하나 다 보였다.

스탠리는 사방에 펼쳐진 황량한 땅을 둘러보았다. 맞다. 다들 이 지역을 '호수'라고 불렀다. 하지만 이 메마른 황무지에 한때는 물이 가득했다는 사실을 여전히 믿기 어려웠다.

그때 스탠리는 미스터 선생님과 펜댄스키 선생님의 말이 떠올랐다. 뭐든 신기한 것을 발견하면 누구한테든 보고해야 한다는 것 말이다. 만약 그 물건이 소장의 마음에 들면, 하루는 일을 하지 않고 쉴 수 있다는 것도.

스탠리는 물고기를 다시 내려다보았다. 기대하던 기적이 일어난 것이다.

스탠리는 계속해서 땅을 팠다. 하지만 물탱크 트럭이 오기만 기다리면서 일부러 느릿느릿 일을 했다. 스탠리는 자기가 뭔가를 찾았다는 사실을 다른 아이들에게 들키고 싶지 않았다. 혹시나 빼앗아 갈지도 모른다는 걱정이 들었기 때문이다. 스탠리는 돌덩이를 뒤집어 별것 아니라는 듯 흙더미 옆에 두었다. 잠시 뒤에 먼지 구름이 호수를 가로질러 오는 것이 보였다.

트럭이 멈추자 아이들이 줄을 섰다. 이제 보니, 누가 먼저 트럭 앞에 도착하는지와 상관없이 줄 서는 순서는 늘 똑같았다. 엑스레이가 언제나 맨 앞이었다. 그 뒤로 겨드랑이, 오징어, 지그재그, 자석, 제로 순이었다.

스탠리는 제로 뒤에 섰다. 맨 뒤에 있는 게 다행이라고 생각했다. 아무도 화석을 볼 수 없을 테니까. 스탠리의 바지에는 아주 큰 주머니가 있었지만, 그럼에도 불구하고 돌 때문에 불룩한 표시가 났다.

펜댄스키 선생님이 아이들 물통에 하나하나 물을 채워주었고, 마침내 스탠리만 남게 되었다.

"저, 이걸 발견했는데요."

스탠리는 주머니에서 돌을 꺼내면서 말했다.

펜댄스키 선생님이 스탠리의 물통을 받으려고 손을 내밀었지만, 스탠리는 물통 대신 돌멩이를 건넸다.

"이게 뭐니?"

"화석이에요. 물고기 보이시죠?"

펜댄스키 선생님은 돌멩이를 다시 한 번 보았다.

"보이시죠? 작은 뼈까지 다 보이잖아요."

"신기하네. 물통이나 주렴."

스탠리가 물통을 건네자, 펜댄스키 선생님은 물을 가득 채우고는 돌려주었다.

"이제 오늘 하루는 일 안 하고 쉬어도 되나요?"

"왜?"

"선생님이 그러셨잖아요. 신기한 물건을 찾으면 소장님이 하루를 쉬게 해줄 거라고요."

펜댄스키 선생님은 웃음을 터뜨리더니, 스탠리에게 화석을 돌려주었다.

"미안하다, 스탠리. 소장님은 화석에는 관심이 없어."

그때 자석이 스탠리에게서 화석을 낚아채며 말했다.

"나도 좀 보자."

스탠리는 계속해서 펜댄스키 선생님만 빤히 쳐다봤다.

"야, 지그재그, 이 돌멩이 좀 봐."

"멋지다."

아이들은 화석을 돌려 보고 있었다.

"난 아무것도 안 보이는데."

엑스레이가 말했다. 그러고는 안경을 벗어서 흙이 잔뜩 묻은 옷으로 닦더니 다시 썼다.

"이것 봐. 요기 요 작은 물고기 좀 봐."

겨드랑이가 말했다.

11

스탠리는 자기 구덩이로 돌아갔다. 참 불공평한 일이었다. 펜댄스키 선생님 자신도 물고기 화석을 보고 신기하다고 말해놓고는, 그걸로 끝이라니. 스탠리는 삽을 땅바닥에 푹 쑤셔 넣고 흙을 한 삽 퍼냈다.

잠시 뒤 엑스레이가 스탠리의 구덩이로 와서 스탠리가 구덩이 파는 것을 지켜보다가 말을 걸었다.

"이봐, 원시인. 나랑 잠깐 얘기 좀 하자."

스탠리는 삽을 내려놓고 구덩이 밖으로 나왔다.

"잘 들어. 만약 또 뭔가를 발견하면 나한테 줘. 알았지?"

스탠리는 뭐라고 대답해야 할지 몰랐다. 엑스레이는 누가 봐도

D조의 대장이었다. 스탠리는 괜히 엑스레이의 눈 밖에 나고 싶지 않았다.

"넌 여기 새내기잖아. 난 거의 1년 동안이나 여기 있었어. 난 지금까지 한 번도 뭔가를 발견해본 적이 없어. 있잖아, 난 눈이 나빠. 다른 사람들은 아무도 모르지. 그런데 내 별명이 왜 엑스레이인지 아니?"

스탠리는 한쪽 어깨를 으쓱해 보였다.

"피그 라틴(어린이들이 영어로 하는 말장난의 하나로, 단어 첫머리 자음을 맨 뒤로 보낸 다음 거기에 다시 ay[ei]를 덧붙인다 ― 옮긴이) 알지? 그래서 엑스레이가 된 거야. 사실 난 눈뜬 봉사나 다름없어서 아무것도 찾을 수가 없어."

스탠리는 렉스(Rex)에서 어떻게 하면 엑스레이(X-ray)가 되는지 머릿속으로 그려보았다.

"내 말은, 여기에 온 지 이틀밖에 안 된 네가 어떻게 하루를 쉴수 있느냐는 거지. 하루 쉬어야 할 사람이 있다면, 당연히 나 아니겠어? 그게 공평하지. 안 그래?"

"말 되네."

스탠리가 동의를 표시하자, 엑스레이가 웃으며 말했다.

"원시인, 넌 참 좋은 녀석이야."

스탠리는 삽을 들었다.

생각할수록, 뭔가를 찾으면 엑스레이에게 주겠다고 하길 잘했다는 생각이 들었다. 초록호수 캠프에서 살아남으려면 일을 하루 안 하는 것보다 엑스레이에게 잘 보이는 게 100배는 더 중요하다고 생각했다. 게다가 또 다른 물건을 찾게 될 것 같지도 않았다. 어쩌면 이 호수에는 '신기한' 물건이 아예 없는지도 모를 일이었다. 설사 있다고 해도, 지금까지 스탠리 자신이 그렇게 운이 좋은 사람도 아니지 않은가.

스탠리는 삽날을 땅에 처박고는 다시 흙 한 삽을 퍼냈다. 따지고 보면 엑스레이가 대장이라는 것은 약간 의외였다. 엑스레이는 덩치가 제일 큰 것도, 성깔이 있는 것도 아니었다. 사실 엑스레이는 제로 다음으로 몸이 작았다. 덩치는 겨드랑이가 제일 컸다. 키는 지그재그가 겨드랑이보다 더 큰 것 같았지만, 그건 목이 길어서 그런 것뿐이었다. 그럼에도 불구하고, 겨드랑이를 비롯한 모든 아이들이 엑스레이의 말에 고분고분 따르는 것 같았다.

흙을 한 삽 또 파다가, 스탠리는 문득 덩치로 치면 겨드랑이가 제일 큰 게 아니라는 생각이 들었다. 원시인, 그러니까 자기가 가장 컸다.

스탠리는 아이들이 자기를 원시인이라고 부르는 게 좋았다. 그건 아이들이 스탠리를 자기네 패거리의 일원으로 받아들인다는 뜻일 테니 말이다. 아마 멀미봉투라고 불렀어도 스탠리는 좋아했을 것이다.

생각해보면 참 이상한 일이었다. 학교에서는 데릭 던 같은 아이들이 스탠리를 못살게 굴었다. 아마 데릭 던은 여기 있는 아이들과 같이 있다면 겁이 나서 기절할 지경일 것이다.

구덩이를 파면서 스탠리는 데릭 던이 겨드랑이나 오징어와 싸우면 어떻게 될까 하고 그려보았다. 데릭은 상대도 안 될 게 뻔했다.

스탠리는 여기 있는 아이들 모두와 친구가 되어 다 같이 자기 학교로 돌아가는 상상을 해보았다. 만약 데릭 던이 공책을 빼앗으려 든다면…….

"너 지금 뭐 하는 거야?"

잘난 체하는 던의 얼굴에 주먹을 날리며 오징어가 말하겠지.

"원시인은 우리 친구야."

던의 멱살을 잡으며 겨드랑이가 말하고.

스탠리는 그런 장면을 마음속으로 그리고 또 그려보았다. 매번 D조에 있는 아이들이 번갈아가며 데릭 던을 때려주는 장면을. 그런 생각을 하니 구덩이 파는 일이 쉬워졌고 고통도 덜어졌다. 이 정도 고통쯤이야 데릭이 겪을 고통에 비하면 10분의 1도 안 될 테니까.

12

다시 한 번, 스탠리는 꼴찌로 구덩이 파는 일을 마쳤다. 숙소로 돌아왔을 때는 이미 늦은 오후였다. 만약 누군가 트럭에 태워준다고 했으면 마다하지 않았을 것이다.

텐트로 들어서니, 펜댄스키 선생님과 다른 아이들이 땅바닥에 빙 둘러앉아 있었다.

"어서 와, 스탠리."

펜댄스키 선생님이 말했다.

"원시인, 구덩이는 다 팠냐?"

자석의 물음에 스탠리는 고개를 끄덕였다.

"구덩이에 침 뱉었지?"

오징어가 묻자 스탠리는 다시 고개를 끄덕였다. 그러고는 엑스
레이에게 말했다.

"네 말이 맞았어. 두 번째 구덩이가 제일 힘들어."

엑스레이가 고개를 저었다.

"세 번째 구덩이가 제일 힘들어."

"너도 이리 와서 앉아라."

펜댄스키 선생님이 말했다.

스탠리는 오징어와 자석 사이에 털썩 주저앉았다. 샤워를 하러
가기 전에 좀 쉬는 것도 좋겠지.

펜댄스키 선생님이 말했다.

"인생에서 뭘 하며 살 것인가에 대해 토론하던 중이야. 죽을 때
까지 초록호수 캠프에 있을 건 아니잖아. 여기를 떠난 다음을 준비
할 필요가 있지."

"엄마, 그거 잘됐네요. 사람들이 드디어 엄마를 여기서 내보내
줄 건가 보죠?"

자석이 말하자, 아이들이 키득거렸다.

"좋아, 호세. 넌 어떤 일을 하며 살고 싶니?"

펜댄스키 선생님이 물었다.

"모르겠어요."

자석이 대답했다.

"잘 생각해봐. 목표를 갖는 건 중요한 거야. 안 그러면 넌 결국

감옥에 가게 될 거야. 뭐 하고 싶은 것 없어?"

"모르겠어요."

"뭐든지 좋아하는 게 있을 거 아냐?"

"동물을 좋아해요."

"좋아. 동물하고 관련된 직업으로 뭐가 있는지 아는 사람?"

"수의사요."

겨드랑이가 대답하자, 펜댄스키 선생님은 맞장구를 쳤다.

"맞아."

"동물원에서 일할 수도 있어요."

이번에는 지그재그가 말했다.

"자석은 동물원이 딱 어울려요."

오징어는 그렇게 말하고는 엑스레이와 함께 까르르 웃었다.

"스탠리, 네 생각은 어때? 호세가 뭘 하면 좋을까?"

"동물 조련사요. 써커스나 영화나 뭐 그런 데서 일하는 거요."

스탠리는 한숨을 내쉬고는 말했다.

"방금 나온 것들 중 마음에 드는 직업이 있니, 호세?"

펜댄스키 선생님이 물었다.

"네. 원시인이 말한 게 좋네요. 영화에 나올 동물들을 훈련시키는 것 말이에요. 원숭이를 훈련시키면 재미있을 것 같은데요."

엑스레이가 기득거렸다.

"웃지 마라, 렉스. 다른 사람의 꿈을 비웃는 게 아니다. 누군가는 영화에 나올 원숭이를 훈련시켜야지."

펜댄스키 선생님이 말했다.

그러자 엑스레이가 대꾸했다.

"지금 누굴 바보로 아세요, 엄마? 자석은 절대 원숭이 조련사가 못 될 거예요."

"네가 그걸 어떻게 알아? 내 말은, 그 일이 쉽다는 게 아니야. 이 세상에 쉬운 일은 없어. 하지만 그게 포기할 이유가 되는 건 아니야. 마음만 제대로 먹으면 아주 많은 일을 할 수 있다는 걸 알게 될 거야. 그러면 너 스스로도 놀랄 거다. 어쨌든 딱 한 번 사는 인생이야. 그러니 최대한 멋진 인생이 되도록 노력해야 해."

펜댄스키 선생님이 말했다.

스탠리는 펜댄스키 선생님이 자기한테 뭘 하고 싶은지 물어보면 뭐라고 대답할까 생각했다. 예전에는 에프비아이(FBI, 미국연방수사국 —옮긴이)에서 일하고 싶다고 생각했다. 하지만 여기에서 그렇게 말하는 건 생뚱맞을 게 뻔했다.

"지금까지 너희들은 인생을 엉망으로 만드는 데 뛰어난 실력을 발휘했어. 너희들 딴에는 스스로를 멋지다고 생각한다는 것도 알아."

펜댄스키 선생님이 스탠리를 보며 말을 이었다.

"원시인이라는 별명이 붙었다고? 원시인, 구덩이 파는 건 마음에 들어?"

스탠리는 뭐라고 말해야 할지 몰랐다.

"좋아. 한 가지 말해주지, 원시인. 네가 지금 이곳에 있는 건 딱 한 사람 때문이야. 그 사람만 아니었다면, 네가 이 뙤약볕 아래에서 구덩이를 팔 일도 없었을 거야. 그 사람이 누군지 아니?"

"아무짝에도-쓸모없고-지저분하고-냄새-풀풀-나는-돼지도둑-고조할아버지요."

아이들은 배꼽을 잡고 웃어댔다.

심지어 제로마저도 웃음을 터뜨렸다.

스탠리는 제로가 웃는 모습을 오늘 처음 봤다. 제로는 평소에 잔뜩 화난 듯한 표정으로 다녔다. 그런데 지금은 어찌나 활짝 웃고 있는지, 꼭 할로윈 날 호박에 사람 얼굴 모양을 파서 만드는 초롱마냥 입이 쫙 벌어져 얼굴이 작아 보일 정도였다.

"아니야!"

펜댄스키 선생님이 소리치고는 이어 말했다.

"그 사람은 바로 너야, 스탠리. 네가 여기 있게 된 이유는 바로 너라고. 너는 네 자신에 대해 책임을 져야 해. 네가 네 인생을 엉망으로 만든 거야. 그리고 그걸 바로잡을 사람도 바로 너야. 다른 사람들이 그 일을 대신 할 수는 없어. 너희들 모두 마찬가지야."

펜댄스키 선생님은 아이들을 하나하나 둘러보면서 말했다.

"너희들은 다 개성이 있어. 잘할 수 있는 일이 다 한 가지씩은 있다고. 자기가 하고 싶은 일이 뭔지 스스로 생각해봐야 해. 그리고 그 일을 하는 거야. 제로, 너도 마찬가지야. 너희들은 아무짝에도 쓸모없는 사람들이 아니야."

제로의 얼굴에서 웃음이 사라졌다.

"무슨 일을 하면서 살고 싶니?"

펜댄스키 선생님이 제로에게 물었다.

제로는 입을 꾹 다물었다. 펜댄스키 선생님을 째려보는 제로의 눈이 금방이라도 툭 튀어나올 것 같았다.

"도대체 뭐야, 제로? 하고 싶은 일이 뭐야?"

펜댄스키 선생님이 계속 다그치자, 제로가 답했다.

"구덩이 파는 거요."

13

스탠리는 매일 어김없이 호수로 나가 삽질을 했다. 엑스레이의 말이 맞았다. 세 번째 구덩이가 가장 힘들었다. 아니, 네 번째가, 아니 다섯 번째가, 아니 여섯 번째가⋯⋯.

스탠리는 흙 속에 삽을 쑤셔 넣었다.

얼마 뒤 스탠리는 오늘이 며칠인지, 무슨 요일인지 신경도 쓰지 않게 되었다. 구덩이를 몇 개 팠는지도 알 수 없었다. 그냥 거대한 구덩이 하나를 1년 반 동안 파는 느낌이었다. 몸무게가 최소한 3킬로그램은 빠진 것 같았다. 1년 반 뒤면 몸이 아주 좋아지거나 아니면 죽거나 둘 중 하나일 것 같았다.

스탠리는 흙 속에 삽을 쑤셔 넣었다.

항상 이렇게 더울 수는 없겠지. 스탠리는 그렇게 생각했다. 물론 12월이 되면 기온이 떨어질 것이다. 하지만 그때가 되면 땅이 얼 것이다.

스탠리는 흙 속에 삽을 쑤셔 넣었다.

스탠리의 살갗은 날이 갈수록 단단해졌다. 이제는 삽을 잡아도 그리 아프지 않았다.

물통의 물을 마시면서 스탠리는 하늘을 올려다보았다. 이른 아침인데 구름 한 점이 보였다. 초록호수 캠프에 온 뒤로 처음 보는 구름이었다.

스탠리와 아이들은 온종일 그 구름을 지켜보았다. 혹시나 해를 가려주지 않을까 기대하면서. 구름은 이따금씩 해에 닿을 듯 말 듯 하면서 아이들의 애간장만 태웠다.

스탠리는 구덩이를 허리 높이만큼 팠다. 스탠리는 흙 속에 삽을 쑤셔 넣었다. 흙을 구덩이 밖에 있는 흙무덤으로 던지는 순간, 뭔가 반짝 하는 것 같았다. 무엇인지 제대로 볼 겨를도 없이 그것은 곧바로 흙에 파묻혀 버렸다.

스탠리는 잠시 흙더미를 물끄러미 바라보았다. 뭔가를 본 것 같기도 하고 아닌 것 같기도 했다. 뭔가가 진짜로 있다 하더라도 크게 도움이 될 건 없었다. 뭐든 발견하면 엑스레이에게 주겠다고 약속하지 않았던가. 수고스럽게 구덩이를 기어 나가 뭔지 확인해볼 가치는 없는 것 같았다.

스탠리는 구름을 힐끔 올려다보았다. 구름은 이제 해 가까이에 바짝 다가가 있어서 실눈을 떠야 볼 수 있었다.

스탠리는 흙 속에 삽을 쑤셔 넣었다. 그러고는 흙을 한 삽 퍼내 위로 들어 올렸다. 하지만 흙을 바로 흙더미 위로 던지지 않고 약간 옆으로 비켜나게 던졌다. 결국 호기심이 이겼다.

스탠리는 구덩이에서 기어 나와 손으로 흙더미 속을 뒤졌다. 뭔가 쇠붙이 같은 게 잡혔다.

꺼내 보니 그건 길쭉한 펜 뚜껑처럼 생긴 물건이었다. 색깔은 황금빛에 크기는 집게손가락만 했으며, 한쪽은 막혔고 한쪽은 트여 있었다.

스탠리는 아까운 물 몇 방울을 떨어뜨려 흙을 씻어냈다.

막힌 쪽 끝부분은 납작한 모양이었는데, 거기에 무슨 문양 같은 게 있었다. 스탠리는 그 위에 물 몇 방울을 더 떨어뜨린 다음 바지 주머니 안쪽 천을 꺼내 문질렀다.

스탠리는 금빛 뚜껑의 막힌 쪽 표면에 새겨진 문양을 다시 보았다. 하트 모양이 있었고, 그 안에 KB라고 새겨져 있었다.

스탠리는 이걸 엑스레이에게 주지 않을 방법이 없을까 궁리했다. 아무에게도 말하지 않고 그냥 가질 수도 있지만, 그러면 아무 득 될 게 없었다. 스탠리는 정말이지 쉬고 싶었다, 하루만이라도.

스탠리는 엑스레이의 구덩이 근처에 쌓인 커다란 흙더미를 바라보았다. 엑스레이는 곧 하루 일을 끝마칠 것 같았다. 지금부터 쉰다고 해봤자 엑스레이에게는 별로 좋을 것도 없었다. 엑스레이는 금 뚜껑을 먼저 미스터 선생님이나 펜댄스키 선생님에게 보여줄 것이고, 그러면 선생님들은 그것을 소장에게 보여줄 것이다. 그때쯤이면 엑스레이는 이미 오늘 일을 다 끝마친 다음일 것이다.

스탠리는 금 뚜껑을 아무도 모르게 직접 소장에게 가져가면 어떨까 하고 생각했다. 소장에게 상황을 설명하면, 소장은 적당한 이유를 둘러대서 스탠리를 하루 쉬게 해줄 테고, 그러면 엑스레이를 감쪽같이 속여 넘길 수도 있을 것 같았다.

스탠리는 호수를 가로질러, 참나무 두 그루 아래에 있는 오두막 집을 바라보았다. 스탠리는 그곳이 두려웠다. 초록호수 캠프에 온지 2주가 되었는데도, 스탠리는 아직 소장을 보지 못했다. 차라리 잘된 일인지도 모른다. 앞으로 1년 반 동안 소장을 보지 않고 지낸다면, 그것도 괜찮은 일일 것이다.

게다가 스탠리는 소장이 이 금 뚜껑을 '신기하게' 생각할지 어떨지 자신이 없었다. 스탠리는 금 뚜껑을 다시 한 번 보았다. 왠지 낯이 익었다. 예전에 어디선가 본 듯했지만, 콕 집어 어디인지는 생각나지 않았다.

"손에 든 게 뭐야, 원시인?"

지그재그가 물었다.

스탠리는 주먹을 쥐면서 얼른 금 뚜껑을 감췄다.

"아무것도 아니야, 어……."

그러나 스탠리는 이내 사실대로 털어놓았다.

"내가 뭔가를 발견한 것 같아."

"또 화석이냐?"

"아냐. 나도 뭔지 잘 모르겠어."

"어디 좀 보자."

스탠리는 그걸 지그재그에게 보여주는 대신 엑스레이에게 갔다. 지그재그가 뒤따라왔다.

엑스레이는 금 뚜껑을 보더니, 더러운 안경을 더러운 셔츠로 닦고는 다시 한 번 보았다. 다른 아이들도 하나둘 삽을 내려놓고 그 물건을 보러 왔다.

"오래된 탄피 같은데."

오징어가 말했다.

"그래, 탄피일지도 몰라."

스탠리가 말했다. 스탠리는 조각된 문양에 대해서는 입을 다물기로 마음먹었다. 아무도 그 문양을 못 봤을지도 모른다. 특히나 엑스레이가 그걸 봤을 리는 없을 것 같았다.

"탄피라고 하기에는 너무 길고 가늘잖아."

자석이 말했다.

"그냥 쓸데없는 쓰레기인가 봐."

스탠리가 말했다.

"글쎄, 엄마한테 보여줘야겠다. 뭐라고 하시는지 들어나 보지, 뭐. 혹시 알아? 내가 하루를 쉬게 될지."

엑스레이가 말했다.

"넌 구덩이 거의 다 팠잖아."

스탠리가 말했다.

"그래서?"

엑스레이의 대꾸에 스탠리는 어깨를 으쓱해 보이며 말했다.

"그러니까 내 말은…… 어, 내일까지 기다렸다가 엄마한테 보여주는 게 어떻겠느냐, 이 말이야. 아침 일찍 이걸 찾은 척하면, 오후에 한두 시간 쉬는 대신 하루 종일 쉴 수 있잖아."

엑스레이는 미소를 지었다.

"좋은 생각, 원시인."

엑스레이는 지저분한 오렌지색 바지 오른쪽에 달린 커다란 주머니에 금 뚜껑을 넣었다.

스탠리는 자기 구덩이로 돌아갔다.

물탱크 트럭이 왔을 때, 스탠리는 자기 자리에 서려고 했다. 줄 맨 끝 말이다. 그런데 엑스레이가 자석과 제로 사이로 오라고 했다.

스탠리가 줄에서 한 자리 승진한 것이다.

14

그날 밤, 스탠리는 간지럽고 고약한 냄새가 나는 간이침대에 누워 낮에 자기가 달리 행동할 수는 없었나 하고 곰곰이 생각해보았다. 하지만 그렇게 하는 것 말고는 별도리가 없었다. 행운과는 거리가 먼 인생에서 딱 한 번 올바른 시간에 올바른 장소에 있었지만, 그것도 결국 허사였다.

"그거 가지고 있지?"

다음 날 아침 식사 시간에 스탠리는 엑스레이에게 물었다.

엑스레이가 지저분한 안경알 너머로 새우 눈을 하고는 스탠리를 보았다. 그러고는 투덜거리듯 말했다.

"뭔 소린지 모르겠는데."

"있잖아……."

"아니, 있긴 뭐가 있어!"

엑스레이가 쏘아붙이고는 이어 말했다.

"됐거든, 응? 너랑 얘기하기 싫어."

스탠리는 더 아무 말도 할 수가 없었다.

미스터 선생님이 호수까지 아이들을 인솔했다. 가는 동안 내내 해바라기 씨를 씹고는 껍질을 내뱉었다. 미스터 선생님이 구두 굽으로 땅을 긁어 구덩이를 팔 곳들을 표시했다.

딱딱하고 메마른 땅에 삽을 대고 스탠리는 삽날 위를 힘껏 밟았다. 엑스레이가 아침에 왜 그렇게 쏘아붙였는지 도무지 이해할 수 없었다. 그 금 뚜껑을 선생님들한테 보여줄 생각이 아니라면 왜 자기한테 달라고 했을까? 그냥 가지고 있을 참인가? 그 뚜껑은 황금빛이었지만, 진짜 금 같지는 않았다.

해가 뜨고 얼마 되지 않아 물탱크 트럭이 왔다. 스탠리는 마지막으로 남은 물을 싹 마셔버리고 구덩이에서 빠져나왔다. 하루 중 이맘때쯤이면 이따금 호수 맞은편에 있는 언덕이나 산을 볼 수 있었다. 언덕이나 산은 아주 잠깐 동안만 보였다가 이내 아지랑이와 흙먼지 속으로 모습을 감추었다.

트럭이 멈추고 흙먼지가 지나갔다. 엑스레이는 줄 맨 앞 자기 자리에 섰다. 펜댄스키 선생님이 엑스레이의 물통을 채웠다.

"고맙습니다, 엄마."

엑스레이는 그 말만 할 뿐, 뚜껑에 대해서는 입도 뻥긋하지 않았다.

펜댄스키 선생님은 아이들의 물통을 다 채워준 뒤, 트럭 운전석으로 갔다. 펜댄스키 선생님은 이제 E조 아이들에게 물을 주러 가야 했다. E조 아이들이 200미터쯤 떨어진 곳에서 구덩이를 파는 게 보였다.

"펜댄스키 선생님!"

엑스레이가 자기 구덩이에서 소리쳤다.

"잠깐만요, 펜댄스키 선생님! 제가 뭔가 발견한 것 같아요."

펜댄스키 선생님은 엑스레이의 구덩이 쪽으로 걸어갔고, 아이들도 모두 그 뒤를 따랐다. 엑스레이의 삽에 얹힌 흙 속에 금 뚜껑이 처박혀 있었다.

펜댄스키 선생님은 그것을 찬찬히 살펴보고는 납작한 한쪽 끝을 한참 동안 바라보았다.

"소장님이 이걸 아주 좋아하실 것 같다."

"엑스레이는 오늘 하루 쉬나요?"

오징어가 물었다.

"별다른 지시가 있을 때까지 계속 구덩이를 파라."

펜댄스키 선생님은 그렇게 말하고는 씩 웃으면서 덧붙였다.

"렉스, 하지만 내가 너라면 구덩이를 열심히 파진 않겠어."

스탠리는 먼지 구름이 호수를 가로질러 나무 아래에 있는 오두막집 쪽으로 가는 것을 지켜보았다.

E조 아이들은 물을 마시려면 기다리는 수밖에 없었다.

트럭이 다시 돌아오기까지는 시간이 얼마 걸리지 않았다. 펜댄스키 선생님이 트럭에서 내렸고, 빨간 머리에 키가 큰 여자가 조수석에서 내렸다. 구덩이 안에서 봐서 그런지, 여자는 실제보다 더 커 보였다. 여자는 검은 카우보이모자를 쓰고, 터키옥 장식이 박힌 검은 카우보이장화를 신었다. 소매를 걷어 올린 채였는데, 팔이 주근깨투성이였다. 얼굴도 주근깨투성이였다. 여자는 곧장 엑스레이에게 걸어갔다.

"여기서 네가 이걸 발견했다는 거냐?"

"네, 소장님."

"좋은 일을 했으니 보상이 따를 거야."

소장이 펜댄스키 선생님에게 돌아서서 말했다.

"엑스레이를 트럭에 태워 캠프로 데려가. 샤워 시간을 두 배로 늘려주고, 깨끗한 옷도 주도록. 하지만 먼저 여기 있는 아이들 물통에 물을 가득 채워줘."

"조금 전에 물을 다 채워줬습니다."

그 말을 들은 소장이 펜댄스키 선생님을 쩨려보았다.

"뭐라고?"

소장의 목소리는 부드러웠다.

"조금 전에 물을 다 채워줬습니다. 그러니까 렉스가……."

"뭐라고?"

소장이 다시 말했다.

"내가 마지막으로 물을 채워준 게 언제인지 물었나?"

"아뇨, 하지만……."

"뭐라고?"

펜댄스키 선생님이 입을 다물었다. 소장이 펜댄스키 선생님을 향해 손가락을 까딱거리며 가까이 오라고 했다.

"날씨가 더워. 그리고 점점 더 더워질 거야. 자, 이 착한 아이들은 열심히 일을 하고 있어. 당신이 물을 채워준 뒤 애들이 물을 마셨을 수도 있잖아?"

펜댄스키 선생님은 아무 대꾸도 하지 못했다.

"원시인, 이쪽으로 와봐."

소장이 스탠리를 보며 말했다.

스탠리는 소장이 자기 별명을 안다는 사실에 놀랐다. 스탠리는 소장을 한 번도 본 적이 없었다. 트럭에서 내리기 전까지는 소장이 여자라는 사실조차 몰랐다.

스탠리는 잔뜩 긴장한 채 소장에게 다가갔다.

"펜댄스키 선생님하고 내가 약간 의견이 엇갈리는데 말이지, 펜댄스키 선생님이 물통을 채워주고 나서 너 물 마셨니, 안 마셨니?"

스탠리는 펜댄스키 선생님을 난처하게 만들고 싶지 않았다.

"물은 충분히 남아 있습니다."

"뭐라고?"

"네, 조금 마셨습니다."

스탠리는 움찔하며 다시 대답했다.

"고맙다. 네 물통 좀 봐도 되겠니?"

스탠리는 물통을 소장에게 건넸다. 소장의 손톱에는 짙은 빨강색 매니큐어가 칠해져 있었다.

소장이 천천히 물통을 흔들자 물이 찰랑거리는 소리가 났다.

"물이 꽉 안 찬 게 들리지?"

"네."

펜댄스키 선생님이 대답했다.

"그럼 가득 채워. 그리고 다음번에는 내가 뭘 하라고 말하면 이러쿵저러쿵 토 달면서 내 권위에 도전하지 말고 그대로 따라주면 좋겠어. 만약 물통에 물을 채워주는 게 너무 힘든 일이라고 생각한다면, 당신한테 삽을 주도록 하지. 당신이 구덩이를 파고, 물통을 채우는 일은 원시인이 하는 거야."

소장은 이어 스탠리를 향해 말했다.

"그 일이 그렇게 힘들지는 않겠지, 그렇지?"

"네."

스탠리가 대답하자, 소장은 다시 펜댄스키 선생님에게 물었다.

"자, 어떻게 할까? 물통을 채우겠어, 아니면 땅을 파겠어?"

"물통을 채우겠습니다."

"고맙군."

15

펜댄스키 선생님은 다시 아이들 물통에 물을 채웠다.

소장은 트럭 뒤에서 갈퀴를 꺼냈다. 그러고는 뭔가 다른 게 또 있나 보려고, 엑스레이가 파 올린 흙더미를 갈퀴로 긁었다.

"엑스레이를 텐트에 내려주고 손수레를 세 개 가져오도록."

엑스레이는 물탱크 트럭에 올라탔다. 차가 출발하자 엑스레이는 넓은 차창에 기대어 손을 흔들었다.

"제로, 네가 엑스레이의 구덩이를 맡아."

소장이 말했다. 제로가 구덩이를 가장 빨리 파는 아이라는 것을 소장도 아는 듯했다.

"겨드랑이하고 오징어, 너희들은 파던 구덩이를 마저 파. 하지만 너희를 도와줄 애들을 붙여주겠어. 지그재그, 넌 겨드랑이를 도와줘. 자석은 오징어를 도와주고. 원시인, 넌 제로와 함께 일해. 지금부터는 두 번에 걸쳐서 흙을 파내는 거야. 제로가 구덩이에서 흙을 파내면, 원시인이 삽으로 그 흙을 조심스럽게 손수레에 싣는 거야. 지그재그하고 겨드랑이 그리고 자석하고 오징어도 마찬가지로 일하는 거다. 뭐든지 하나라도 놓치면 안 돼. 둘 중에 한 사람이라도 뭔가를 발견하면, 둘 다 오늘 하루는 쉰다. 그리고 샤워 시간을 두 배로 준다. 손수레가 가득 차면, 흙을 여기서 멀리 떨어진 곳에 갖다 버려. 이 주위에 흙을 쌓아두면 안 되니까."

소장은 그날 작업이 끝날 때까지 자리를 지켰다. 펜댄스키 선생님과 잠시 뒤에 나타난 미스터 선생님도 마찬가지였다. 이따금 다른 조의 아이들에게 물을 주러 잠깐 갈 때를 빼놓고는 미스터 선생님과 트럭은 줄곧 이곳에 죽치고 있었다. D조 아이들이 갈증이 나지 않도록 소장이 각별히 신경을 썼기 때문이다.

스탠리는 소장이 시키는 대로 일을 했다. 제로가 퍼 올린 흙을 삽으로 손수레에 실으면서 하나도 빠짐없이 찬찬히 살폈다. 하지만 뭔가를 찾을 거라는 기대는 하지 않았다.

이 일이 혼자 구덩이를 파는 것보다 쉬웠다. 손수레가 가득 차면, 멀찌감치 가서 흙을 버렸다.

소장은 가만히 있지를 못했다. 계속 여기저기 돌아다니며 아이들 어깨 너머로 살피고 갈퀴로 흙더미를 들쑤시기도 했다.

"잘하고 있어, 아주 좋아."

소장은 스탠리에게 그렇게 말했다.

잠시 뒤 소장은 아이들에게 일을 맞바꾸라고 말했다. 이제 스탠리, 지그재그, 자석이 구덩이를 파고 제로, 겨드랑이, 오징어는 파올린 흙을 삽으로 퍼서 손수레에 실었다.

점심 식사 뒤 제로가 다시 땅 파는 일을 했고, 스탠리가 다시 손수레를 맡았다.

"서두를 필요 없어."

소장은 몇 번이나 그렇게 말했다.

"중요한 건 어떤 물건이든 놓치지 않는 거야."

아이들이 파는 구덩이는 어느덧 깊이와 폭이 2미터 가까이 되었다. 하지만 혼자서 1.5미터짜리 구덩이를 파는 것보다 둘이서 2미터짜리 구덩이를 파는 게 더 쉬웠다.

소장이 말했다.

"좋아, 오늘은 이만하면 됐어. 지금까지 기다렸는데, 하루 더 못 기다리겠어?"

미스터 선생님은 소장을 다시 오두막집까지 태워다 주었다.

"소장이 어떻게 우리 별명을 다 아는지 모르겠네."

숙소로 돌아가면서 스탠리가 말했다.

"소장은 항상 우리를 지켜보고 있어. 사방에 비밀 카메라와 도청 장치를 숨겨놨거든. 텐트에도, 휴게실에도, 샤워실에도."

지그재그가 말했다.

"샤워실에도?"

스탠리가 되물었다. 스탠리는 지그재그가 피해망상에 사로잡힌 것 같다고 생각했다.

"카메라는 아주 작아. 새끼발톱만 하지."

겨드랑이가 말했다.

스탠리는 그 말도 믿어지지 않았다. 카메라를 그 정도로 작게 만들 수 있을 것 같지 않았다. 혹 도청장치는 그럴 수 있다 치더라도.

어쨌든 스탠리는 엑스레이가 아침 식사 때 왜 금 뚜껑에 대해 얘기하려 하지 않았는지 깨달았다. 소장이 훔쳐 들을 것을 걱정한 것이다.

한 가지는 분명했다. 아이들은 그저 '인격 수양을 위해' 땅을 파는 게 아니라는 사실이었다. 무언가 찾는 물건이 있었던 것이다.

그리고 또 한 가지 사실. 찾는 물건이 무엇이건, 아이들은 지금 잘못된 장소에서 그 물건을 찾고 있다는 것이다.

스탠리의 눈길이 호수를 가로질러 어제 금 뚜껑을 찾아낸 구덩이에 박혔다. 스탠리는 자신의 기억 속에 그 구덩이를 파서 새겼다.

16

휴게실에 들어서자, 방이 온통 울리도록 엑스레이가 떠드는 소리가 들려왔다.

"거 봐, 내가 뭐라 그랬어. 내 말이 맞지, 내 말이 맞지?"

방 안에 있는 다른 아이들은 다들 파김치가 되어 있었다. 부러진 의자와 소파에 여기저기 아무렇게나 널브러져 있었다. 엑스레이만 생기가 넘쳤다. 엑스레이는 깔깔 웃어대고 두 팔을 휘저으며 떠들었다.

"어이, 원시인! 내 친구!"

엑스레이가 큰 소리로 말했다.

스탠리는 방을 가로질러 갔다.

"오징어, 옆으로 좀 비켜봐, 원시인 앉게."

엑스레이가 소리쳤다.

스탠리는 소파에 털썩 앉았다.

스탠리는 비밀 카메라가 어딘가에 있는지 둘러보았다. 아무것도 보이지 않았다. 스탠리는 소장도 아무것도 못 보길 바랐다.

"무슨 일이야? 너희들 힘드냐?"

엑스레이가 이렇게 말하고는 깔깔거렸다.

"야, 그만 좀 해라. 텔레비전 좀 보자."

지그재그가 옆에서 투덜거렸다.

스탠리는 지그재그에게 눈길을 돌렸다. 지그재그는 박살난 텔레비전 화면을 뚫어져라 보고 있었다.

다음 날 아침 식사 때 소장이 아이들을 찾아왔다. 그러고는 아이들과 함께 어제 구덩이를 팠던 곳으로 갔다. 네 명이 구덩이를 파고, 세 명이 손수레를 맡았다.

"여기서 또 보게 되니 반갑구나, 엑스레이. 우리한테는 네 예리한 눈이 필요하단다."

소장이 엑스레이에게 말했다.

스탠리는 구덩이 파는 일보다 손수레 미는 일을 주로 맡았다. 구덩이를 너무 느리게 파기 때문이었다. 스탠리는 파낸 흙을 손수레에 싣고 가서 예전에 판 구덩이들에 쏟아 부었다. 하지만 신경을 써서 실제로 금 뚜껑을 발견한 구덩이에는 흙을 쏟지 않았다.

스탠리의 머릿속에는 금 뚜껑이 선명하게 남아 있었다. 확실히 낯익은 물건이긴 한데, 어디서 봤는지 도무지 생각이 나지 않았다. 멋진 금 만년필의 뚜껑이 아닐까 하고도 생각해보았다. 'KB'는 유명한 작가의 이니셜일 수도 있겠다는 생각도 들었다. 하지만 스탠리 머릿속에 떠오르는 유명한 작가라고는 찰스 디킨스와 윌리엄 셰익스피어, 마크 트웨인뿐이었다. 게다가 그건 사실 만년필 뚜껑처럼 보이지는 않았다.

점심때가 되자 소장은 인내심을 잃기 시작했다. 소장은 밥을 빨리 먹으라고 채근하고는 곧바로 다시 일을 시켰다.

"아이들이 더 빨리 구덩이를 파게 하지 못하면, 당신도 구덩이로 기어 내려가 같이 파야 할지도 몰라."

소장은 미스터 선생님에게 그렇게 말했다.

그 뒤로 아이들은 일을 더 빨리 했다. 특히 미스터 선생님이 지켜볼 때는. 스탠리는 달리다시피 손수레를 밀었다. 미스터 선생님은 너희들은 걸스카우트가 아니라고 계속해서 떠들어댔다.

다른 조 아이들이 모두 작업을 마치고도 한참이 지나서야 D조 아이들은 일을 마쳤다.

그날 늦은 시간, 스탠리는 허름한 의자에 팔다리를 쭉 뻗고 앉아 있었다. 엑스레이와 자신이 곤경에 처하지 않으면서도, 소장에게 실제로 금 뚜껑을 발견한 구덩이를 알려줄 방법이 없을까 궁리했지만 가능한 일 같지 않았다. 심지어는 밤에 몰래 나가 혼자서 그 구덩이를 더 파헤쳐 볼까 하는 생각까지 했다. 하지만 하루 종일 땅을 파고 나서 밤에 또 땅을 팔 생각을 하니 끔찍하기만 했다. 게다가 밤에는 삽을 넣어두는 창고를 잠가두었다. 혹시라도 아이들이 삽을 무기로 쓸까 봐 그럴 것이다.

펜댄스키 선생님이 휴게실로 들어왔다. 선생님이 "스탠리" 하고 부르며 다가왔다.

"걔 이름은 원시인이에요."

엑스레이가 말했다.

"스탠리."

펜댄스키 선생님이 다시 불렀다.

"제 이름은 원시인입니다."

스탠리가 말했다.

"흠, 여기 스탠리 옐내츠라는 사람 앞으로 편지가 한 통 왔는데."

펜댄스키 선생님이 손에 든 편지봉투를 뒤집으며 말했다.

"원시인이라고는 어디에도 안 적혀 있는데."

"어, 감사합니다."

엄마한테서 온 편지였다.

"누가 보낸 거야? 엄마?"

오징어가 물었다.

스탠리는 편지를 큼직한 바지 주머니에 넣었다.

"우리한테 안 읽어줄 거야?"

겨드랑이가 물었다.

"가만 좀 내버려 둬라. 읽어주기 싫으면 안 읽어주는 거지. 아마 여자 친구한테서 온 편지인가 보지."

엑스레이가 말했다.

스탠리는 빙긋이 웃었다.

아이들이 모두 저녁 식사를 하러 간 후에 스탠리는 편지를 꺼내 들었다.

사랑하는 스탠리.

네 소식을 듣고 얼마나 기뻤는지 모른다. 네 편지를 보고 있자니 아이들을 여름 캠프에 보낼 여유가 있는 다른 엄마들 같은 기분이 들더구나.

그곳이 보통 여름 캠프와 같지 않다는 건 엄마도 잘 안다. 하지만 어려운 상황에서도 최선을 다하려는 네 모습이 대견하기만 하구나. 누가 알겠니? 이번 일이 좋은 결과를 낳게 될지.

아빠는 운동화 실험에서 곧 획기적인 발전을 이룰 것이라고 생각하셔. 그렇게만 되면 얼마나 좋겠니. 집주인은 냄새난다고 집을 비우라고 난리다.

신발 속에 사는 난쟁이 할멈이 참 안됐다는 생각이 들더구나. 냄새가 얼마나 지독할까!

사랑하는 엄마와 아빠가

"뭐가 그렇게 재밌어?"

제로가 물었다.

스탠리는 깜짝 놀랐다. 다들 저녁을 먹으러 간 줄 알았기 때문이다.

"아무것도 아냐. 그냥 엄마가 쓴 편지 때문에."

"뭐라고 하시는데?"

"아무것도 아니라니까."

"그래, 미안하다."

"음, 사실 우리 아빠는 헌 운동화를 새 운동화로 바꾸는 방법을 발명하고 싶어 하셔. 그래서 우리 집에서는 늘 고약한 냄새가 나. 아빠가 항상 헌 운동화를 삶고 있으니까. 엄마는 신발 속에 사는 난쟁이 할멈이 참 안됐다는 생각이 든대. 냄새가 얼마나 지독하겠니?"

제로는 멍한 표정으로 스탠리를 빤히 쳐다보았다.

"너, 그 자장가 알지?"

스탠리가 물었지만 제로는 아무 말도 없었다.

"신발 속에 사는 난쟁이 할멈 나오는 자장가 못 들어봤어?"

"못 들어봤어."

스탠리는 어안이 벙벙했다.

"어떻게 부르는 건데?"

"「쎄서미 스트리트」(미국에서 인기 있는 어린이 프로그램―옮긴이)도 안 봤어?"

제로는 멀뚱멀뚱 스탠리를 바라볼 뿐이었다.

스탠리는 저녁을 먹으러 발걸음을 옮겼다. 초록호수 캠프에서 자장가를 불러봤자 바보 같은 기분밖에 더 들겠는가.

17

　다음 열흘 동안 아이들은 엑스레이가 금 뚜껑을 찾았다고 한 구덩이와 그 일대를 집중적으로 팠다. 엑스레이의 구덩이는 점점 커졌고, 겨드랑이의 구덩이와 오징어의 구덩이도 역시 점점 커졌다. 그러다 나흘째 되는 날, 그 구덩이 세 개가 연결되어 커다란 구덩이 하나가 되었다.

　날이 갈수록 소장의 인내심은 줄어들었다. 소장은 점점 더 아침에 늦게 나오고, 오후에 일찍 돌아갔다. 그렇지만 아이들이 구덩이를 파는 시간은 점점 늘어만 갔다.

　어느 날 아침 늦게, 그러니까 해가 뜬 뒤에 소장이 나타났다.

　"어제 내가 떠날 때보다 조금도 더 안 커졌잖아. 도대체 구덩이 속에서 뭘들 하는 거야?"

소장이 묻자 오징어가 대답했다.

"아무것도."

그건 적당한 대답이 아니었다.

바로 그 순간, 겨드랑이가 소변을 보고 오던 참이었다.

소장이 물었다.

"아이고, 이거 반갑구먼. 무얼 하다 오시는 건가?"

"저는…… 그러니까, 볼일이……."

소장이 느닷없이 겨드랑이에게 갈퀴를 휘둘렀다. 겨드랑이는 큰 구덩이 속으로 벌러덩 쓰러졌다. 겨드랑이의 셔츠 앞쪽에 구멍이 세 개, 그리고 조그만 핏자국이 세 군데 생겼다.

소장이 펜댄스키 선생님을 향해 말했다.

"애들한테 물을 너무 많이 준 것 같군."

아이들은 오후 늦게까지 줄곧 구덩이를 팠다. 다른 조 아이들이 일을 마친 뒤에도 남아서 한참 동안 더 일했다. 스탠리는 다른 아이들 여섯 명과 함께 큰 구덩이 안에 있었다. 이제 손수레는 쓰지 않았다.

스탠리는 삽을 구덩이 벽 한쪽에 쿡 쑤셔 박았다. 그러고는 흙을 뜬 삽을 구덩이 입구까지 들어 올렸다. 그 순간 지그재그의 삽날이 스탠리의 옆머리를 후려쳤다.

스탠리는 쓰러졌다.

정신이 하나도 없었다. 올려다보니 지그재그의 마구 뻗친 머리가 자기를 내려다보고 있었다.

"나는 그 흙 안 파. 그건 네가 파야 할 흙이야."

지그재그가 말했다.

"엄마! 원시인이 다쳤어요!"

자석이 소리쳤다.

스탠리는 손으로 목을 더듬었다. 귀 바로 아래가 찢어져 피가 흘렀다.

자석이 스탠리를 부축해서 구덩이 밖으로 데리고 나갔다. 미스터 선생님이 해바라기 씨 주머니를 찢어 붕대를 만들어서 스탠리의 상처를 싸맸다. 그러고는 스탠리에게 다시 일하러 가라고 했다.

"낮잠 시간이 아니야."

스탠리가 구덩이로 돌아가자, 지그재그가 기다리고 있었다.

"저건 네 흙이야. 네 흙은 네가 파. 네 흙이 내 흙을 덮고 있잖아."

스탠리는 어지러웠다. 자그마한 흙더미가 보였다. 그 흙이 지그재그의 삽에 맞았을 때 자기 삽에 올려져 있던 흙이라는 것을 깨닫는 데는 시간이 조금 걸렸다.

스탠리는 그 흙을 퍼 올렸다. 그러자 지그재그가 '스탠리의 흙'이 있던 자리 밑으로 삽을 쑤셔 넣었다.

18

다음 날 아침, 펜댄스키 선생님이 아이들을 호수의 다른 구역으로 인솔했다. 아이들은 각자 원래대로 깊이와 폭이 1.5미터짜리인 구덩이를 하나씩 팠다. 스탠리는 다시 작은 구덩이를 파게 되어 기뻤다. 이제는 적어도 하루에 땅을 얼마나 파야 하는지 가늠할 수 있었기 때문이다. 게다가 다른 아이의 삽이 얼굴에 날아들 일도 없고 소장이 옆에서 어슬렁거리지도 않아서 안심이 되었다.

스탠리는 흙을 한 삽 퍼서, 몸을 천천히 돌린 다음 버렸다. 몸을 돌릴 때 조심조심 천천히 돌려야 했다. 갑자기 빨리 움직이면 지그재그의 삽에 맞은 목이 욱신욱신 쑤셨다.

귀 뒤가 상당히 많이 부어 올랐다. 캠프에는 거울이 없었지만, 스탠리는 삶은 달걀처럼 귀 뒤가 불룩 솟은 모습을 상상할 수 있었다.

거기만 빼면 아픈 데는 전혀 없었다. 근육은 더욱 단단해졌고, 손에는 굳은살이 박였고, 힘은 더 세졌다. 스탠리는 여전히 제일 늦게 구덩이를 파는 아이였지만, 자석보다 아주 조금 더 느릴 뿐이었다. 자석이 캠프로 돌아가고 30분 안에 스탠리도 구덩이에 침을 뱉을 수 있었다.

샤워를 하고 나서, 스탠리는 지저분한 옷을 사물함에 넣고 필기도구 상자를 꺼냈다. 그러고는 텐트에 혼자 남아 편지를 썼다. 엄마한테 편지를 쓴다고 오징어나 다른 아이들한테 놀림을 받는 게 싫었기 때문이다.

사랑하는 엄마, 아빠

캠프는 힘들지만 재미있기도 해요. 요 며칠 동안은 장애물 달리기를 했어요. 이제는 호수에서 장거리 수영을 할 거래요. 내일 우리는……

누군가 텐트 안으로 들어왔다. 스탠리는 편지 쓰는 걸 멈췄다. 제로였다. 스탠리는 다시 편지를 썼다. 제로가 어떻게 생각하든 상관없었다. 제로는 신경을 꺼도 되는 아이였다.

……암벽 등반을 배울 거예요. 무섭게 들리죠? 하지만 걱정 마세요.

제로는 이제 스탠리 옆에 서서 스탠리가 편지 쓰는 걸 지켜보았다.
스탠리는 고개를 돌렸다. 목이 욱신거렸다.

"어깨 너머로 훔쳐보는 거 싫어. 알았어?"

제로는 아무 말이 없었다.

조심할게요. 이곳에서 놀이랑 게임만 하는 건 아니에요. 하지만 아주 많은 걸 얻고 있다고 생각해요. 인격 수양을 하는 거죠. 다른 아이들은……

"난 할 줄 몰라."

제로가 불쑥 말했다.

"뭘?"

"나한테 가르쳐줄 수 있니?"

스탠리는 제로가 무슨 얘기를 하는지 도통 알 수가 없었다.

"뭘 가르쳐줘? 암벽 등반?"

제로는 스탠리를 물끄러미 바라보았다.

"뭐 말이야?"

스탠리는 덥고 피곤한 데다 상처까지 화끈거렸다.

"난 읽고 쓰는 법을 배우고 싶어."

스탠리는 푸 하고 짧게 웃음을 터뜨렸다. 제로를 비웃은 긴 아니었다. 너무 뜻밖이어서 그런 것이다. 내내 제로가 어깨 너머로 편지를 훔쳐 읽는다고 생각했으니 말이다.

"미안해. 난 어떻게 가르쳐야 하는지 몰라."

하루 종일 구덩이를 판 스탠리에게는 제로에게 읽고 쓰는 법을 가르칠 만한 힘이 없었다. 스탠리는 다른 일을 위해 힘을 아껴야 했다.

"쓰는 법은 안 가르쳐줘도 돼. 읽는 법만 가르쳐줘. 어차피 난 글을 써서 줄 사람도 없으니까."

"미안해."

스탠리가 다시 한 번 말했다.

지난 몇 주 동안 스탠리는 근육과 손만 딱딱해진 게 아니었다. 심장 역시 딱딱해졌다.

편지를 다 쓴 스탠리는 겨우겨우 침을 모아 우표와 편지봉투를 붙였다. 아무리 물을 많이 마셔도 스탠리는 항상 목이 말랐다.

19

어느 날 밤 스탠리는 이상한 소리에 잠에서 깼다. 순간 짐승이 왔나 싶어 온몸이 오싹했다. 잠이 싹 달아나서 보니, 그 소리는 바로 옆 침대에서 나고 있었다.

오징어가 울고 있었다.

"너 괜찮니?"

스탠리가 속삭였다.

오징어가 머리를 홱 돌렸다. 오징어는 코를 훌쩍거리며 숨을 할딱거렸다.

"어, 그냥 좀…… 나 괜찮아."

오징어는 이렇게 속삭이더니, 다시 코를 훌쩍거렸다.

아침에 스탠리는 오징어에게 몸이 좀 나아졌냐고 물었다.

"네가 내 엄마라도 되냐?"

오징어의 말에 스탠리는 어깨를 으쓱했다.

"난 알레르기가 있어. 알겠어?"

"알았어."

"한 번만 더 입을 놀리면 네 턱을 박살내 버릴 거야."

스탠리는 거의 항상 입을 다물고 지냈다. 혹시 말실수라도 할까 봐 누구하고도 쓸데없이 말을 많이 하지 않았다. 아이들은 스탠리를 두고 원시인이니 뭐니 하고 불렀지만, 스탠리는 다른 아이들이 자신을 해칠 수 있다는 것을 늘 염두에 두었다. 아이들이 여기까지 온 데는 다 이유가 있을 것이다. 미스터 선생님 말마따나 여기는 걸스카우트 캠프가 아니지 않은가.

스탠리는 인종 문제가 없어서 참 다행이라고 생각했다. 엑스레이, 겨드랑이, 제로는 흑인이었다. 스탠리, 오징어, 지그재그는 백인이었다. 자석은 라틴아메리카 혈통이었다. 하지만 호수에서 보면 아이들의 피부색은 하나같이 땅 색깔과 같은 구릿빛이었다.

스탠리의 눈에 먼지 구름을 일으키며 오는 물탱크 트럭이 보였다. 스탠리의 물통에는 아직도 물이 4분의 1 정도 남아 있었다. 스탠리는 얼른 물을 마시고 나서 자기 자리로, 그러니까 자석과 제로 사이로 가서 줄을 섰다. 더위와 먼지 그리고 자동차 배기가스 때문에 공기는 무겁기만 했다.

미스터 선생님이 아이들의 물통을 채웠다.

트럭은 떠났고, 스탠리는 자기 구덩이로 돌아가 다시 삽을 잡았다. 그때 자석이 소리치는 게 들렸다.

"누구 해바라기 씨 먹을 사람?"

자석은 손에 해바라기 씨 자루를 들고 있었다. 씨 한 움큼을 입 안으로 털어 넣더니 껍질까지 통째로 씹어 삼켰다.

"여기!"

엑스레이가 소리쳤다.

자루는 반쯤 찬 것 같았다. 자석이 자루 입구를 둘둘 만 다음 엑스레이에게 던졌다.

"미스터 선생님 몰래 그걸 어떻게 빼냈어?"

겨드랑이가 물었다.

"나도 몰라. 내 손은 자석이거든."

자석이 두 손을 치켜들더니 손가락을 흔들면서 웃었다.

자루는 엑스레이의 손을 거쳐 겨드랑이에게 갔다가 오징어에게 건네졌다.

"음식은 역시 그냥 먹는 게 좋아. 통조림 깡통에 집어넣는 게 아니라."

겨드랑이가 말했다.

오징어가 자루를 지그재그에게 던졌다.

스탠리는 다음 차례가 자기라는 것을 알았다. 하지만 자루를 받고 싶지 않았다. 자석이 "누구 해바라기 씨 먹을 사람?"이라고 외치던 순간부터 스탠리는 뭔가 일이 벌어질 거라는 것을 알고 있었다. 미스터 선생님이 다시 돌아올 게 뻔했다. 게다가 소금기 있는 해바라기 씨를 먹어봐야 목만 타지 않겠는가.

지그재그가 말했다.

"자, 이거 받아. 항공우편 특별 배달이오."

스탠리가 받기도 전에 해바라기 씨가 쏟아졌는지, 아니면 스탠리가 자루를 떨어뜨려서 쏟아졌는지는 모르겠다. 스탠리 생각에는 지그재그가 자루를 묶지 않고 던진 것 같았다. 자기가 자루를 놓친 것도 그 때문인 것 같았다.

어쨌든 모든 일이 순식간에 일어났다. 해바라기 씨 자루가 날아오는가 싶더니, 다음 순간 자루가 스탠리의 구덩이 속으로 툭 떨어졌고, 해바라기 씨가 쏟아져 사방으로 흩어졌다.

"이런!"

자석이 소리쳤다.

"미안해."

스탠리는 씨를 자루에 주워 담으려고 했다.

"난 흙을 먹고 싶지는 않아."

엑스레이가 말했다.

스탠리는 어찌할 바를 몰랐다.

"트럭이 온다!"

지그재그가 소리쳤다.

스탠리는 고개를 들어 먼지 구름이 다가오는 것을 보고는 흩어진 해바라기 씨를 내려다보았다. 스탠리는 또 한 번 잘못된 시간에 잘못된 장소에 있었다.

이게 뭐 새삼스러운 일인가?

스탠리는 삽으로 흙을 파서 씨를 덮으려고 애썼다.

나중에 깨달은 것이지만, 스탠리는 밖에 파놓은 흙더미를 구덩이 속으로 퍼부어야 했다. 그러나 당시에는 파놓은 흙을 다시 구덩이 속으로 밀어 넣는다는 것은 상상도 못할 일이었다.

"안녕하세요, 미스터 선생님. 일찍 오셨네요?"

엑스레이가 말했다.

"방금 전에 여기 계셨던 것 같은데."

겨드랑이가 말했다.

"재미있는 일을 할 때는 시간이 쏜살같이 가는 법이야."

자석이 말했다.

스탠리는 구덩이 안에서 정신없이 흙으로 해바라기 씨를 덮었다.

"이봐, 걸스카우트들. 뭐 재미있는 일이라도 있나 보지?"

미스터 선생님이 이렇게 묻고는 이 구덩이에서 저 구덩이로 옮겨 다녔다. 선생님은 자석의 구덩이 옆에 쌓인 흙더미를 발로 차고는 스탠리에게 다가왔다.

스탠리 눈에 구덩이 바닥에 해바라기 씨 두 개가 보였다. 스탠리는 서둘러 그것을 흙으로 가렸다. 하지만 그 와중에 자루의 한쪽 귀퉁이가 흙 밖으로 삐죽 나와 버렸다.

"너는 뭐 아는 거 없니, 원시인?"

미스터 선생님이 스탠리를 내려다보며 말을 이었다.

"네가 뭔가 발견한 것 같은데."

스탠리는 어찌할 바를 몰랐다.

"그걸 파내 봐. 그걸 가지고 우리 함께 소장님께 가자. 소장님이 오늘 하루 널 쉬게 해줄지도 모르잖아."

"별것 아니에요."

"별건지 아닌지는 내가 판단할 일이다."

스탠리는 아래로 손을 뻗어 빈 삼베 자루를 잡아당겼다. 그러고는 자루를 미스터 선생님에게 건네려고 했다. 하지만 미스터 선생님은 받지 않았다.

"자, 원시인, 이게 어떻게 된 거냐? 왜 내 해바라기 씨 자루가 네 구덩이 속에 있지?"

"제가 트럭에서 훔쳤습니다."

"네가 그랬다고?"

"네, 미스터 선생님."

"해바라기 씨는 어디로 다 사라졌나?"

"제가 먹어치웠어요."

"너 혼자서?"

"네, 미스터 선생님."

이때 겨드랑이가 소리쳤다.

"이봐, 원시인. 어떻게 우리한테는 하나도 안 주고 너 혼자 다 먹을 수 있니?"

엑스레이도 거들었다.

"쫀쫀하기는."

자석도 끼어들었다.

"난 네가 우리 친구라고 생각했는데."

미스터 선생님이 아이들을 하나씩 둘러보고는 스탠리에게 말했다.

"소장님이 이 일에 대해서 뭐라고 할지 한번 들어볼까? 가자."

스탠리는 구덩이에서 기어 나와 미스터 선생님을 따라 트럭 쪽으로 갔다. 여전히 빈 자루를 든 채였다.

내리쬐는 땡볕을 피해 트럭 안에 앉자 스탠리는 기분이 좋았다. 이런 순간에 무슨 이유 때문이든 기분이 좋을 수 있다는 게 놀랍기도 했지만, 어쨌든 스탠리는 기분이 좋았다. 게다가 덤으로 푹신한 의자라니. 그리고 트럭이 먼지를 일으키며 덜컹대고 달리자 후끈거리고 땀으로 뒤범벅이 된 얼굴에 스치는, 열린 창으로 들어오는 바람이 그렇게 좋을 수가 없었다.

20

참나무 두 그루 아래 드리워진 그늘 속을 걷는 것도 기분이 좋았다. 전기의자를 향해 걸어가는 사형수의 기분이 이런 걸까 하고 스탠리는 생각했다. 인생의 모든 좋은 것들에 대해 마지막으로 감사하는 심정이랄까.

스탠리와 미스터 선생님은 여기저기 파놓은 구덩이를 피해 오두막집 문 앞에 이르렀다. 오두막집 주변에 어찌나 구덩이가 많은지, 스탠리는 깜짝 놀랐다. 왠지 소장이 집 근처에는 구덩이를 못 파게했을 거라고 생각했기 때문이다. 그런데 심지어 어떤 구덩이들은 오두막집 벽에 딱 닿아 있는 게 아닌가. 이곳의 구덩이들은 간격이더 좁았고, 크기나 모양도 제각각이었다.

미스터 선생님이 노크를 했다. 스탠리는 여전히 빈 자루를 들고 있었다.

"뭐야?"

소장이 문을 열면서 말하자, 미스터 선생님이 말했다.

"호수에서 약간 문제가 있었습니다. 원시인이 자초지종을 말씀 드릴 겁니다."

소장은 잠시 미스터 선생님을 째려보더니, 눈길을 스탠리에게 돌렸다. 스탠리는 하얗게 겁에 질려 있었다.

"들어오지그래? 더운 공기가 들어오잖아."

오두막집 안에는 에어컨이 있었고, 텔레비전이 켜져 있었다. 소장이 리모컨을 집어 텔레비전을 껐다.

그러고는 천으로 된 접의자에 앉았다. 소장은 맨발에 반바지 차림이었다. 얼굴과 팔처럼 다리도 주근깨투성이였다.

"그래, 할 말이 있다고?"

스탠리는 마음을 가라앉히려고 숨을 크게 쉬었다.

"미스터 선생님이 물통에 물을 채워주는 사이, 트럭에서 몰래 해바라기 씨 자루를 훔쳤습니다."

"알았어."

소장은 그렇게 말하고는 미스터 선생님 쪽을 보며 말했다.

"그것 때문에 쟤를 데리고 온 거야?"

"네. 하지만 저 애가 거짓말을 하고 있는 것 같습니다. 제 생각에 누군가 딴 아이가 자루를 훔쳤고, 원시인은 엑스레이나 다른 아이를 감싸는 것 같습니다. 10킬로그램짜리 자루인데, 저 녀석이 자기 혼자서 그걸 다 먹어치웠다지 뭡니까?"

미스터 선생님이 스탠리한테서 자루를 낚아채 소장에게 건넸다.

"알았어."

소장이 아까처럼 말했다.

"자루는 가득 차 있지 않았어요. 게다가 제가 씨를 많이 흘려버렸고요. 제 구덩이를 확인해보셔도 좋아요."

스탠리가 말했다.

소장이 방문을 가리키며 말했다.

"원시인, 저 방에 가면 꽃무늬 장식이 있는 작은 상자가 있다. 좀 갖다 주겠니?"

스탠리는 방문과 소장을 번갈아 보고는 천천히 문을 향해 걸어갔다.

그 방은 세면대와 거울이 있는 일종의 옷 방이었다. 세면대 바로 옆에 분홍 장미가 그려진 하얀 상자가 보였다.

스탠리는 상자를 들고 다시 소장에게 갔다. 소장은 자기 앞에 있는 커피 탁자에 그 상자를 놓았다. 그러고는 걸쇠를 벗겨 상자를 열었다.

그것은 화장품 상자였다. 스탠리의 어머니도 비슷한 상자를 가지고 있었다. 매니큐어 병 몇 개, 매니큐어 지우는 용액, 립스틱 두 개, 그리고 다른 화장품과 파우더가 보였다.

소장이 진한 빨간색 매니큐어 병을 집어 들었다.

"이거 보이니, 원시인?"

스탠리는 고개를 끄덕였다.

"이건 아주 특별한 매니큐어란다. 색깔이 정말 진하고 선명하지 않니? 이런 건 가게에서는 안 팔아. 내가 직접 만든 거야."

스탠리는 소장이 매니큐어를 왜 자기한테 보여주는지 감을 잡을 수 없었다. 아니, 그건 고사하고, 소장이 매니큐어를 칠하거나 화장을 할 일이 뭐가 있는지 의아했다.

"이걸 만드는 나만의 비밀 성분이 있는데, 알고 싶니?"

스탠리는 어깨를 으쓱해 보였다.

"방울뱀의 독."

소장이 매니큐어 뚜껑을 열면서 말했다. 그러고는 작은 붓으로 왼손 손톱에 매니큐어를 칠하기 시작했다.

"이건 전혀 독이 없어. 마르면 말이야."

소장은 왼손에 매니큐어를 다 바르더니, 몇 초 동안 손을 공중에 흔들었다. 그런 다음 오른손 손톱에 매니큐어를 칠하기 시작했다.

"액체 상태에서만 독성이 있지."

소장이 손톱을 모두 칠하고는 자리에서 일어났다. 그러더니 팔을 뻗어 손가락을 스탠리의 얼굴에 댔다. 소장이 채 마르지 않은 매니큐어가 칠해진 뾰족한 손톱으로 스탠리의 뺨을 아주 부드럽게 쏟아내렸다. 스탠리는 피부가 화끈거리는 것이 느껴졌다.

소장의 새끼손가락이 스탠리의 귀 뒤에 난 상처를 스치듯 지나 갔다. 바늘로 찌르는 듯한 통증 때문에 스탠리는 화들짝 뒤로 물러 섰다.

소장이 벽난로 가에 앉은 미스터 선생님에게 몸을 돌렸다.

"그러니까 쟤가 당신의 해바라기 씨를 훔친 것 같다는 말이지?"

"아닙니다. 자기 말로는 훔쳤다고 하는데, 제 생각에는……."

소장이 미스터 선생님에게로 뚜벅뚜벅 걸어가더니, 별안간 얼굴 을 후려쳤다.

미스터 선생님은 소장을 빤히 바라보았다. 미스터 선생님의 왼 쪽 뺨에 기다랗게 붉은색 자국이 세 개 났다. 그게 매니큐어 자국인 지 핏자국인지 스탠리는 알 수 없었다.

독은 순식간에 스며들었다. 갑자기 미스터 선생님이 비명을 내 지르면서 두 손으로 얼굴을 감싸 쥐었다. 그러더니 벽난로 앞으로 푹 쓰러져 카펫까지 데굴데굴 굴렀다.

"난 당신의 해바라기 씨에는 별 관심이 없는데."

소장이 아주 부드러운 목소리로 말했다.

미스터 선생님은 신음 소리를 냈다.

"굳이 말하자면, 난 당신이 담배를 피울 때가 더 좋았어."

고통이 좀 가라앉는지 미스터 선생님은 몇 차례 심호흡을 했다. 그러더니 이내 머리를 사납게 흔들어대면서 귀가 찢어질 듯한 비명을 질렀다. 아까보다 훨씬 더 끔찍한 비명 소리였다.

소장이 스탠리에게로 몸을 돌렸다.

"넌 그만 네 구덩이로 돌아가지그래."

스탠리는 자리를 뜨려고 했지만 미스터 선생님이 누워서 길을 가로막고 있었다. 미스터 선생님의 얼굴은 경련을 일으키면서 일그러져 있었다. 그리고 고통으로 몸부림치고 있었다. 스탠리는 조심조심 미스터 선생님을 넘어서 걸어갔다.

"미스터 선생님은……."

"뭐라고?"

스탠리는 너무 무서워 더는 입도 뻥긋할 수 없었다.

소장이 말했다.

"안 죽을 거야. 너한테는 안된 일이지만."

21

구덩이로 돌아가는 길은 멀기만 했다. 먼지 자욱한 아지랑이 사이로 부지런히 삽을 놀리는 아이들의 모습이 보였다. D조가 가장 멀리 있었다.

또 아이들이 모두 숙소로 돌아간 뒤에 혼자 남아 한참 땅을 파겠구나 하고 스탠리는 생각했다. 그래도 미스터 선생님이 회복되기 전에 일을 끝마쳐야겠다고 생각했다. 미스터 선생님과 단둘이 호수에 남고 싶지는 않았다.

'안 죽을 거야. 너한테는 안된 일이지만.'

소장의 말이 새삼 떠올랐다.

황량한 황무지를 가로질러 걸으면서 스탠리는 증조할아버지 생각을 했다. 돼지도둑 할아버지 말고 그 할아버지의 아들, 그러니까 '키스하는 케이트 바로우'에게 강도를 당한 할아버지 말이다.

키스하는 케이트 바로우가 증조할아버지를 사막에 버려두고 떠나 버렸을 때 증조할아버지 기분이 어땠을까 상상해보았다. 아마 지금 자신이 느끼는 기분하고 크게 다르지 않았을 것 같았다. 케이트 바로우는 증조할아버지를 뜨겁고 황량한 사막에 버리고 가버렸다. 소장은 스탠리를 미스터 선생님한테 버려두고 가버렸다.

스탠리의 증조할아버지는 놀랍게도 17일 동안이나 살아남았고, 결국 두 명의 방울뱀 사냥꾼에게 구조되었다. 발견될 당시 증조할아버지는 제정신이 아니었다.

어떻게 그렇게 오랫동안 살아남을 수 있었는지 묻자 증조할아버지는 이렇게 말했다.

"신의 엄지손가락에서 피난처를 찾았지."

증조할아버지는 거의 한 달 동안 병원 신세를 졌다. 그리고 간호사 중 하나와 결혼했다. 증조할아버지가 말하는 '신의 엄지손가락'이 무엇을 의미하는지는 아무도 몰랐다. 심지어 증조할아버지 자신도.

뭔가 획 하고 움직이는 소리가 들렸다. 스탠리는 허공에 한 발을 든 채로 멈추어 섰다.

발아래 방울뱀이 똬리를 튼 채로 있었다. 곧추선 꼬리에서 요란한 방울 소리가 났다.

스탠리는 허공에 있던 다리를 도로 거두어들인 다음 뒤로 돌아 냅다 뛰었다.

방울뱀은 스탠리를 뒤쫓아 오지 않았다. 방울뱀의 방울 소리는 스탠리에게 가까이 오지 말라는 경고였던 셈이다.

"경고해줘서 고맙다."

스탠리는 쿵쾅거리는 가슴을 쓸어내리며 속삭였다. 만약 방울뱀에게 방울이 없다면 훨씬 더 위험할 것이다.

"야, 원시인! 아직 살아 있구나."

겨드랑이가 소리쳤다.

"소장이 뭐라고 하든?"

이어 엑스레이가 물었다.

"소장한테 내가 해바라기 씨를 훔쳤다고 했어."

"잘했다."

자석이 말했다.

"소장이 어떻게 할 것 같아?"

지그재그가 물었다.

스탠리는 한쪽 어깨를 으쓱했다.

"아무 일도 없을 거야. 자기를 귀찮게 했다고 소장이 미스터 선생님한테 엄청 화를 냈어."

스탠리는 시시콜콜 얘기하고 싶지는 않았다. 입 다물고 있으면

없던 일이라도 되는 것처럼.

자기 구덩이로 돌아간 스탠리는 깜짝 놀랐다. 구덩이가 거의 다
파인 게 아닌가. 스탠리는 멍하니 구덩이를 바라보았다. 어찌 된
영문인지 알 수 없었다.

아니, 알 것도 같았다. 스탠리는 빙긋이 웃었다. 해바라기 씨 사
건을 뒤집어쓴 것에 대한 보답으로 아이들이 구덩이를 파줬구나
하고 생각했다.

"고마워."

"난 아냐."

엑스레이가 말했다.

어리둥절해서 스탠리는 주위를 둘러보았다. 자석, 겨드랑이, 지
그재그, 오징어, 누구 하나 구덩이를 팠다고 나서는 아이가 없었다.

그제야 스탠리는 제로를 보았다. 제로는 스탠리가 돌아온 이후
에도 줄곧 말없이 자기 구덩이를 파고 있었다. 제로의 구덩이는 다
른 아이들의 구덩이보다 훨씬 더 작았다.

22

스탠리는 1등으로 구덩이 파는 일을 끝마쳤다. 구덩이에 침을 뱉고, 샤워를 하고, 덜 지저분한 옷으로 갈아입었다. 빨래를 안 한 지 사흘이나 되었다. 그래서 휴식할 때 입는 옷도 지저분하고 냄새가 났다. 내일은 이 옷이 작업복이 되고, 다른 옷 한 벌은 빨래를 하게 될 것이다.

'왜 제로가 내 구덩이를 파주었을까?' 스탠리는 아무리 생각해도 이해가 되지 않았다. 제로는 해바라기 씨에는 손도 대지 않았다.

"제로는 구덩이 파는 일이 재미있나 보지 뭐."

겨드랑이가 말했다.

"제로는 두더지야. 아마 흙도 먹을걸."

지그재그가 말했다.

"두더지는 흙을 먹지 않아. 벌레들이 흙을 먹지."

엑스레이가 따지고 들었다.

제로는 아무 말이 없었다.

스탠리는 제로에게 고맙다는 말도 하지 못했다. 그래서 스탠리는 간이침대에 앉아 제로가 샤워를 마치고 돌아오기를 기다렸다.

"고마워."

텐트의 입구를 걷고 들어오는 제로에게 스탠리가 말했다.

제로는 스탠리를 힐끗 보고는 사물함으로 가서 더러워진 옷과 수건을 넣었다.

"왜 나를 도와준 거야?"

제로가 뒤돌아서서 대답했다.

"넌 해바라기 씨 안 훔쳤잖아."

"너도 안 훔쳤잖아."

제로는 스탠리를 물끄러미 바라보았다. 제로의 눈이 엄청 커졌다. 스탠리의 마음속까지 꿰뚫어 볼 것 같았다.

"너는 운동화도 안 훔쳤어."

제로의 말에 스탠리는 아무 대꾸도 할 수 없었다.

스탠리는 텐트 밖으로 나가는 제로를 바라보았다. 사람 마음속까지 꿰뚫어 보는 엑스레이 같은 눈을 가진 사람이 진짜 있다면, 그건 바로 제로였다.

"잠깐!"

스탠리는 소리치고는 서둘러 제로를 쫓아갔다.

제로가 텐트 바로 앞에서 갑자기 멈춰 서는 바람에 스탠리는 하마터면 제로와 부딪칠 뻔했다.

"네가 원한다면 글 읽는 법을 가르쳐줄게. 어떻게 가르쳐야 하는지 나도 잘 모르지만, 어쨌든 오늘은 완전히 녹초가 된 건 아니니까. 네가 내 구덩이를 많이 파준 덕분에 말이야."

제로 얼굴에 환한 미소가 퍼졌다.

둘은 다시 텐트 안으로 들어갔다. 텐트 안이 그나마 다른 아이들의 방해를 덜 받을 것 같았기 때문이다. 스탠리는 사물함에서 펜과 필기도구 상자를 꺼냈다. 둘은 땅바닥에 앉았다.

"너, 알파벳 아니?"

스탠리가 물었다.

순간 제로의 눈에 자기를 무시하느냐는 듯한 기색이 비쳤다. 하지만 그 눈빛은 이내 스러졌다.

"몇 개는 알아. A, B, C, D."

"좋아, 계속해봐."

제로의 눈동자가 위로 올라갔다.

"E······."

"F."

스탠리가 말했다.

"G."

제로가 말했다. 그러고는 입을 한쪽으로 삐죽이 내밀면서 한숨을 쉬고는 이어 말했다.

"H⋯⋯ I⋯⋯ K, P."

"H, I, J, K, L."

스탠리가 말했다.

"맞아, 나도 들은 적 있어. 정확하게 생각이 안 나서 그렇지."

"괜찮아. 자, 네 기억을 되살릴 수 있도록 처음부터 끝까지 내가 해볼게. 그다음에 네가 한번 해봐."

스탠리는 제로에게 알파벳을 읊어주었다. 그러자 제로는 하나도 틀리지 않고 알파벳을 따라 읊었다.

「쎄서미 스트리트」를 한 번도 본 적이 없는 아이치고는 썩 잘한 것이다!

"전에 들어본 적 있다니까."

제로는 별일 아니라는 듯이 행동하려고 애썼지만, 얼굴에 핀 환한 웃음마저 감출 수는 없었다.

그다음 단계는 더 어려웠다. 스탠리는 제로가 글자를 읽을 수 있도록 가르치는 방법을 궁리해야 했다. 스탠리는 제로에게 종이 한 장을 주고 자기도 한 장 가졌다.

"에이부터 시작하는 게 좋겠다."

스탠리는 대문자 에이를 썼고, 제로는 그것을 자기 종이에 베껴

썼다. 줄이 그어지지 않은 종이라 제대로 쓰기가 쉽지 않았을 텐데도, 너무 크다는 것만 빼면 제로가 쓴 에이는 그리 나쁘지 않았다. 스탠리는 글씨를 좀 작게 쓰라고, 안 그러면 종이가 금방 바닥날 거라고 했다. 제로는 글자를 조그맣게 썼다.

"사실 글자마다 쓰는 방법이 두 가지가 있어."

스탠리는 생각한 것보다 그걸 가르치는 게 훨씬 더 힘들다는 것을 깨달았다.

"그건 대문자 에이야. 하지만 대개 소문자 에이를 많이 써. 단어가 문장 첫머리에 나오거나 이름 같은 고유명사를 쓸 때만 대문자를 쓰지."

제로는 다 알아듣겠다는 듯이 고개를 끄덕였다. 하지만 스탠리가 보기에는 제로가 제대로 이해하는 것 같지 않았다.

스탠리는 소문자 에이를 썼고, 제로는 그것을 따라 썼다.

"그러니까 모두 합쳐 쉰두 개가 있는 거네."

제로가 말했다.

스탠리는 제로가 무슨 말을 하는 건지 몰랐다.

"그러니까 스물여섯 개가 아니라 쉰두 개가 있는 거잖아."

스탠리는 깜짝 놀라 제로를 보았다.

"맞는 것 같은데. 너 그걸 어떻게 안 거야?"

제로는 아무 말이 없었다.

"더하기를 한 거야?"

제로는 아무 말이 없었다.

"곱하기를 한 거니?"

"그냥 쉰두 개, 뻔한 거 아냐?"

스탠리는 한쪽 어깨를 으쓱했다. 먼저 제로가 알파벳이 스물여섯 개라는 것을 어떻게 알았는지도 모를 일이었다. 아까 스탠리가 알파벳을 읊을 때 센 것일까?

스탠리는 제로에게 대문자 에이와 소문자 에이를 몇 번 더 쓰게 했다. 그러고는 대문자 비로 넘어갔다. 이러다간 시간이 엄청 걸리겠군 하고 스탠리는 생각했다.

"하루에 알파벳 열 개씩 가르쳐줘. 그럼 닷새면 알파벳을 모두 알 수 있겠다. 마지막 날에는 열두 개를 배우면 돼. 대문자 여섯 개, 소문자 여섯 개."

제로가 제안을 했다.

셈이 어찌나 빠른지 스탠리는 깜짝 놀라 다시 한 번 제로를 물끄러미 바라보았다.

제로는 스탠리가 그렇게 빤히 쳐다보는 이유가 딴 데 있다고 생각했는지 이렇게 말했다.

"내가 매일 네 구덩이를 얼마씩 파줄게. 한 시간 정도. 그러면 네가 한 시간 동안 날 가르쳐주는 거야. 난 구덩이를 빨리 팔 수 있으니까, 우리는 동시에 구덩이 파는 일을 끝마칠 수 있어. 내가 널 기다리는 일은 없을 거야."

"좋아."

스탠리는 동의했다.

스탠리는 대문자 비를 쓰고 있는 제로에게 어떻게 닷새가 걸릴 거라고 계산했는지 물었다.

"곱하기를 했니? 나누기를 했니?"

"그냥 뻔한 거 아냐?"

"너 수학 잘한다."

"난 바보가 아냐. 다들 날 바보라고 생각하지? 난 그냥 질문에 대답하는 게 귀찮을 뿐이야."

그날 밤 늦게 스탠리는 침대에 누워 제로와 맺은 계약에 대해 다시 생각해보았다. 매일 조금씩 쉴 시간이 있다면 큰 힘이 될 것이다. 하지만 엑스레이가 그걸 좋아하지 않을 게 뻔했다. 스탠리는 제로가 엑스레이의 구덩이도 조금 파줄 방법이 없을까 궁리했다. 하지만 다시 생각해보니, 그렇게 할 이유가 없었다.

'제로를 가르치는 사람은 나야. 난 휴식이 필요해. 그래야 제로를 가르칠 힘이 생기지. 해바라기 씨 사건을 뒤집어쓴 것도 나잖아. 미스터 선생님이 잔뜩 벼르는 사람도 나고.'

스탠리는 눈을 감았다. 소장의 오두막집에서 벌어진 장면이 눈에 어른거렸다. 소장의 빨간 손톱, 바닥에서 몸부림치는 미스터 선생님, 소장의 꽃무늬 화장품 상자.

스탠리는 눈을 떴다.

불현듯 전에 그 금 뚜껑과 같은 모양의 물건을 본 곳이 생각난 것이다.

엄마의 화장실이었다. 그리고 소장의 오두막집에서 다시 보았다. 그 금 뚜껑은 바로 립스틱 뚜껑이었다.

KB?

스탠리는 무언가에 한 방 맞은 듯 소스라치게 놀랐다.

스탠리는 소리 없이 입 모양으로 이름을 발음했다. 케이트 바로우. 정말 그 금 뚜껑이 키스하는 무법자의 것이었을까?

23

110년 전, 초록호수는 텍사스에서 가장 큰 호수였다. 맑고 시원한 물이 가득한 호수는 햇빛을 받으면 거대한 에메랄드처럼 반짝였다. 봄에는 호숫가에 늘어선 복숭아나무에 분홍빛, 다홍빛 꽃이 활짝 피어나 특히 더 아름다웠다.

독립기념일인 7월 4일에는 늘 마을 축제가 열렸다. 사람들은 놀이를 하고 춤을 추고 노래를 불렀으며, 호수에서 수영하면서 더위를 식혔다.

최고로 맛 좋은 복숭아 파이와 복숭아 잼을 뽑는 대회도 열렸다. 복숭아에 양념을 넣은 캐서린 바로우 선생님이 매년 특별상을 독차지했다. 다른 사람들은 아예 복숭아에 양념을 할 엄두도 못 냈다. 어차피 캐서린 바로우 선생님만큼 맛있게 만들 수 없을 게 뻔했기 때문이다.

캐서린 선생님은 해마다 여름에 복숭아를 잔뜩 따서 계피, 말린 정향나무 꽃봉오리, 육두구 그리고 자신만의 비밀 향료와 함께 단지에 넣어두었다. 단지에 담긴 복숭아는 그 상태로 겨울을 날 수 있었다. 아니, 그보다 훨씬 오래 그 상태를 유지할 수도 있었다. 하지만 겨울이 채 가기도 전에 사람들은 그것을 다 먹어치웠다.

사람들은 초록호수를 '지상의 낙원'이라고 불렀으며, 캐서린 선생님의 복숭아를 '천사의 음식'이라고 불렀다.

캐서린 선생님은 마을에 딱 한 명밖에 없는 학교 선생님이었다. 캐서린 선생님은 교실이 하나밖에 없는 낡은 학교에서 학생들을 가르쳤다. 학교 건물은 그 당시에도 이미 오래된 건물로, 지붕이 새고 창문은 안 열리고, 문은 휘어진 경첩에 삐딱하게 달려 있었다.

캐서린 선생님은 아는 게 많고 열정이 넘치는 훌륭한 선생님이었다. 아이들은 선생님을 사랑했다.

캐서린 선생님은 밤에는 어른들을 가르쳤다. 어른들도 선생님을 사랑했다. 캐서린 선생님은 미인이었다. 수업 시간이 되면 공부보다는 선생님한테 관심이 많은 젊은 남자들로 교실이 가득 차기 일쑤였다.

하지만 그들이 캐서린 선생님에게서 얻을 수 있는 것은 공부뿐이었다.

트라우트 워커도 그런 젊은이들 가운데 하나였다. 진짜 이름은 찰스 워커였지만, 모두들 트라우트('송어'라는 뜻—옮긴이)라고 불렀다. 발에서 늘 썩은 생선 냄새가 났기 때문이다.

물론 그건 트라우트의 잘못만은 아니었다. 트라우트의 발은 치료가 불가능한 세균에 감염되어 있었다. 110년 뒤 유명한 야구 선수 클라이드 리빙스턴도 같은 병에 시달렸다. 그래도 최소한 클라이드 리빙스턴은 매일 샤워를 했다.

"나는 매주 일요일 아침에 샤워를 해. 꼭 그럴 필요는 없는데도 말이야."

트라우트는 그렇게 으스대곤 했다.

초록호수 마을 사람들은 대부분 캐서린 선생님이 트라우트 워커와 결혼할 것이라고 생각했다. 트라우트는 그 지역에서 제일가는 부잣집 아들이었다. 복숭아나무 대부분, 그리고 호수의 동쪽 땅이 모두 그 집안 것이었다.

트라우트는 야간 수업에 이따금 모습을 드러냈지만 공부에는 전혀 관심이 없었다. 수업 시간에 떠들기만 하고 주위 학생들을 무시했다. 목소리는 컸지만 머리는 나빴다.

마을 남자들은 대부분 무식했다. 캐서린 선생님한테 그게 특별히 문제될 건 없었다. 일생의 대부분을 농장이나 목장에서 일하며 산 사람들이 어떻게 제대로 교육을 받을 수 있었겠는가. 캐서린 선생님은 그 점을 잘 알고 있었다. 그래서 자신 같은 선생님이 필요한 것 아닌가.

그런데 트라우트는 도무지 배우려 들지 않았다. 트라우트는 자신이 무식하다는 것을 오히려 자랑스럽게 여기는 것 같았다.

어느 날 저녁, 수업이 끝난 뒤 트라우트가 캐서린 선생님에게 물었다.

"이번 토요일에 새로 산 내 보트를 한번 타볼 테요?"

"고맙지만 사양하겠어요."

"최신식 보트요. 노를 저을 필요도 없소."

"네, 알아요."

마을 사람들은 모두 트라우트의 새 보트를 직접 보거나 그 보트에 관한 얘기를 전해 들었다. 귀에 거슬리는 요란한 소리를 내고 아름다운 호수 위에 보기 흉한 시커먼 연기를 토해내는 보트였다.

트라우트는 언제나 자기가 원하는 것은 뭐든지 가졌다. 그래서 캐서린 선생님이 자신의 제안을 거절했다는 사실을 받아들이기 힘들었다. 트라우트는 캐서린 선생님에게 손가락질을 하면서 말했다.

"어느 누구도 감히 이 찰스 워커에게 '아니오'라고 말하지 않아!"

그러자 캐서린 선생님은 이렇게 말했다.

"좀 전에 내가 그렇게 말한 걸로 아는데요."

24

스탠리는 아침 식사 배급 줄에 서서 반쯤 졸고 있었다. 그러나 미스터 선생님의 모습이 보이자 잠이 확 달아났다. 미스터 선생님의 얼굴 왼쪽이 멜론 반쪽 크기만큼 부어 있었다. 뺨에는 검푸른 줄이 좍좍 세 줄 나 있었다. 소장이 할퀸 자국이었다.

텐트에 같이 있던 다른 아이들도 미스터 선생님을 보았다. 하지만 미스터 선생님에게 말을 걸 만큼 눈치 없는 아이는 없었다. 스탠리는 주스 팩과 플라스틱 숟가락을 식판에 내려놓고는 계속 눈을 내리깔았다. 미스터 선생님이 국자로 오트밀같이 생긴 것을 자기 식판에 퍼 담는 동안 스탠리는 거의 숨도 제대로 쉬지 못했다.

미스터 선생님이 식판을 들고 식탁으로 가는데, 등 뒤에서 다른 텐트의 아이 하나가 말했다.

"미스터 선생님, 얼굴이 어쩌다 그렇게 되셨어요?"

갑자기 우당탕 쿵쾅 하는 소리가 들렸다.

스탠리가 돌아보니, 미스터 선생님이 그 아이 얼굴을 오트밀 통에 처박고 있었다.

"내 얼굴에 뭐 문제 있어?"

아이는 뭔가 말하려고 했지만 말을 할 수가 없었다. 미스터 선생님이 목을 조르고 있었기 때문이다.

"내 얼굴에 무슨 문제 있다고 생각하는 사람 또 있어?"

아이의 목을 계속 조르면서 미스터 선생님이 물었다.

모두들 쥐 죽은 듯이 조용했다.

미스터 선생님이 손을 놓자 아이는 바닥으로 쓰러지면서 식탁에 머리를 부딪혔다.

미스터 선생님이 아이를 밟고 서서 물었다.

"자, 이제 내 얼굴이 어떻게 보이지?"

아이는 헉헉거리는 소리를 토하더니, 가까스로 한마디를 뱉었다.

"좋습니다."

"잘생긴 얼굴이지, 안 그래?"

"네, 미스터 선생님."

호수에 나갔을 때, 아이들은 스탠리에게 미스터 선생님의 얼굴에 대해 물었다. 그러나 스탠리는 어깨를 으쓱해 보이고는 구덩이만 팠다. 입을 다물면 모든 게 없었던 일이라도 되는 양.

스탠리는 무조건 최대한 열심히, 최대한 빨리 일을 했다. 가능한 한 빨리 호수를 떠나 미스터 선생님에게서 벗어나야겠다는 생각뿐이었다. 게다가 이따가는 제로 덕분에 쉴 수도 있지 않은가.

"준비되면 말만 해."

제로가 말했다.

처음 물탱크 트럭이 올 때는 펜댄스키 선생님이 차를 몰고 왔지만, 두 번째는 미스터 선생님이 왔다.

물을 채워줄 때 "고맙습니다, 미스터 선생님"이라고 말하는 것 말고 아이들은 아무 말도 하지 않았다. 다들 괴상망측한 미스터 선생님의 얼굴을 제대로 쳐다보지도 못했다.

자기 차례를 기다리면서 스탠리는 입천장과 뺨 안쪽으로 혀를 굴렸다. 입 안이 호수처럼 메마르고 바짝바짝 탔다. 트럭의 옆 거울에 햇살이 눈부시게 반짝였다. 스탠리는 손으로 눈을 가려야 했다.

"고맙습니다, 미스터 선생님."

자석이 물통을 받아 들면서 말했다.

"목마르냐, 원시인?"

미스터 선생님이 말했다.

"네, 미스터 선생님."

스탠리는 물통을 건네면서 말했다.

미스터 선생님은 물통 꼭지를 열었고, 물이 물탱크에서 흘러나왔다. 하지만 물은 스탠리의 물통으로 들어가지 않았다. 미스터 선생님은 스탠리의 물통을 물줄기 바로 옆으로 비껴나게 들고 있었다.

스탠리는 땅으로 쏟아지는 물을 지켜보았다. 메마른 땅은 물을 잽싸게 집어삼켰다.

미스터 선생님은 야 30초 동안 물을 흘려 보낸 다음, 꼭지를 틀어 잠갔다.

"더 줄까?"

스탠리는 아무 말도 하지 않았다.

미스터 선생님이 다시 물탱크 꼭지를 열었다. 다시 한 번 스탠리는 물이 땅으로 쏟아지는 것을 지켜보아야 했다.

"자, 이 정도면 충분하지?"

미스터 선생님이 빈 물통을 스탠리에게 건넸다.

스탠리는 물에 젖어 색깔이 짙어진 땅을 물끄러미 바라보았다. 젖은 부분은 빠르게 줄어들었다.

스탠리가 말했다.

"고맙습니다, 미스터 선생님."

25

110년 전 초록호수 마을에는 의사가 한 명 있었다. 이름은 호손이었다. 마을 사람들은 몸이 아플 때마다 호손 선생님을 찾아갔다. 그리고 아픈 사람들이 찾아가는 사람이 또 하나 있었는데, 바로 양파 장수 쌤이었다.

"양파요! 달콤하고 싱싱한 양파요!"

쌤은 '메리 루'라는 이름의 당나귀와 함께 초록호수 마을의 흙길을 오가며 큰 소리로 이렇게 외쳤다. 메리 루는 양파가 가득 실린 수레를 끌었다.

쌤의 양파밭은 호수 건너편에 있었다. 일주일에 한두 번, 쌤은 노를 저어 호수를 건너가서 한 수레 가득 양파를 싣고 돌아왔다. 쌤은 키가 크고 팔이 억셌지만, 노를 저어 호수를 가로질러 가는 데는 꼬박 하루가 걸렸다. 물론 돌아오는 데에도 하루가 걸렸다. 쌤은 보통 메리 루를 헛간에 두고 갔다. 그 헛간은 워커 집안이 쌤에게 공짜로 쓰게 해준 것이었다. 하지만 이따금씩 메리 루를 배에 태우고 가기도 했다.

쌤은 메리 루가 거의 쉰 살이 되었다고 말했다. 하지만 당나귀가 50년을 산다는 것은 그때나 지금이나 흔한 일이 아니었다.

"이 녀석은 생양파밖에 안 먹습니다."

쌤은 시커먼 손에 하얀 양파를 들고서 그렇게 말했다.

"양파는 자연이 준 마법의 채소예요. 만약에 사람이 생양파만 먹는다면, 200살까지 살 수 있을 겁니다."

쌤은 갓 스무 살이 넘은 나이였기 때문에, 아무도 메리 루가 쉰 살이 넘었다는 쌤의 말을 곧이곧대로 믿지 않았다. 자기보다 늙은 당나귀의 나이를 쌤이 어떻게 정확히 알겠는가.

하지만 쌤에게 그 문제를 따지고 드는 사람은 없었다. 그리고 몸이 아플 때마다 사람들은 호손 선생님뿐 아니라 쌤에게도 찾아갔다.

쌤의 처방은 항상 똑같았다.

"양파를 많이 드세요."

쌤의 말에 따르면, 양파는 소화에 좋고 또한 간, 위, 폐, 신장, 머리에도 좋았다.

"제 말을 못 믿겠으면 여기 늙은 메리 루를 보세요. 메리 루는 평생 단 하루도 아픈 적이 없었답니다."

쌤한테는 또 다양한 종류의 연고, 로션, 시럽, 고약 들이 있었다. 모두가 양파나 양파즙으로 만든 것들이었다. 이것은 천식을 치료하고, 이것은 사마귀와 여드름에 좋고, 이것은 관절염에 잘 들고…… 그런 식이었다.

쌤은 또 대머리 치료에 특효가 있다고 주장하는 연고도 가지고 있었다.

"매일 밤 남편이 잠잘 때 머리에 문지르기만 하면 됩니다, 콜링우드 부인. 그러면 곧 남편 머리카락이 메리 루 꼬리처럼 길고 무성하게 자랄 겁니다."

호손 선생님은 쌤을 괘씸하게 생각하지 않았다. 초록호수 마을 사람들은 만사 불여튼튼이었다. 그래서 호손 선생님에게서 약을 받고, 거기에 더해 쌤에게서 양파 농축액을 받았다. 병이 나으면 아무도, 심지어 호손 선생님마저도 두 치료법 중 어떤 것이 효험이 있었는지 알 수 없었다.

호손 선생님은 완전히 대머리였는데, 아침마다 머리에서 양파 냄새 같은 게 났다.

캐서린 선생님은 양파를 살 때마다 항상 한두 개씩 더 사서 그걸 손바닥에 얹어 메리 루에게 먹여주었다.

어느 날 쌤이 메리 루에게 양파를 먹이고 있는 캐서린 선생님에게 물었다.

"무슨 일 있으세요? 심란해 보이세요."

"그냥 날씨 탓이에요. 비구름이 몰려올 것 같네요."

"저하고 메리 루는 둘 다 비를 좋아해요."

"아, 나도 비 좋아해요. 학교 지붕이 새서 문제지요."

캐서린 선생님은 메리 루의 뻣뻣한 털을 쓰다듬으며 말했다.

그러자 쌤이 말했다.

"제가 고칠 수 있습니다."

"어떻게요? 양파 고약으로 구멍을 메우려고요?"

캐서린 선생님이 농담을 던졌다.

"이래 봬도 제 손재주가 제법이랍니다. 제 배도 이 손으로 직접 만든 겁니다. 배가 물이 새면 큰일이지요."

쌤이 웃으며 말했다.

쌤의 튼튼하고 강인한 손이 캐서린 선생님의 눈에 들어왔다.

둘은 거래를 했다. 쌤은 지붕 새는 것을 고치고, 그 대가로 캐서린 선생님은 양념을 한 복숭아 여섯 단지를 주기로 했다.

지붕을 고치는 데는 일주일이 꼬박 걸렸다. 쌤이 오후, 그러니까 수업이 끝나고 야간 수업이 시작되기 전인 오후 시간에만 일을 할 수 있었기 때문이다. 쌤은 수업을 들을 수 없었다. 흑인이라서. 하지만 학교 건물을 고치는 일을 하는 건 괜찮았다.

쌤이 지붕을 고치는 동안, 캐서린 선생님은 평소처럼 채점 같은 일들을 하면서 학교에 남아 있었다. 캐서린 선생님은 지붕에서 일하는 쌤과 소리치며 몇 마디씩 말을 주고받는 게 즐거웠다. 쌤이 시에 관심이 있다는 것을 알고 캐서린 선생님은 놀랐다. 쌤이 잠깐 쉴 때면 캐서린 선생님은 쌤에게 시를 읽어주곤 했다. 때때로 캐서린 선생님이 포우나 롱펠로우의 시 첫 부분을 읽으면, 나머지는 쌤이 마무리하기도 했다. 쌤은 시를 줄줄 외고 있었다.

지붕 수리가 끝나자 캐서린 선생님은 슬펐다.

"뭐가 잘못되었습니까?"

쌤이 물었다.

"아뇨. 정말, 정말 일을 잘해 주었어요. 그런데, 그러니까…… 창문이 열리지 않아요. 아이들도 그렇고 나도 그렇고, 가끔은 살랑살랑 부는 바람을 즐기고 싶거든요."

"그것도 제가 고칠 수 있습니다."

캐서린 선생님은 복숭아 두 단지를 더 주었고, 쌤은 창문을 고쳤다.

창문을 고치는 동안에는 쌤과 이야기를 나누기가 한결 쉬웠다. 쌤은 호수 건너편에 있는 자신의 비밀 양파밭에 대해 이야기했다.

"그곳에서는 양파들이 1년 내내 자라고 물이 산 아래가 아니라 위로 흘러요."

창문을 다 고치자, 캐서린 선생님은 책상이 흔들거린다고 불평

했다.

"그것도 제가 고칠 수 있습니다."

그리고 다음번에 쌤을 보자, 캐서린 선생님은 또 이렇게 말했다.

"문이 비뚤어졌어요."

이렇게 해서 문을 고치는 동안 캐서린 선생님은 또 쌤과 함께 오후를 보낼 수 있었다.

한 학기도 지나지 않아서, 양파 장수 쌤은 낡아서 쓰러질 것 같은 학교를 새 페인트로 단장한 번듯한 건물로 바꿔놓았다. 마을 사람들은 보석 같은 학교 건물을 무척 자랑스러워했다. 사람들은 발걸음을 멈추고 저마다 찬사를 쏟아냈다.

"저게 바로 우리 학교야. 초록호수 마을 사람들이 교육을 얼마나 중요하게 여기는지 보여주는 증거지."

학교 건물을 못마땅하게 여긴 사람이 딱 하나 있는데, 바로 캐서린 선생님이었다. 이제는 더 고칠 게 없기 때문이었다.

어느 날 오후, 지붕 위로 후드득후드득 떨어지는 빗소리를 들으면서 캐서린 선생님은 책상 앞에 앉아 있었다. 교실에는 물 한 방울도 새지 않았다. 캐서린 선생님 눈에 맺힌 몇 방울을 빼고는.

"양파요! 맵고 달콤한 양파요!"

길거리에서 쌤이 소리치는 게 들렸다.

캐서린 선생님은 쌤에게 뛰어갔다. 두 팔로 쌤을 껴안고 싶었지만 차마 그럴 수 없었다. 대신 캐서린 선생님은 메리 루의 목을 감싸 안았다.

"무슨 일 있어요?"

쌤이 물었다.

"아, 쌤, 내 가슴이 무너지는 것 같아요."

캐서린 선생님이 그렇게 말하자, 쌤이 말했다.

"그것도 제가 고칠 수 있습니다."

캐서린 선생님이 쌤 쪽으로 몸을 돌렸다.

쌤은 캐서린 선생님의 두 손을 꼭 잡고는 입맞춤을 했다.

비가 내리는 탓에 길거리에 다른 사람은 없었다. 만약 누군가 있었다 하더라도 캐서린 선생님과 쌤은 알아차리지 못했을 것이다. 둘만의 세계에 푹 빠져 있었으니까.

바로 그 순간, 해티 파커 부인이 잡화점에서 막 나왔다. 캐서린 선생님과 쌤은 부인을 보지 못했지만, 부인은 두 사람을 보았다. 부인이 부들부들 떨리는 손가락으로 두 사람을 가리키면서 나지막이 내뱉었다.

"신이 너희를 벌할 것이다!"

26

초록호수 마을에는 전화가 없었다. 하지만 작은 마을에 소문은 금세 퍼졌다. 그날이 채 가기도 전에, 학교 선생님이 양파 장수와 입맞춤을 했다는 이야기가 초록호수 마을에 사는 모든 사람의 귀에 들어갔다.

다음 날 아침, 학교에 등교한 아이는 한 명도 없었다.

캐서린은 교실에 홀로 앉아, 자기가 요일을 착각한 게 아닌지 의아해했다. 토요일일 수도 있겠다 싶었다. 그렇게 놀랄 일도 아니었다. 쌤한테 키스를 받은 뒤로 캐서린의 머리와 가슴은 온통 빙글빙글 돌고 있었으니까.

문밖에서 시끄러운 소리가 들려왔다. 곧이어 사람들이 떼를 지어 쿵쾅거리며 학교 안으로 몰려 들어왔다. 맨 앞에 트라우트 워커가 있었다.

"저기 있다, 사악한 년!"

트라우트가 소리쳤다.

사람들은 책상을 뒤집고 게시판들을 뜯어내 내동댕이쳤다.

"저 여자는 책으로 여러분의 아이들 머릿속에 독을 심어 넣었습니다!"

트라우트가 소리쳤다.

사람들은 책이란 책은 모조리 모아 교실 한가운데에 쌓기 시작했다.

"지금 무슨 짓을 하는 거예요!"

캐서린이 소리쳤다.

누군가 캐서린을 붙잡아 옷을 찢었다. 하지만 캐서린은 가까스로 학교 건물을 빠져나올 수 있었다. 캐서린은 보안관 사무실로 뛰어갔다.

보안관은 두 발을 책상 위에 올려놓은 채 병째 위스키를 마시고 있었다.

"안녕하시오, 캐서린 선생."

"사람들이 학교를 부수고 있어요. 말리지 않으면 학교를 불태워 버릴지도 몰라요."

캐서린은 숨을 헐떡이며 말했다.

"예쁜이 선생, 좀 진정해요."

보안관은 아주 느긋하게 말했다.

"그리고 무슨 얘기인지 차근차근 말해보시오."

보안관이 의자에서 일어나 캐서린에게 다가왔다.

"트라우트 워커가……."

"찰스 워커에 대한 험담은 그만두시오."

"시간이 별로 없어요. 보안관님이 가셔서 사람들을 말려야지요."

캐서린은 재촉했다.

"당신은 참 예쁘단 말이야."

캐서린은 겁에 질려 보안관을 빤히 바라보았다.

"나에게 키스해줘."

보안관이 말했다.

캐서린은 보안관의 뺨을 때렸다.

"당신은 양파 장수한테 키스했어. 그런데 왜 나한테는 키스를 못하지?"

보안관이 껄껄 웃고는 말했다.

캐서린은 다시 한 번 보안관의 뺨을 때리려고 했지만, 보안관이 캐서린의 손목을 붙잡았다.

"당신은 취했어요!"

캐서린은 손을 빼내려고 버둥대면서 소리쳤다.

"난 교수형을 집행하기 전에는 늘 술을 마시지."

"교수형? 누구를요?"

"흑인이 백인 여자에게 키스하는 건 법에 어긋나거든."

"그렇다면 나도 교수형에 처하세요. 나도 그 사람에게 키스를 했으니까요."

"당신이 그놈에게 키스한 건 법에 어긋나지 않아. 그놈이 당신에게 키스한 것만 불법이지."

"신의 눈 아래에서 우리 모두는 평등해요."

보안관이 껄껄 웃고는 말했다.

"그럼 쌤과 나도 평등하겠네. 그런데 왜 나한테는 키스를 안 해주지?"

보안관이 다시 한 번 껄껄 웃고는 말을 이었다.

"좋아, 이렇게 하면 어때? 내게 달콤한 키스를 한 번 해주면, 당신 남자 친구를 교수형에 처하지 않겠어. 마을에서 쫓아내는 걸로 끝내지."

캐서린은 붙잡힌 손을 홱 잡아 뺐다. 그러고는 서둘러 밖으로 나갔다. 뒤에서 보안관이 소리치는 게 들렸다.

"법이 쌤을 벌할 거고, 신이 당신을 벌할 거야!"

캐서린이 건물 밖으로 나오자 학교에서 연기가 치솟는 모습이 보였다. 캐서린은 호수로 뛰어갔다. 쌤이 호숫가에서 메리 루를 양파 수레에 매고 있었다.

"하느님, 감사합니다. 여기 있었군요!"

캐서린은 한숨을 쉬고는 쌤을 껴안았다.

"여기서 도망쳐야 해요, 지금 당장!"

"무슨……."

"어제 우리가 키스하는 걸 본 사람이 있어요. 그래서 사람들이 학교에 불을 질렀어요. 보안관이 당신을 교수형에 처하겠대요!"

쌤은 캐서린의 말이 믿어지지 않는 듯 잠시 머뭇거렸다. 아니, 믿고 싶지 않은 듯했다.

"자, 어서, 메리 루."

"메리 루는 남겨두고 떠나야 해요."

캐서린의 말에 쌤이 잠시 캐서린을 빤히 바라보았다. 쌤의 눈에 눈물이 글썽거렸다.

"그래요."

쌤의 배는 긴 밧줄로 나무에 묶인 채 호수 위에 떠 있었다. 쌤은 밧줄을 풀고, 캐서린과 함께 첨벙첨벙 물을 가로질러 배에 올라탔다. 쌤이 억센 팔로 노를 젓자, 배는 점차 호숫가에서 멀어졌다.

그러나 쌤의 억센 팔도 트라우트 워커의 모터보트를 당할 수는 없었다. 호수를 반쯤 가로질러 가고 있을 때, 요란한 엔진 소리가 들렸다. 그리고 보기에도 흉측한 시커먼 연기가 보였다.

그 뒤에 벌어진 일들은 이렇다.

워커의 보트가 쌤의 배를 들이박았다. 물에 빠진 쌤은 총을 맞고 죽었다. 캐서린 바로우는 원하지 않았지만 결국 구조되었다. 호숫가로 돌아왔을 때, 캐서린은 땅에 쓰러진 메리 루의 시체를 보았다. 당나귀는 머리에 총을 맞았다.

이 모든 것이 110년 전에 일어난 일이다. 그날 이후로 초록호수에는 단 한 방울의 비도 내리지 않았다.

여러분이 한번 판단해보라. 과연 누가 신의 벌을 받았는가?

쌤이 죽고 나서 사흘 뒤, 캐서린은 의자에 앉아 커피를 마시던 보안관을 총으로 쏘았다. 그러고는 천천히 입술에 붉은색 립스틱을 바른 다음 보안관에게 그가 그토록 원했던 키스를 해주었다.

그 뒤 20년 동안, '키스하는 케이트 바로우'는 서부를 통틀어 가장 무서운 무법자 가운데 하나였다.

27

스탠리는 삽을 흙 속에 쑤셔 넣었다. 구덩이는 한가운데가 1미터를 조금 넘었다. 스탠리는 툴툴거리면서 흙을 퍼서 구덩이 밖으로 던졌다. 해는 거의 머리 꼭대기 위에 와 있었다.

스탠리는 구덩이 옆에 놓인 물통을 힐끔 보았다. 반쯤 차 있다는 것은 알지만, 지금 당장 물을 마실 수는 없었다. 다음에 누가 물탱크 트럭을 몰고 올지 알 수 없기 때문에 물을 아껴야 했다.

소장이 미스터 선생님을 할퀸 지 사흘이 지났다. 미스터 선생님은 물탱크 트럭을 몰고 올 때마다 스탠리에게 줄 물을 땅바닥에 쏟아버렸다.

다행스럽게도 펜댄스키 선생님이 미스터 선생님보다 자주 물탱크 트럭을 몰고 왔다. 펜댄스키 선생님은 미스터 선생님이 무슨 짓을 하는지 아는 게 분명했다. 항상 스탠리에게 물을 덤으로 더 주었으니 말이다. 펜댄스키 선생님은 스탠리의 물통을 가득 채운 뒤, 스탠리에게 물을 잔뜩 마시게 하고는 물탱크의 꼭지를 잠갔던 것이다.

제로가 스탠리의 구덩이를 얼마간 파준 것도 큰 힘이 되었다. 하지만 스탠리가 예상한 대로 다른 아이들은 자기들이 일하는 동안 스탠리가 앉아서 빈둥대는 것을 싫어했다.

"누가 죽고 네가 왕이라도 된 거냐?"

"노예가 생겨서 좋겠다."

아이들은 이렇게 말했다.

스탠리가 해바라기 씨 사건을 뒤집어쓴 것을 내세울라치면, 아이들은 씨를 쏟은 것은 스탠리이니 다 자업자득이라고 했다.

"난 목숨을 걸고 해바라기 씨를 훔쳤어. 그런데 고작 해바라기 씨 한 움큼밖에 못 먹었어."

자석은 또 이렇게 투덜거리기도 했다.

스탠리는 제로에게 읽는 법을 가르쳐주기 위해서는 힘을 아낄 필요가 있다는 사정을 얘기하기도 했다. 하지만 아이들은 그런 스탠리를 비웃기만 했다.

"어디서 많이 듣던 이야기다. 안 그래, 겨드랑이? 백인 아이는 빈둥빈둥 앉아 있고 일은 흑인 소년이 다 하고. 이게 말이 되니, 원시인?"

엑스레이는 이렇게 말했다.

"아니, 말 안 돼."

스탠리의 대답에 엑스레이는 다시 비아냥거렸다.

"말 안 되지. 암, 안 되고말고."

스탠리는 또다시 흙을 한 삽 떠 올렸다. 스탠리는 속으로 엑스레이가 제로를 가르친다면 저런 식으로 말하지는 않을 것이라고 생각했다. 아마도 쉬어야 한다고 난리를 칠 게 뻔했다. 그래야 좋은 선생님이 된다고 하면서 말이다.

그게 사실 맞는 말이다. 비록 제로가 빨리 배우는 아이이기는 해도, 스탠리가 잘 가르치기 위해서는 힘을 아낄 필요가 있었다. 때때로 스탠리는 소장이 비밀 카메라와 도청장치로 자기와 제로를 봤으면 하는 마음이 들었다. 그러면 모든 사람들이 생각하는 것처럼 제로가 멍청하지 않다는 것을 알게 될 테니 말이다.

호수 저쪽에서 먼지 구름이 다가오는 것이 보였다. 스탠리는 물통의 물을 한 모금 마시고 누가 트럭을 운전하는지 보려고 기다렸다.

많이 가라앉긴 했지만 미스터 선생님의 얼굴은 아직도 약간 부어 있었다. 얼굴에 세 줄로 난 상처들 가운데 두 개는 많이 희미해졌지만, 가장 깊게 파인 가운데 한 줄은 아직도 선명했다. 눈 밑에서 입술 아래까지 좍 나 있는 그 상처는 문신처럼 보이기도 했다.

스탠리는 줄을 서서 차례를 기다렸다가 미스터 선생님에게 물통을 건넸다.

미스터 선생님이 스탠리의 물통을 귀에 대고 흔들더니, 찰랑거리는 소리를 듣고는 씩 웃었다.

스탠리는 미스터 선생님이 물통의 물을 쏟아버리지 않기를 바랐다.

그런데 놀랍게도 미스터 선생님은 물통을 물탱크 꼭지 밑에 대고 물을 가득 채웠다.

"여기서 기다려."

미스터 선생님은 스탠리의 물통을 손에 쥔 채, 스탠리를 지나쳐서 트럭 운전석으로 들어갔다. 운전석에서 뭘 하는지 스탠리는 볼 수 없었다.

"저 안에서 뭐 하는 거지?"

제로가 묻자 스탠리가 말했다.

"그러게 말이야."

잠시 뒤 미스터 선생님이 트럭에서 내려 스탠리에게 물통을 건넸다. 물통은 여전히 가득 찬 상태였다.

"감사합니다, 미스터 선생님."

미스터 선생님이 스탠리에게 웃음을 지었다.

"뭘 기다리니? 어서 마셔라."

미스터 선생님이 해바라기 씨 몇 개를 입에 털어 넣고 씹더니 껍질을 뱉어냈다.

스탠리는 물을 마시기가 무서웠다. 물통에 무슨 이상한 것을 넣었을지도 모른다는 생각을 떨쳐버릴 수가 없었다.

스탠리는 물통을 들고 그냥 구덩이로 돌아갔다. 그러고는 한참 동안 물통을 그냥 구덩이 옆에 팽개쳐 두었다. 얼마 뒤 더는 서 있을 수 없을 정도로 목이 마르자, 스탠리는 물통 뚜껑을 열었다. 그러고는 거꾸로 뒤집어 물을 땅바닥에 확 쏟아버렸다. 그대로 1초만 더 있다가는 물을 마시지 않고 못 배길 것 같았기 때문이다.

제로에게 알파벳의 마지막 여섯 글자를 가르쳐준 뒤, 스탠리는 이름 쓰는 법을 가르쳤다.

"대문자 제트, 다음 소문자 이, 아르, 오."

스탠리가 불러주는 대로 쓴 뒤, 제로는 종이를 보면서 큰 소리로 읽었다.

"제로."

제로는 얼굴이 작아 보일 정도로 환한 미소를 지었다.

스탠리는 제로가 자기 이름을 반복해서 자꾸자꾸 쓰는 것을 지켜보았다.

Zero, Zero, Zero, Zero, Zero, Zero, Zero……

그 모습을 지켜보던 스탠리는 왠지 짠한 느낌이 들었다. 제로, 그러니까 '0'을 100번 써봤자 결국 '0' 아닌가 하는 생각이 들었기 때문이다.

"너도 알지? 제로가 진짜 내 이름이 아니라는 거."

저녁을 먹으러 휴게실로 가면서 제로가 말했다.

"어, 그래. 알았던 것 같아."

그렇게 말했지만, 스탠리는 스스로도 자신이 없었다.

"사람들은 언제나 날 제로라고 불렀어. 여기에 오기 전에도 말이야."

"어, 그래?"

"진짜 이름은 헥터야."

"헥터."

"헥터 제로니."

28

　20년이 흐른 뒤, 케이트 바로우는 초록호수로 돌아왔다. 이제 그
곳에 케이트 바로우를 알아볼 사람은 없었다. 그곳은 유령 호수 옆
에 있는 유령 마을로 변해 있었다.

　복숭아나무는 모두 죽고, 작은 참나무 두 그루만이 낡고 버려진
오두막집 옆에서 자라고 있었다. 예전에는 그 오두막집이 호숫가
동쪽에 자리 잡고 있었다. 하지만 이제 호숫가는 8킬로미터나 멀찍
이 떨어져 있었다. 호수는 썩은 물만 들어찬 작은 연못으로 변해버
렸다.

　케이트 바로우는 그 오두막집에서 살았다. 케이드 바로우는 이
따금 허공을 가로질러 메아리치는 쌤의 목소리를 들었다.

"양파요! 달콤하고 신선한 양파요."

케이트 바로우는 알았다. 자신이 미쳤다는 것을. 지난 20년 동안 미쳐 있었다는 것을.

"오, 쌤. 날은 더운데 나는 춥기만 해요. 손이 차고, 발이 차고, 얼굴이 차고 그리고 내 심장이 차가워요."

케이트 바로우는 광활한 허공에 대고 이렇게 말하곤 했다. 그러면 이따금씩 쌤의 목소리가 들려왔다.

"그것도 제가 고칠 수 있습니다."

그럴 때면 쌤의 따스한 팔이 자기 어깨를 감싸는 게 느껴지는 것 같았다.

케이트 바로우가 오두막집에 산 지 석 달쯤 되었을 무렵이었다. 어느 날 아침 누군가 오두막집 문을 박차고 들어오는 바람에 케이트는 잠에서 깼다. 눈을 떠보니, 바로 코앞에 장총의 총구가 흐릿하게 보였다.

고약한 발 냄새가 났다. 트라우트 워커의 발 냄새였다.

"정확히 10초 주겠다. 훔친 돈과 물건을 어디에 숨겼는지 당장 말해. 안 그러면 머리통을 날려버리겠다."

케이트는 하품을 했다.

빨간 머리 여자가 트라우트와 함께 있었다. 여자는 옷장 서랍을 탈탈 비우고 선반에 있는 물건들을 내던지면서 집 안을 샅샅이 뒤졌다.

여자가 케이트에게 다가와 물었다.

"어디 있어?"

"린다 밀러. 너, 린다 밀러 맞지?"

린다 밀러는 케이트 바로우가 선생님일 때 4학년 학생이었다. 빨간 머리에 얼굴에는 주근깨가 잔뜩 있던 귀여운 아이였다. 그런데 이제 얼굴은 부스럼투성이가 되어버렸고, 머리는 지저분하고 텁수룩해 보였다.

"이제는 린다 워커야."

트라우트가 말하자 케이트는 이렇게 말했다.

"오, 린다, 너 참 안됐구나."

트라우트가 장총으로 케이트의 목을 쿡쿡 찔렀다.

"훔친 것들 다 어디에 뒀어?"

"그런 거 없어."

"그따위 소리 집어치워. 여기부터 휴스턴까지 은행이란 은행은 다 털었잖아."

"순순히 말하는 게 좋을 거예요. 우리는 지금 눈에 뵈는 게 없으니까."

린다도 끼어들어 한마디 했다.

"린다, 너 돈 보고 저 남자랑 결혼했지, 그렇지?"

린다는 고개를 끄덕였다.

"하지만 이제는 땡전 한 푼 없어요. 호수가 마르면서 돈도 말라

버렸어요. 복숭아나무도 가축들도. 곧 비가 올 거야, 가뭄이 영원히 계속될 순 없어, 난 늘 그렇게 생각했지요. 하지만 날씨는 갈수록 더워지기만 했어요. 갈수록, 갈수록……."

린다의 눈길이 벽난로에 기대어 선 삽에 꽂혔다.

"돈을 땅에 묻었어!"

린다의 외침에 케이트는 이렇게 대꾸했다.

"무슨 소리를 하는지 모르겠네."

그때 요란한 소리와 함께 케이트 머리 바로 위로 트라우트의 장총이 불을 뿜었다. 뒤쪽에 있던 창문이 산산조각 났다.

"어디에 묻었지?"

"그래, 나를 죽여라, 트라우트. 하지만 네가 땅 파는 걸 좋아하길 간절히 바란다. 아주 오랫동안 땅을 파야 할 테니 말이다. 밖에는 엄청나게 넓은 황무지가 있어. 너, 네 아이들 그리고 네 아이들의 아이들이 다음 100년 동안 땅을 파야 할 거야. 그러고도 끝내 아무것도 찾지 못할 거야."

"이런, 우리는 당신을 죽이지 않을 거예요. 하지만 마지막 순간이 되면 당신은 차라리 죽여줬으면 하고 바라게 될 거예요."

린다가 케이트의 머리칼을 붙잡아 고개를 뒤로 젖히며 말했다.

"난 지난 20년 동안 죽기를 바랐어."

린다와 트라우트는 케이트를 침대에서 끌어내 집 밖으로 밀쳤다. 케이트는 파란색 씰크 잠옷을 입고 있었다. 터키옥이 박힌 케이트의 검은색 장화는 침대 옆에 그대로 있었다.

그들은 도망은 못 치고 겨우 걸을 수 있을 정도로만 느슨하게 케이트의 두 다리를 묶었다. 그러고는 케이트를 뜨거운 땅바닥에 맨발로 걷게 했다.

그들은 케이트를 계속 걷게 할 참이었다.

"훔친 돈과 물건이 있는 곳으로 우리를 데려갈 때까지는 너를 죽일 수 없지."

트라우트가 말했다.

"어차피 당신은 우리를 그곳으로 데려가게 될 거야. 그러니 한시라도 빨리 그렇게 하는 게 좋을걸."

린다가 삽으로 케이트의 종아리를 때렸다.

케이트는 한쪽으로 쭉 걷다가 방향을 틀어 반대쪽으로 걸었다. 이윽고 케이트의 발바닥은 새까맣게 되고 물집이 잡히기 시작했다. 케이트가 걸음을 멈출 때마다 린다는 삽으로 케이트를 때렸다.

"내 인내심이 점점 바닥나고 있어."

트라우트가 그렇게 윽박질렀다.

케이트는 등에 삽이 찍히는 것을 느끼면서 딱딱한 땅바닥에 고꾸라졌다.

"일어나!"

린다가 소리쳤다.

케이트는 일어나려고 발버둥을 쳤다.

"오늘은 아주 편하게 해주는 거야. 우리를 돈이 있는 곳으로 안내하지 않으면 점점 더 힘들어질 거야."

트라우트가 말했다.

"조심해!"

느닷없이 린다가 소리쳤다.

도마뱀 한 마리가 그들을 향해 뛰어올랐다. 케이트의 눈에 도마뱀의 커다랗고 빨간 눈이 보였다.

린다는 삽으로 도마뱀을 내리쳤고, 트라우트는 총을 쏘았다. 하지만 둘 다 도마뱀을 맞추지 못했다.

도마뱀은 신발을 신지 않은 케이트의 발목으로 올라갔다. 그러고는 날카롭고 검은 이빨로 다리를 깨물었다. 그러더니 하얀 혓바닥으로 상처에서 흘러나오는 핏방울을 핥아 먹었다.

케이트는 미소를 지었다. 트라우트와 린다가 어떻게 손쓸 겨를도 없었다.

"땅을 파기 시작하시지."

케이트가 말했다.

"돈은 어디에 있어?"

린다가 날카롭게 소리쳤다.

"어디에 묻어놨냐고?"

트라우트도 다급하게 외쳤다.

케이트 바로우는 그렇게 죽었다. 웃으면서.

2
마지막 구덩이

29

날씨가 바뀌었다.

더 나빠졌다.

공기는 견딜 수 없을 정도로 축축했다. 스탠리는 땀으로 흥건하게 젖었다. 땀방울이 삽자루를 타고 주룩주룩 흘러내렸다. 너무 무더워서 공기마저 땀을 흘리는 것 같았다.

요란한 천둥소리가 텅 빈 호수를 가로지르며 울려 퍼졌다.

천둥을 동반한 비구름은 서쪽 저 멀리, 산을 몇 개는 넘어야 갈 수 있는 곳에 있었다. 번쩍 번개가 친 다음 우르릉 천둥소리가 울리기까지 30초 넘게 걸렸다. 그 시간만큼 비구름이 떨어져 있는 셈이다. 소리는 황량한 황무지를 가로질러 엄청난 거리를 여행한다.

보통 때 같으면 이 시간에는 산들을 볼 수 없었다. 산을 볼 수 있는 유일한 시간은 해가 뜨는 시간, 그러니까 아지랑이가 피어오르기 전이다. 그러나 지금은 어두운 하늘이 서쪽으로 길게 뻗어 있고 번개가 번쩍 할 때마다 시커먼 산들이 잠깐씩 모습을 드러냈다.

"비야, 제발 좀 내려라! 바람아, 제발 이쪽으로 좀 불어다오!"

겨드랑이가 소리쳤다.

"비가 억수같이 쏟아져서 호수에 물이 가득 찰지도 몰라. 그러면 수영도 할 수 있겠지."

오징어가 말했다.

"40일 낮, 40일 밤 동안만 내려라. 우리도 방주를 만드는 게 좋겠다. 그래서 암수 한 쌍씩 동물들을 태우는 거야, 그렇지?"

엑스레이가 말했다.

"맞아. 방울뱀 두 마리, 전갈 두 마리, 노랑 반점 도마뱀 두 마리."

지그재그가 말했다.

습기 탓인지 아니면 공기 중에 흐르는 전류 때문인지, 지그재그의 머리는 오늘따라 유난히 요란스럽게 보였다. 곱슬곱슬하던 금발 머리가 거의 반듯하게 쫙쫙 뻗어 있었다.

커다란 번개가 번쩍 내리쳐 지평선이 환하게 드러났다. 그 짧은 순간, 스탠리는 꼭대기에 신기하게 생긴 바위가 하나 있는 산을 얼핏 보았다. 그 바위는 엄지손가락을 곧추세운 채 쥔 거대한 주먹 모양이었다.

그러나 그 모습은 금방 사라졌다.

스탠리는 자기가 진짜로 바위를 봤는지 긴가민가했다.

"신의 엄지손가락에서 피난처를 찾았어."

이 말은 케이트 바로우에게 강도를 당하고 사막에 홀로 남았다가 구조된 뒤 스탠리의 증조할아버지가 한 말이다.

그 말이 무슨 뜻인지 아무도 몰랐다. 그 말을 할 당시 증조할아버지는 정신착란 증세를 보이고 있었다.

"그런데 증조할아버지께서는 음식도 물도 없이 어떻게 사막에서 3주 동안이나 살아남으셨을까요?"

스탠리가 물으면 스탠리의 아버지는 이렇게 대답했다.

"난들 알겠냐? 내가 거기에 있었던 것도 아니고. 나는 태어나지도 않았어. 심지어 우리 아버지도 태어나시기 전이야. 우리 할머니, 그러니까 네 증조할머니께서는 네 증조할아버지가 치료를 받던 병원의 간호사셨어. 증조할아버지께서는 증조할머니가 찬 물수건으로 이마를 닦아주던 얘기를 늘 하셨지. 그것 때문에 증조할머니를 사랑하게 되었다고 하시면서 말이야. 그분은 증조할머니를 천사라고 생각하셨어."

"진짜 천사요?"

스탠리의 아버지도 그것까지는 알지 못했다.

"몸이 완쾌된 다음은 어떠셨어요? 신의 엄지손가락이 뭔지, 어떻게 살아남으셨는지 말씀해주셨나요?"

"아니. 그저 아무짝에도−쓸모없고−지저분하고−냄새−풀풀−나는−돼지도둑−아버지 탓만 하셨대."

비구름은 점차 서쪽으로 물러났다. 그와 함께 비가 오리라는 희망도 사라졌다. 그러나 엄지손가락을 곤추세운 주먹의 모습은 스탠리의 머릿속을 떠나지 않았다. 스탠리의 상상 속에서는 번개가 엄지손가락 뒤에서 치고 있는 것이 아니라 엄지손가락에서 뿜어나오고 있었다. 마치 신의 엄지손가락이라도 되는 것처럼.

30

　다음 날은 지그재그 생일이었다. 아니, 지그재그가 그날이 자기 생일이라고 했다. 다들 밖으로 나가는데, 지그재그는 혼자 침대에 누워 있었다.

　"나는 잠 좀 자야겠어. 오늘이 내 생일이거든."

　그러더니 잠시 뒤, 지그재그는 아침 식사 줄에 새치기로 끼어 들었다. 앞자리를 빼앗긴 오징어는 지그재그에게 맨 뒤로 가라고 했다.

　"이봐, 오늘이 내 생일이라니까."

　지그재그가 줄에서 자리를 차지하고 떡 버틴 채로 말했다.

　"오늘은 네 생일이 아니야."

오징어 뒤에 서 있던 자석이 말했다.

그러자 지그재그가 말했다.

"오늘이 7월 8일이야."

스탠리는 자석 뒤에 서 있었다. 스탠리는 날짜는 고사하고 오늘이 무슨 요일인지도 몰랐다. 정말로 7월 8일일 수도 있었다. 그런데 지그재그는 그것을 어떻게 알았을까?

오늘이 7월 8일이라면 초록호수 캠프에 온 지 얼마나 된 건가 하고 스탠리는 계산해보려고 했다. 스탠리는 큰 목소리로 말했다.

"5월 24일에 여기 왔으니까, 내가 여기에 얼마나 있었냐면……."

"46일."

제로가 말했다.

스탠리는 그때까지도 5월과 6월이 각각 며칠씩 있는지 따져보고 있었다. 스탠리는 제로를 보았다. 셈에 관한 한 제로를 믿어도 된다는 것을 스탠리는 잘 알고 있었다.

46일. 그 46일이 1,000일처럼 느껴졌다. 첫날 스탠리는 구덩이를 파지 않았다. 그리고 오늘 아직 구덩이를 파지 않았다. 그러니까 지금까지 구덩이를 마흔네 개 판 것이다. 오늘이 7월 8일이 맞다면 말이다.

"주스 한 팩 더 마셔도 될까요?"

지그재그가 미스터 선생님에게 묻고는 덧붙였다.

"오늘이 제 생일이거든요."

의외로 미스터 선생님은 지그재그에게 주스 한 팩을 선선히 주었다.

스탠리는 흙 속에 삽을 찔러 넣었다. 구덩이 번호 45.

"마흔다섯 번째 구덩이가 제일 힘들어."

스탠리는 혼잣말을 했다.

하지만 그건 사실이 아니었다. 스탠리도 알고 있었다. 처음 이곳에 도착했을 때보다 스탠리는 아주 많이 튼튼해졌다. 스탠리의 몸은 어느 정도 더위와 열악한 환경에 적응해가고 있었다.

미스터 선생님은 이제 스탠리에게도 물을 주었다. 한 일주일 정도 물을 적게 마시면서 견디다 보니, 이제는 물이 남아도는 것 같은 느낌마저 들었다.

물론 제로가 매일 구덩이를 얼마간 파준 게 도움이 되었다. 하지만 그건 다른 사람들이 생각하는 것처럼 그렇게 신나는 일은 아니었다. 제로가 구덩이를 파는 동안 딱히 할 일 없이 있는 건 어색하기 짝이 없었다. 대개는 내리쬐는 햇볕을 받으며 한참을 멀뚱멀뚱서 있다가 딱딱한 땅바닥에 털썩 주저앉곤 했다.

물론 구덩이를 파는 것보다야 좋았다.

하지만 그렇게 많이 좋은 건 아니었다.

한두 시간 후에 해가 떠오르자, 스탠리는 '신의 엄지손가락'이 보이는지 둘러보았다. 지평선 위로 산들이 어슴푸레 윤곽만 보였다.

봉우리 하나가 위로 불쑥 솟아 있는 듯했지만, 특별한 모양은 아닌 것 같았다. 잠시 뒤 산들은 먼지 낀 공기에 반사되는 햇빛 뒤로 모습을 감추어버렸다.

스탠리는 문득 증조할아버지가 케이트 바로우에게 강도를 당한 장소 가까이에 자기가 있을 수도 있다는 생각을 했다. 스탠리가 찾은 물건이 정말로 케이트 바로우의 립스틱 뚜껑이라면, 케이트 바로우는 이 근처 어딘가에 살았던 게 분명했다.

제로는 점심 휴식 시간 전에 교대를 하러 왔다. 스탠리는 구덩이 밖으로 기어 나왔고 제로가 구덩이 안으로 들어갔다.

"이봐, 원시인. 채찍을 하나 장만하지그래? 노예가 게으름을 피우면 등을 후려치게 말이야."

지그재그가 말했다.

"제로는 노예가 아니야. 우리는 그냥 공평하게 계약을 했을 뿐이야."

"너한테 참 좋은 계약이네."

"제로가 먼저 그렇게 하자고 한 거야. 내가 아니라."

"너 그거 몰라, 지그재그? 원시인은 제로한테 큰 호의를 베푸는 거야. 제로는 구덩이 파는 걸 좋아하거든."

엑스레이가 걸어오면서 말했다.

"제로에게 구덩이를 대신 파게 하다니, 스탠리는 참 착하기도 하지."

오징어가 말했다.

"난 어때?"

겨드랑이가 그렇게 묻더니 이어 말했다.

"나도 구덩이 파는 거 좋아해. 원시인, 제로가 일을 마치면 내가 너 대신 구덩이를 파도 될까?"

다른 아이들은 웃음을 터뜨렸다.

"아니야, 내가 하고 싶어. 오늘은 내 생일이잖아."

지그재그가 말했다.

스탠리는 아이들의 말을 무시하려고 애썼다.

"야, 원시인. 친구 좋다는 게 뭐냐? 네 구덩이 좀 파게 해줘."

지그재그가 끈질기게 말했다.

스탠리는 별 농담을 다한다는 듯 미소를 지었다.

펜댄스키 선생님이 물과 점심을 가져오고 아이들이 줄을 섰을 때, 지그재그가 자기 자리를 스탠리에게 양보했다.

"너는 나보다 훨씬 훌륭하니까."

스탠리는 자기 자리에서 꼼짝하지 않고 말했다.

"내가 언제? 내가 언제 너보다 홀……."

엑스레이가 말을 가로막았다.

"너 지금 원시인을 모욕하는 거니? 원시인은 줄 맨 앞에 서야 할 사람이야. 그런데 왜 네 자리에 서야 해? 원시인은 우리들 가운데 제일 훌륭해. 안 그래, 원시인?"

"아니야."

스탠리가 말했다.

"무슨 소리, 넌 그래. 자, 줄 맨 앞, 내 자리로 와."

"됐어."

"되긴 뭐가 돼? 빨리 앞으로 와."

스탠리는 잠시 머뭇거리다 줄 맨 앞으로 갔다.

"음, 여기가 맨 앞인가?"

펜댄스키 선생님이 물탱크 트럭을 돌아 나오며 말했다. 펜댄스키 선생님이 스탠리의 물통에 물을 채워주고 점심 봉투를 주었다.

스탠리는 아이들 틈바구니를 벗어나게 되어 기뻤다. 스탠리는 자기 구덩이와 제로의 구덩이 사이에 자리를 잡고 앉았다. 오후에는 자기가 줄곧 구덩이를 파야 한다는 사실에 안심이 되었다. 다른 아이들이 시비 걸 일은 없을 테니까. 그리고 앞으로는 제로에게 자기 구덩이를 파지 말라고 하는 게 나을지도 모르겠다고 생각했다. 하지만 좋은 선생님이 되기 위해서는 힘을 아낄 필요가 있었다.

스탠리는 샌드위치를 한입 베어 물었다. 고기와 치즈를 뒤섞은 듯한 게 들어 있었다. 물론 통조림으로 만든 것이었다. 초록호수 캠프에 있는 음식들은 거의 모두 통조림이었다. 보급 트럭은 한 달에 한 번밖에 오지 않았다.

스탠리는 고개를 들어 주위를 힐끔 봤다. 지그재그와 오징어가 이쪽으로 걸어오고 있었다.

"네 구덩이 파게 해주면, 내 과자 너 줄게."

지그재그가 말하자 오징어가 깔깔거리고 웃었다.

"자, 내 과자 가져."

지그재그가 과자를 내밀며 말했다.

"됐어. 어쨌든 고맙다."

"빨리 내 과자 받아."

지그재그가 과자로 얼굴을 쿡쿡 찌르면서 말했다.

"됐다니까."

"제발 내 과자 좀 먹어라."

지그재그는 이제 과자를 바로 스탠리의 코밑까지 들이대면서 말했다. 오징어가 깔깔거리고 웃었다.

스탠리는 지그재그의 손을 뿌리쳤다.

"밀지 마!"

지그재그가 다시 스탠리를 밀어붙이며 소리쳤다.

"내가 언제 밀었다고……."

스탠리가 말했다.

스탠리는 자리에서 일어나 주위를 둘러보았다. 펜댄스키 선생님이 제로의 물통을 채우고 있었다.

"밀지 말라고 했잖아."

지그재그가 다시 스탠리를 밀어붙이며 말했다.

스탠리는 제로의 구덩이를 조심스레 피하면서 한 발짝 뒤로 물러섰다.

"그만 좀 밀어!"

지그재그가 끈질기게 스탠리를 쫓아와서는 거칠게 밀치면서 말했다.

"그만둬."

겨드랑이가 자석과 엑스레이와 함께 이쪽으로 걸어오며 말했다.

"왜 그만둬야 하는데?"

옆에 있던 엑스레이가 톡 쏘아붙이고는 이어 말했다.

"원시인이 덩치가 더 크잖아. 원시인도 자기 몸 하나 정도는 지킬 수 있어."

"난 말썽 일으키고 싶지 않아."

스탠리가 그렇게 말하자, 지그재그가 스탠리를 세게 밀면서 소리쳤다.

"내 과자 먹으라고!"

스탠리는 펜댄스키 선생님이 제로와 함께 이쪽으로 오는 것을 보고는 안심이 되었다.

"안녕하세요, 엄마. 장난치고 있는 거예요."

겨드랑이가 말했다.

"내가 쭉 지켜봤다."

펜댄스키 선생님은 그렇게 말하고는 스탠리를 보면서 이어 말했다.

"스탠리, 한번 붙어봐. 한 방 먹여줘. 덩칫값을 해야지."

스탠리는 깜짝 놀라 펜댄스키 선생님을 빤히 바라보았다.

"너를 괴롭히는 녀석에게 본때를 보여줘."

펜댄스키 선생님이 말했다.

지그재그가 손등으로 스탠리의 어깨를 쳤다.

"어디 한번 본때 좀 보여주시지."

지그재그가 계속 시비를 걸었다.

스탠리는 마지못해 지그재그를 살짝 툭 쳤다. 그러자 소나기 같은 주먹세례가 스탠리의 머리와 목에 날아들었다. 지그재그는 한 손으로 스탠리의 옷깃을 붙잡고 다른 손으로 계속해서 주먹을 날렸다.

옷깃이 찢어지면서 스탠리는 맨땅에 쓰러졌다.

"이제 그만!"

펜댄스키 선생님이 소리쳤다.

하지만 지그재그는 그만둘 생각이 없었다. 지그재그는 스탠리 위로 올라탔다.

"그만!"

펜댄스키 선생님이 다시 고함쳤다.

스탠리의 한쪽 얼굴이 땅에 납작하게 눌려 있었다. 스탠리는 지그재그의 손길을 막아보려고 안간힘을 썼지만, 지그재그는 스탠리의 팔을 뿌리치고 스탠리의 얼굴을 땅에 마구 박아버렸다.

스탠리가 할 수 있는 일이라고는 이 시간이 빨리 지나가기를 바라는 것뿐이었다.

그런데 갑자기 지그재그가 스탠리 몸에서 떨어져 나갔다. 스탠리가 겨우 고개를 들고 보니, 제로가 지그재그의 긴 목을 팔로 감아 조르고 있었다.

지그재그는 제로의 팔에서 빠져나오려고 용을 쓰면서 숨넘어가는 소리를 냈다.

"그러다 사람 잡겠다!"

펜댄스키 선생님이 소리쳤다.

제로는 계속 목을 졸랐다.

겨드랑이가 달려들어 목을 조르는 제로의 팔에서 지그재그를 빼냈다. 그 순간, 아이들 셋은 일제히 땅으로 곤두박질쳤다. 펜댄스키 선생님이 하늘을 향해 권총을 발사했기 때문이었다.

사무실, 텐트, 호수 여기저기에서 다른 선생님들이 몰려왔다. 다들 권총을 빼 들고 왔지만, 상황이 끝난 것을 보고는 다시 권총집에 넣었다.

소장이 오두막집에서 걸어 나왔다.

"소동이 있었습니다. 하마터면 제로가 리키를 목 졸라 죽일 뻔했습니다."

펜댄스키 선생님이 소장에게 말했다.

소장은 아직도 목을 이리저리 움직이며 문지르는 지그재그를 바라보았다. 그리고 스탠리에게 눈길을 돌렸다. 누가 봐도 스탠리의 꼴이 최악이었다.

"넌 어쩌다 그 모양이 됐니?"

"아무것도 아닙니다. 소동이랄 것도 없습니다."

"원시인은 지그재그한테 얻어터진 거예요."

겨드랑이가 끼어들더니 내처 말했다.

"그러자 제로가 달려들어 지그재그 목을 조르기 시작했습니다. 저는 제로를 지그재그에게서 떼어놓으려고 했고, 엄마가 총을 쏘고 나서야 상황이 끝났습니다."

"애들이 열을 좀 받은 것뿐이에요. 아시잖아요, 하루 종일 뙤약볕 밑에 있으면 어떻게 되는지. 아무래도 열을 좀 받지요. 안 그래요? 하지만 이제 다들 열을 식혔답니다."

이번에는 엑스레이가 말했다.

"알았다."

그렇게 말하고 소장은 지그재그에게 물었다.

"도대체 왜 그러니? 생일 선물을 못 받아서 그래?"

"지그재그가 그냥 열 좀 받았다니까요. 온종일 뙤약볕 아래 나와 있으면 어떻게 되는지 아시잖아요. 피가 끓어오르거든요."

다시 엑스레이가 끼어들었다.

"정말 그래서 그런 거냐, 지그재그?"

소장이 다시 묻자 지그재그가 대답했다.

"네, 엑스레이가 말한 대로예요. 다들 뙤약볕 아래서 죽어라 일하는데, 원시인만 아무것도 안 하고 빈둥빈둥 앉아 있잖아요. 그래서 피가 끓어올랐습니다."

"뭐라고? 원시인도 다른 애들처럼 구덩이를 팠을 텐데?"

소장의 말에 지그재그는 어깨를 으쓱하며 말했다.

"가끔 파기도 하지요."

"뭐라고?"

"제로가 매일 원시인의 구덩이를 조금씩 파주거든요."

이번에는 오징어가 끼어들어 말했다.

소장은 오징어, 스탠리, 제로를 차례로 둘러보았다.

마침내 스탠리가 입을 뗐다.

"제가 제로한테 읽기하고 쓰기를 가르쳐주고 있거든요. 일종의 거래예요. 구덩이만 파면 됐지, 누가 구덩이를 파는 게 뭐가 중요한가요?"

"뭐라고?"

"읽는 법을 배우는 게 제로한테 더 중요하지 않나요? 구덩이를 파는 것보다는 그게 인격을 수양하는 데 더 도움이 될 것 같은데요."

"제로의 인격은 그렇다치고, 네 인격은 어떻게 되지?"

소장의 말에, 스탠리는 한쪽 어깨를 으쓱해 보였다.

"제로, 지금까지 뭘 배웠니?"

소장이 제로를 향해 말했다.

제로는 아무 말이 없었다.

"여태 배운 것도 하나 없이 원시인의 구덩이만 파준 거냐?"

"제로는 구덩이 파는 걸 좋아합니다."

펜댄스키 선생님이 끼어들더니 제로한테 말했다.

"어제 배운 걸 말해보렴. 그건 생각나겠지."

제로는 아무 말이 없었다.

펜댄스키 선생님이 웃음을 터뜨리며 삽을 집어 들고는 이렇게 말했다.

"차라리 삽을 가르치는 게 낫지. 삽도 제로보다는 머리가 좋을 거야."

"at 발음을 배웠어요."

제로가 말했다.

"at 발음이라."

소장이 제로의 말을 되풀이하고는 말했다.

"좋아. 그럼 c, a, t가 무슨 단어인지 발음해봐."

제로는 머뭇거리면서 주위를 힐끔거렸다.

스탠리는 제로가 답을 안다는 것을 알았다. 제로는 단지 질문에 대답하는 것을 싫어할 따름이었다.

"캣."

제로가 말했다.

펜댄스키 선생님이 박수를 쳤다.

"브라보! 브라보! 천재 났네, 천재 났어!"

"f, a, t는?"

제로는 잠시 생각했다. 스탠리가 제로에게 에프 발음은 아직 가르치지 않은 터였다.

"에프……."

제로가 조그맣게 속삭이더니 이어 말했다.

"에프하고 at. 팻."

"h, a, t는?"

스탠리는 제로에게 에이치 발음도 아직 가르쳐주지 않았다.

제로는 정신을 집중해서 열심히 생각하고는 말했다.

"챗."

상담 선생님들은 배꼽을 잡고 웃었고, 펜댄스키 선생님은 이렇게 말했다.

"역시 천재야. 대단해. 너무 멍청해서 스스로 멍청하다는 것조차 모르는 천재."

스탠리는 펜댄스키 선생님이 왜 제로한테 트집을 못 잡아 안달인지 이해할 수 없었다. 만약 펜댄스키 선생님이 조금만 생각해본다면, 그 대답이 매우 논리적임을 알 수 있었을 텐데 말이다. 제로는 에이치니까 '치'로 소리 난다고 생각한 것이다.

"좋아. 지금부터 누구든 다른 사람의 구덩이를 파주면 안 된다. 그리고 읽기 수업도 안 된다."

소장이 말했다.

"이제 다른 구덩이는 안 팔 겁니다."

제로가 말했다.

"좋아."

소장은 스탠리 쪽을 보면서 말을 이었다.

"구덩이를 왜 파는지 아니? 너한테 도움이 되기 때문이야. 배울 점이 있거든. 제로가 네 구덩이를 파주면, 너는 배울 기회를 놓치는 거야. 안 그래?"

"네…… 그래요."

아이들이 무언가 배우게 하려고 구덩이를 파게 하는 게 아니라는 것을 알면서도 스탠리는 그렇게 우물우물 대답했다. 소장은 어떤 물건, 즉 키스하는 케이트 바로우의 어떤 물건을 찾고 있는 것 아닌가.

"제 구덩이는 제가 파면서 제로에게 읽는 법을 가르쳐주면 되지요. 그렇게 하는 데에도 무슨 문제가 있나요?"

"문제가 뭔지 내가 말해주지. 말썽이 생기기 때문이야. 하마터면 제로가 지그재그를 죽일 뻔했잖아."

소장의 말에 펜댄스키 선생님도 거들고 나섰다.

"제로가 스트레스를 받잖아. 너야 좋은 뜻으로 그런 일을 했겠지만, 현실을 봐야지. 제로는 읽는 법을 배우기에는 너무 멍청해. 그래서 피가 끓어오르는 거야. 뙤약볕 때문이 아니라."

"이제 다른 구덩이는 안 팔 겁니다."

제로가 말했다.

"자, 제로, 받아라. 이게 너의 평생 특기 아니냐?"

펜댄스키 선생님이 제로에게 삽을 건넸다.

제로는 삽을 받아 들었다. 그러고는 그 삽을 야구방망이처럼 휘둘렀다.

쇠로 된 삽날이 펜댄스키 선생님의 얼굴을 정통으로 후려쳤다. 펜댄스키 선생님은 무릎을 풀썩 꿇고는 고꾸라졌다. 그리고 땅에 미처 닿기도 전에 정신을 잃었다.

상담 선생님들이 일제히 권총을 빼 들었다.

제로는 총알이 날아오면 쳐내기라도 할 것처럼 삽을 몸 앞으로 움켜잡았다.

"구덩이 파는 일은 지긋지긋해요."

이렇게 말하면서 제로는 천천히 뒤로 물러섰다.

"쏘지 마!"

소장이 외쳤다.

"제깟 놈이 도망갈 데가 어디 있겠어? 조사반을 일을 만들어서는 안 돼."

제로는 한 발 한 발 뒤로 물러나 아이들이 파놓은 구덩이들을 지나, 호수 저편으로 점점 더 멀어져 갔다.

"물 때문에 다시 돌아올 수밖에 없어."

소장이 말했다.

스탠리는 자기 구덩이 근처에 놓인 제로의 물통을 보았다.

상담 선생님 두 명이 펜댄스키 선생님을 부축해 트럭으로 데려 갔다.

스탠리는 제로 쪽으로 눈길을 돌렸다. 하지만 제로는 이미 아지 랑이 속으로 사라진 뒤였다.

소장은 상담 선생님들에게 밤낮으로 돌아가면서 샤워실과 휴게 실을 감시하라고 명령했다. 그리고 제로가 돌아오면 물 한 방울 주 지 말고 곧바로 자기에게 데려오라고 했다.

소장이 손톱을 살펴보면서 말했다.

"다시 칠할 때가 된 것 같네."

떠나기 전에 소장은 D조는 이제 여섯 명뿐이지만, 자기는 여전 히 구덩이 일곱 개를 기대한다고 말했다.

31

　스탠리는 씩씩거리며 흙 속에 삽을 쑤셔 넣었다. 스탠리는 모두에게 화가 났다. 펜댄스키 선생님, 소장, 지그재그, 엑스레이 그리고 아무짝에도−쓸모없고−지저분하고−냄새−풀풀−나는−돼지도둑−고조할아버지. 그러나 무엇보다도 자기 자신에게 화가 났다.

　스탠리는 제로에게 자기 구덩이를 대신 파게 한 것을 후회했다. 그렇게 하지 않고도 제로에게 읽는 법을 가르칠 수 있는 것 아닌가. 제로가 온종일 구덩이를 파고도 배울 힘이 있다면, 스탠리 자신도 온종일 구덩이를 파고도 가르칠 힘이 있어야 하는 것 아닌가.

　이제 자신이 해야 할 일은 제로를 찾아 나서는 것이라고 스탠리는 생각했다.

그러나 스탠리는 그렇게 하지 못했다.

다른 아이들은 아무도 스탠리가 제로의 구덩이 파는 것을 도와주지 않았다. 스탠리는 기대도 하지 않았다. 제로가 스탠리의 구덩이 파는 것을 줄곧 도와주지 않았는가. 이제는 스탠리가 제로의 구덩이를 파야 했다.

하루 중 가장 더울 때, 다른 아이들이 모두 캠프로 돌아간 뒤에도 스탠리는 혼자 남아 구덩이를 팠다. 틈틈이 제로가 돌아오는지 살폈지만, 제로는 돌아오지 않았다.

제로를 찾아 나서려 했다면, 그건 쉬운 일이었다. 막을 사람은 아무도 없었다. 제로를 찾아 나서는 것이 자신이 해야 할 일이라는 생각이 스탠리 머리를 떠나지 않았다.

제로와 함께 '엄지손가락 산' 꼭대기로 올라갈 수도 있으리라.

그 산이 너무 멀지 않은 곳에 있다면. 그리고 그 산이 정말 증조할아버지가 피난처를 찾은 곳이라면. 그리고 100여 년이 지난 지금도 아직 물이 있다면…….

하지만 가능성이 희박한 일이었다. 호수 전체가 말라붙은 마당에 산에 물이 있을 가능성은 별로 없었다.

게다가 설사 엄지손가락 산에서 피난처를 찾는다 하더라도 결국에는 다시 돌아올 수밖에 없을 것이라고 스탠리는 생각했다. 그러면 소장을 보게 될 것이고, 결국 소장의 방울뱀 손톱 맛을 보게 되겠지.

그 대신 스탠리에게 더 좋은 생각이 떠올랐다. 아직 구체적인 계획을 세운 것은 아니지만, 소장과 담판을 지을 수도 있다는 생각이 든 것이다. 소장이 제로를 손톱으로 할퀴지만 않는다면, 금 뚜껑을 진짜로 파낸 구덩이를 가르쳐줄 생각이었다.

그러나 담판을 짓겠다고 나섰다가 오히려 화를 부를 수 있다는 생각도 들었다. 금 뚜껑을 찾은 곳을 말하지 않으면 손톱으로 할퀼 테다, 소장이 이렇게 막무가내로 나오지 말란 법도 없지 않은가. 게다가 잘못하면 엑스레이를 곤경에 빠뜨릴 수도 있었다. 소장은 엑스레이마저도 손톱으로 할퀴고도 남을 사람이었다.

그러면 엑스레이는 앞으로 열여섯 달 동안 스탠리를 괴롭히리라.

스탠리는 흙 속에 삽을 쑤셔 넣었다.

다음 날 아침에도 제로는 돌아오지 않았다. 샤워실 밖 수도꼭지 옆에 한 상담 선생님이 앉아 감시를 하고 있었다.

펜댄스키 선생님은 두 눈 주위가 검게 멍들었고 코에는 반창고를 붙이고 있었다.

"그 녀석이 멍청한 건 내 진즉부터 알고 있었지."

펜댄스키 선생님이 툴툴대는 소리가 들렸다.

이튿날 스탠리는 구덩이를 하나만 파라는 지시를 받았다. 구덩이를 파면서도 스탠리는 제로가 오는지 살피는 일을 소홀히 하지 않았지만, 제로는 끝내 나타나지 않았다. 호수 저편으로 제로를 찾아 나설까 하고 다시 한 번 생각했지만, 이미 때가 너무 늦었다는 걸 깨달았다.

스탠리의 유일한 희망은 제로가 스스로 '신의 엄지손가락'을 발견하는 것이었다. 불가능한 일은 아니었다. 스탠리의 증조할아버지도 발견하지 않았던가. 무슨 이유 때문인지는 모르지만, 어쨌거나 증조할아버지는 그 산의 꼭대기에 올라가야겠다는 충동을 느꼈다. 제로도 똑같은 충동을 느끼지 말란 법이 없지 않은가.

만약 같은 산이라면, 그리고 만약 거기에 물이 있다면.

불가능한 일은 아닐 거야. 스탠리는 그렇게 믿고 싶었다. 바로 며칠 전에 폭풍우가 지나갔다. 어쩌면 엄지손가락 산은 자연적으로 만들어진 일종의 저수탑 같아서 비를 담아둘지도 모를 일이었다.

불가능한 일은 아니었다.

스탠리가 텐트로 돌아와 보니 소장하고 미스터 선생님, 펜댄스키 선생님이 스탠리를 기다리고 있었다.

"제로 봤니?"

소장이 스탠리에게 물었다.

"아니오."

"제로가 돌아온 것 같은 흔적도 없고?"

"네."

"제로가 어디로 갔는지 짚이는 데는 없니?"

"없어요."

"네가 거짓말을 하면 제로에게 득이 될 게 하나도 없다는 거 알지? 밖에 있으면 하루, 잘해야 이틀밖에 못 산다."

미스터 선생님이 말했다.

"제로가 어디에 있는지 모릅니다."

세 사람은 스탠리가 혹시 거짓말을 하는지 알아내려고 뚫어지게 바라보았다. 펜댄스키 선생님은 얼굴이 너무 부어서 눈도 제대로 뜨지 못한 채 겨우 실눈을 뜨고 있었다.

"제로에게 가족이 없는 게 확실하지?"

소장이 펜댄스키 선생님에게 물었다.

"제로는 주 정부의 생활보호 대상자로, 체포될 당시 거리의 부랑아였습니다."

"시시콜콜 따지고 들 사람이 하나도 없는 거지? 혹시 개한테 관심을 가지고 있는 사회단체나 뭐 그런 데도 없고?"

"아무도 없습니다. 제로는 아무것도 아닌 애예요."

소장은 잠시 생각에 잠기더니 이렇게 말했다.

"좋아, 제로의 기록을 모두 없애버려."

펜댄스키 선생님이 고개를 끄덕였다.

"제로는 처음부터 여기에 없었던 거야."

소장의 말에 이번에는 미스터 선생님이 고개를 끄덕였다.

소장이 펜댄스키 선생님에게 다시 말했다.

"우리 컴퓨터로 정부 문서파일에 접근해 들어갈 수 있나? 제로가 여기에 있었다는 사실을 정부 당국의 그 누구도 알아서는 안 돼."

"정부의 모든 문서에서 제로의 기록을 지우는 건 어려울 것 같습니다. 이리저리 서로 연결되어 있거든요. 하지만 제로의 기록을 찾는 걸 아주 어렵게 만들 수는 있습니다. 그리고 아까도 말씀드렸다시피, 기록을 찾아보려는 사람도 없을 겁니다. 헥터 제로니한테 관심을 갖는 사람은 아무도 없어요."

"좋아."

소장이 말했다.

32

이틀 뒤, D조에 새로운 아이가 들어왔다. 이름이 브라이언이었는데, 엑스레이는 '덜덜이'라고 불렀다. 그 애가 한시도 몸을 가만히 놔두질 못하고 씰룩댔기 때문이다. 덜덜이는 제로의 침대와 사물함을 쓰게 되었다.

초록호수 캠프는 빈자리가 금세 찬다.

덜덜이는 자동차를 훔친 죄로 체포되었다. 차 문을 부수고 경보 장치를 절단하고 시동을 거는 데까지 1분이면 된다고 큰소리를 쳤다.

"나는 자동차를 훔치려고 미리 계획한 적이 한 번도 없어. 그런데 한적한 곳에 주차되어 있는 정말 멋진 차 옆을 지나갈 때가 있잖아, 응? 그럴 때면, 몸이 근질근질 꿈틀꿈틀하는 거야. 지금 내 몸이 움찔움찔하는 것처럼 보이지? 진짜로 내가 몸을 씰룩대는 걸 보고 싶으면 내가 차 근처에 있을 때 한번 봐. 어쨌든 정신을 차리고 보면 어느새 내가 차 뒤에 가 있지 뭐야."

스탠리는 누우면 몸이 간질간질해지는 침대 위에 누웠다. 문득 침대에서 이제는 고약한 냄새가 나지 않는다는 것을 깨달았다. 냄새가 사라진 건지, 아니면 냄새에 익숙해진 건지 아리송했다.

"야, 원시인. 진짜로 새벽 네 시 삼십 분에 일어나야 하냐?"

덜덜이가 물었다.

"익숙해질 거야. 그때가 하루 중 가장 시원한 시간이야."

스탠리는 제로 생각을 하지 않으려고 애썼다. 어떻게 하기에는 이제 너무 늦었다. 제로는 엄지손가락 산에 올라갔든가, 아니면……

하지만 스탠리의 마음을 정말로 괴롭히는 것은 '너무 늦었다'는 생각이 아니었다. 스탠리의 마음을 정말 괴롭히는 것, 진짜 불안하게 만드는 것은 너무 늦은 게 아닐 수도 있다는 두려움이었다.

제로가 아직도 살아서 필사적으로 땅을 기어 다니며 물을 찾고 있다면?

스탠리는 그런 장면을 머릿속에서 지우려 애썼다.

다음 날 아침, 호수에서 미스터 선생님이 덜덜이에게 구덩이를 팔 때 지켜야 할 사항들을 일러주고 있었다.

"……네 삽 길이만큼 폭이 되어야 하고 깊이도……."

덜덜이는 몸을 씰룩거렸다. 손가락으로 삽자루를 두드리며 목을 이쪽저쪽으로 흔들어댔다.

"하루 종일 구덩이를 파고 나면 그렇게 몸을 씰룩대지 못할 거다. 손가락 하나 까딱할 힘도 없을걸."

미스터 선생님은 해바라기 씨를 입 안에 털어 넣고 능숙한 솜씨로 씹은 뒤 껍질을 내뱉고는 말했다.

"여기는 걸스카우트 캠프가 아니야!"

해가 뜬 직후, 물탱크 트럭이 왔다. 스탠리는 자석 뒤, 덜덜이 앞에 섰다.

'너무 늦은 게 아니라면?'

스탠리는 미스터 선생님이 엑스레이의 물통을 채우는 모습을 우두커니 바라보았다. 제로가 뜨거운 땅바닥을 기어가는 장면이 스탠리의 머릿속에서 떠나지 않았다.

하지만 무엇을 할 수 있겠는가? 설사 제로가 나흘이 지난 지금까지 살아 있다 하더라도, 무슨 수로 스탠리가 제로를 찾아낸단 말인가? 그러려면 며칠은 걸릴 것이다. 스탠리한테는 차가 필요했다.

하다못해 트럭이라도. 뒤에 물탱크가 달린 트럭이라도.

스탠리는 미스터 선생님이 차 열쇠를 차에 두고 내렸는지 궁금했다.

스탠리는 슬그머니 줄에서 빠져나온 뒤, 빙 돌아 트럭 옆으로 가서 차창 안을 들여다보았다. 당장이라도 시동을 걸 수 있도록 열쇠가 대롱대롱 매달려 있었다.

스탠리는 손이 움찔하는 것을 느꼈다.

스탠리는 심호흡을 하면서 마음을 가다듬고 맑은 정신으로 생각해보려고 애썼다. 스탠리는 운전을 해본 적이 없었다.

하지만 운전이 뭐 그리 어렵겠는가?

"이건 정말 미친 짓이야."

스탠리는 혼잣말을 했다. 무슨 짓을 하든 간에 빨리 해야 한다는 것을 알았다. 미스터 선생님한테 들키기 전에 말이다.

"이제 너무 늦었어. 제로는 틀림없이 죽었을 거야."

스탠리는 스스로에게 말했다.

'하지만 너무 늦은 게 아니라면?'

스탠리는 다시 한 번 심호흡을 했다.

"잘 생각해봐."

스탠리는 스스로에게 말했다. 하지만 생각할 시간이 없었다. 스탠리는 트럭 문을 열어젖히고 잽싸게 올라탔다.

"야!"

미스터 선생님이 소리쳤다.

스탠리는 열쇠를 돌려 시동을 걸고 가속페달을 밟았다. 엔진 소리가 들렸다.

하지만 트럭은 꼼짝도 하지 않았다.

스탠리는 가속페달을 끝까지 밟았다. 엔진이 요란한 소리를 냈지만 트럭은 움직일 기미가 없었다.

미스터 선생님이 트럭 옆을 돌아 달려왔다. 차 문은 아직 열린 상태였다.

"기어를 넣어!"

덜덜이가 소리쳤다.

기어 손잡이는 좌석 바로 옆 바닥에 있었다. 스탠리는 기어 손잡이를 뒤로 당겨 '운전'을 의미하는 D에 놓았다.

트럭이 갑자기 앞으로 튀어 나갔다. 그 반동으로 스탠리는 의자에 쿵 하고 부딪혔다. 트럭에 속도가 붙었다. 스탠리는 운전대를 꽉 잡고는 가속페달을 끝까지 밟았다.

트럭이 말라붙은 호수의 평지를 가르며 점점 더 빠르게 질주했다. 트럭이 흙더미 위를 지나면서 갑자기 덜컹하더니, 스탠리의 몸이 쾅 하고 앞으로 부딪혔다. 에어백이 터졌고, 스탠리는 다시 뒤로 튕겼다. 그러고는 열린 문으로 튕겨 나와 땅바닥에 나뒹굴었다.

트럭이 구덩이 속으로 곧장 돌진한 것이다.

스탠리는 바닥에 누워 한쪽으로 기운 채 구덩이 속에 처박힌 트럭을 보았다. 한숨이 절로 나왔다. 이번만큼은 아무짝에도-쓸모없고-지저분하고-냄새-풀풀-나는-돼지도둑-고조할아버지를 탓할 수도 없는 노릇이었다. 이번 일은 스탠리 자신이 백번 잘못했다. 짧고도 불운한 인생에서 스탠리가 저지른 가장 멍청한 짓을 꼽으라면, 바로 이 일일 것이다.

스탠리는 가까스로 일어섰다. 온몸이 쑤시긴 했지만 뼈가 부러진 것 같지는 않았다. 스탠리는 아까 그 자리에 꼼짝 않고 서서 자기를 노려보고 있는 미스터 선생님을 힐끗 돌아보았다.

스탠리는 무작정 내달렸다. 목에는 끈 달린 물통이 걸려 있었다. 달리는 동안 물통이 가슴을 텅텅 쳤다. 그때마다 스탠리는 물통이 텅 비어 있다는 사실을 깨달았다. 텅, 텅.

33

스탠리는 걸음을 늦추었다. 쫓아오는 사람은 하나도 보이지 않았다. 트럭 옆에서 뭐라고 말하는 소리가 들렸지만, 무슨 말인지 알아들을 수는 없었다. 이따금 부르릉거리는 엔진 소리가 나긴 했지만, 조만간 트럭이 움직일 일은 없을 것 같았다.

스탠리는 엄지손가락 산이 있을 것 같은 방향으로 걸어갔다. 아지랑이에 가려서 산은 보이지 않았다.

걷다 보니 마음이 진정되어 스탠리는 차분히 생각할 수 있었다. 엄지손가락 산까지 갈 수 있을 것 같지도 않거니와 물통도 텅 빈 마당에, 엄지손가락 산에서 피난처를 찾을지도 모른다는 희망 하나에 목숨을 걸고 싶지는 않았다. 캠프로 다시 돌아가는 것 외에는 달리 방도가 없었다. 스탠리는 그것을 잘 알고 있었다. 하지만 서두르지 않았다. 나중에, 그러니까 사람들한테 흥분을 가라앉힐 시간을 준 뒤에 돌아가는 편이 더 나을 것 같았다. 어차피 이렇게 멀리 왔으니 제로를 찾아보는 게 마땅하지 않겠는가.

스탠리는 힘닿는 데까지 걸어가 보기로 마음먹었다. 걷다 지치면 캠프로 돌아갈 생각이었다.

그러다 이내 쓴웃음을 지었다. 자신의 생각이 틀렸다는 것을 안 것이다. 그렇게 하려면 **중간 지점**, 즉 갈 수 있는 거리의 반만 가야 했다. 그래야 돌아갈 힘이 남아 있을 테니 말이다. 그런 다음에는 소장하고 담판을 지어야 했다. 스탠리는 케이트 바로우의 립스틱 뚜껑을 발견한 진짜 장소를 말하고 용서를 구할 작정이었다.

한 가지 놀라운 사실은, 아주 멀리까지 구덩이들이 있다는 것이었다. 캠프 건물이 보이지 않는 곳까지 왔는데도, 스탠리는 여전히 구덩이들 사이로 걸어야 했다. 이게 마지막 구덩이겠지 하고 조금 더 가보면 또 구덩이들이, 조금 더 가보면 또 구덩이들이 무더기로 나왔다.

캠프에서는 체계적인 순서에 따라 구덩이를 팠다. 줄을 맞춰 구덩이를 팠고, 물탱크 트럭이 다닐 공간도 만들었다. 그러나 여기 외곽에 있는 구덩이들은 제멋대로였다. 마치 자포자기에 빠진 소장이 이따금씩 발작을 부려 마음 내키는 대로 아무 장소나 고른 뒤, "젠장, 여길 파."라고 한 게 아닌가 싶었다. 복권의 당첨 번호를 무턱대고 고르는 것처럼 말이다.

스탠리는 구덩이 하나하나 그냥 지나치지 않고 안을 들여다보았다. 그러면서도 지금 자기가 뭘 찾아 그렇게 헤매는지에 대해서는 애써 생각하지 않으려고 했다.

어느덧 한 시간이 훌쩍 지났고, 스탠리는 이제 진짜로 마지막 구덩이를 보았다고 생각했다. 그러나 왼쪽으로 좀 떨어진 곳에 또 다른 구덩이들이 무더기로 보였다. 사실 구덩이를 직접 본 것은 아니고, 구덩이들을 둘러싼 흙더미들을 본 것이었다.

스탠리는 흙더미를 타고 넘어 첫 번째로 나오는 구덩이 속을 들여다보았다. 순간 숨이 딱 멎는 것 같았다.

구덩이 바닥에 노랑 반점 도마뱀 한 무리가 오글거리는 게 아닌가. 크고 빨간 도마뱀들의 눈과 스탠리의 눈이 딱 마주쳤다.

스탠리는 뒷걸음쳐 흙더미를 넘어 냅다 줄행랑을 쳤다.

도마뱀들이 쫓아오는지 어떤지도 몰랐다. 구덩이에서 도망칠 때, 도마뱀 한 마리가 밖으로 뛰어오르는 것을 얼핏 본 것 같기도 했다.

스탠리는 더는 뛸 수 없을 때까지 죽어라 달리다가, 결국 풀썩 주저앉았다. 도마뱀들은 쫓아오지 않았다.

스탠리는 그대로 앉아 숨을 가다듬었다. 잠시 뒤 자리에서 일어나던 스탠리는 500미터 정도 떨어진 땅바닥에 무언가 있는 것을 발견했다. 바위 같은, 대수롭지 않은 것으로 보였지만, 아무것도 없는 황량한 땅에서는 그런 사소한 것조차 쉽게 볼 수 있는 게 아니었다.

스탠리는 그쪽을 향해 천천히 발걸음을 옮겼다. 이미 도마뱀과 한 번 부딪친 터라 이제 아주 조심스러워졌다.

가서 보니, 그것은 빈 해바라기 씨 자루였다. 그럴 가능성은 별로 없었지만, 그 자루가 자석이 미스터 선생님에게서 훔친 해바라기 씨 자루가 아닐까 하고 스탠리는 생각했다.

스탠리는 자루를 뒤집어 보았다. 해바라기 씨 하나가 삼베 사이에 끼어 있었다.

점심이었다.

34

해가 거의 머리 꼭대기에 와 있었다. 스탠리 생각에는 캠프로 되돌아가기 전까지 한두 시간은 더 걸을 수 있을 것 같았다.

하지만 딱히 어디로 가야 할지 몰랐다. 눈앞에 보이는 거라고는 아무것도 없었다. 그저 텅 빈 공간뿐이었다. 스탠리는 덥고, 지치고, 배고프고, 무엇보다도 목이 말랐다. 지금 당장 되돌아가야 마땅한 것인지도 모를 일이었다. 어쩌면 벌써 **중간 지점**을 지나쳤는데도 스탠리가 모르는 것일 수도 있었다.

그런데 주위를 둘러보던 스탠리의 눈에 100미터도 채 안 떨어진 곳에 물웅덩이가 보였다. 꿈인가 싶어 눈을 감았다 떴다. 웅덩이는 여전히 그 자리에 있었다.

스탠리는 황급히 그쪽으로 갔다. 그런데 가까이 가는 것만큼 물웅덩이는 멀어져 갔다. 스탠리가 움직이면 물웅덩이도 움직이고 스탠리가 멈추면 물웅덩이도 멈추었다.

물은 없었다. 메마른 땅에서 피어오르는 아지랑이가 만든 신기루였다.

스탠리는 계속 걸었다. 해바라기 씨 자루는 여전히 손에 쥐고 있었다. 자루에 담을 만한 무언가를 찾을 수 있을 거라는 기대 때문에 그런 건 아니었다.

잠시 뒤, 아지랑이 사이로 산의 형체가 얼핏 보이는 것 같았다. 처음에는 그것 역시 신기루가 아닐까 의심했지만, 가까이 갈수록 형체가 점점 더 또렷해졌다. 스탠리가 걸어가는 쪽 바로 정면에 엄지손가락을 곧추세운 주먹의 모습이 보였다.

거기까지 거리가 얼마나 되는지 스탠리는 가늠할 수 없었다. 8킬로미터? 80킬로미터? 한 가지는 확실했다. 중간 지점보다는 멀리 있다는 것이었다.

스탠리는 한 발 한 발 산을 향해 걸었다. 무엇 때문에 그곳으로 향하고 있는지도 몰랐다. 산에 닿기 전에 되돌아가야 한다는 것을 스탠리는 알았다. 그러나 쳐다볼 때마다 곧추세운 엄지손가락이 자기한테 용기를 불어넣어 주는 것 같았다.

스탠리는 터벅터벅 걸어가다가 커다란 물체 하나가 호수 위에 있는 것을 발견했다. 그게 뭔지, 심지어 자연물인지 인공물인지도 분간할 수 없었다. 언뜻 쓰러진 나무처럼 보이기도 했지만, 이곳에서 나무가 자랄 턱이 없었다. 흙더미나 바위 같기도 했다.

그게 무엇이든 간에, 그 물체는 엄지손가락 산으로 가는 길에서 오른쪽으로 조금 벗어난 곳에 있었다. 스탠리는 잠시 갈등했다. 그 물체 쪽으로 갈까, 엄지손가락 산 쪽으로 계속 걸어갈까. 이도 저도 아니면 그냥 캠프로 돌아갈까.

엄지손가락 산으로 계속 가는 건 대책 없는 일이라고 스탠리는 결론을 내렸다. 그곳까지 가지도 못할 게 뻔했다. 그건 달을 쫓는 것과 같으리라. 그러나 정체를 알 수 없는 저 물체까지는 최소한 가볼 수 있었다.

스탠리는 방향을 틀었다. **별게** 아닐 거라고 생각했지만, **아무것**도 없는 이런 곳에 **뭔가**가 있다는 사실을 그냥 지나치기는 어려웠다. 스탠리는 그 물체를 중간 지점으로 삼기로 마음먹으면서, 지금까지 너무 멀리 오지 않았기를 바랐다.

마침내 그 물체를 가까이에서 보게 된 스탠리는 피식 웃고 말았다. 그것은 배, 아니 파손된 배의 일부분이었다. 메마른 황무지 한 가운데에서 배라니, 우스꽝스러운 기분이 들었다. 그 배는 이곳이 한때 호수였다는 사실을 새삼 깨닫게 해주었다.

배는 뒤집힌 채 흙에 반쯤 파묻혀 있었다.

스탠리는 누군가 이곳에서 물에 빠져 죽었을지도 모른다는 으스스한 생각을 했다. 자기는 물이 없어 목이 말라 죽을지도 모르는 바로 이곳에서.

배 뒤쪽에 페인트로 이름이 쓰여 있었다. 거꾸로 쓰인 이름은 칠이 벗겨지고 색이 바랬지만 알아볼 수는 있었다. 배 이름은 '메리루'였다.

배 한쪽에는 흙더미가 쌓여 있었고, 배 밑까지 연결되는 땅굴이 뚫려 있었다. 땅굴은 웬만한 크기의 짐승이 드나들 만큼 넓어 보였다.

무슨 소리가 들렸다. 배 안에서 무엇인가가 움직였다.

땅굴 밖으로 나오려는 것 같았다.

"야!"

스탠리는 그게 겁을 먹고 다시 안으로 들어가기를 바라면서 소리를 질렀다. 입 안이 바짝 말라 있던 터라 큰 소리를 치는 게 힘들었다.

"야!"

안에서 나지막하게 대답이 들려왔다.

곧이어 시커먼 손과 오렌지색 소매가 땅굴 밖으로 삐죽 나왔다.

35

제로의 얼굴은 마치 할로윈이 지난 뒤 여러 날 동안 밖에 버려진 호박 초롱 같았다. 움푹 파인 눈에 풀이 죽은 미소를 띤 채, 반쯤은 썩어가는 호박 초롱 말이다.

"거기 물 들어 있냐?"

제로의 목소리는 힘이 없고 까칠했다. 입술은 너무나 창백해서 하얗게 질려 보일 정도였다. 제로는 한마디, 한마디 할 때마다 마치 혀가 거치적거리기라도 하는 것처럼 힘겹게 혀를 이리저리 굴렸다.

"비었어."

스탠리가 말했다. 스탠리는 자기 눈앞에 있는 게 진짜 제로라는 사실이 믿어지지 않는 듯 제로를 빤히 바라보았다.

"너한테 물을 주려고 아예 물탱크 트럭을 몰고 왔는데……."

스탠리는 계면쩍게 미소 지으며 말을 이었다.

"구덩이에 처박아 버렸어. 정말 믿기지가 않는다. 네가……."

"나도 안 믿겨."

"자, 같이 캠프로 돌아가자."

제로는 머리를 저으며 말했다.

"난 안 돌아가."

"돌아가야 해. 우리 둘 다 돌아가야 해."

"너 스플루시 좀 먹을래?"

"뭐?"

제로는 손으로 햇살을 가렸다.

"배 안이 더 시원해."

제로는 다시 뒤집힌 배 안으로 기어 들어갔다.

제로가 살아 있다는 것은 기적이었지만, 스탠리는 제로를 들쳐 메고서라도 캠프로 돌아가야 한다는 것을 알았다.

스탠리는 제로를 따라 땅굴로 기어 들어갔다. 땅굴이 좁아 겨우 통과할 수 있었다. 초록호수 캠프에 처음 왔을 때 몸이라면 어림도 없는 일이었다. 스탠리는 그동안 살이 많이 빠졌다.

땅굴을 거의 통과할 무렵, 스탠리의 다리에 뭔가 딱딱하고 날카로운 게 느껴졌다. 삽이었다. 잠깐 동안 스탠리는 삽이 왜 여기 있나 의아했다. 그러나 곧 제로가 펜댄스키 선생님을 후려친 다음 삽을 든 채 도망쳤다는 사실을 기억해냈다.

반쯤 흙에 파묻힌 배 안은 바깥보다 시원했다. 천장이 된 배 밑바닥은 여기저기 금이 가고 구멍이 나서 빛이 들어오고 공기도 잘 통했다. 배 안에는 빈 단지가 여기저기 흩어져 있었다.

제로가 단지 하나를 들더니 뚜껑을 열려고 낑낑댔다.

"그게 뭐야?"

"스플루시!"

뚜껑을 여느라 제로의 목소리에는 힘이 잔뜩 들어가 있었다.

"내가 붙인 이름이야. 이 배 밑에 묻혀 있었어."

제로는 여전히 뚜껑을 열지 못했다.

"열여섯 개밖에 못 발견했어. 야, 삽 좀 줄래?"

공간이 좁아 스탠리는 몸을 움직이기가 불편했다. 스탠리는 뒤로 손을 뻗어 삽자루 끝을 잡아 삽날이 앞으로 가게 한 다음 제로에게 삽을 건넸다.

"가끔은 어쩔 수 없이……."

제로는 하던 말을 멈춘 뒤 삽날에 대고 단지를 쳐서 단지 뚜껑을 날려버렸다. 그러고는 얼른 깨진 단지를 입으로 가져가 흘러내리는 스플루시를 핥아 먹었다.

"조심해."

스탠리가 주의를 주었다.

제로는 깨진 뚜껑을 집어 들고는 거기에 묻은 스플루시도 핥아 먹었다. 그러고는 깨진 단지를 스탠리에게 건네주었다.

"좀 마셔봐."

스탠리는 단지를 받아 들고는 잠시 살펴보았다. 깨진 유리가 무서웠기 때문이다. 게다가 스플루시도 무서웠다. 스플루시는 꼭 진흙처럼 생겼다. 그것이 무엇이든 간에, 배가 가라앉을 때 있었던 것이라는 생각이 들었다. 다시 말해, 만들어진 지 100년이 넘었다는 뜻이다. 세균들이 득실대고 있을지도 모를 일이었다.

"맛있어."

제로가 스탠리를 안심시키려고 말했다.

스탠리는 제로가 세균에 대해 뭘 알기나 하는지 궁금했다. 스탠리는 단지를 입 가까이에 대고 조심스럽게 찔끔 한 모금을 맛보았다.

미지근하고 거품이 많고 걸쭉한 과즙이었는데, 달콤하면서 톡 쏘는 맛이었다. 그 과즙이 바짝 마른입을 지나 바싹 타는 목구멍을 넘어갈 때는, 정말이지 천국이 따로 없었다.

'이게 한때는 온전한 과일이었겠지. 복숭아 같기도 하고.'

스탠리는 그렇게 생각했다.

제로가 스탠리를 보고 미소를 지었다.

"내가 맛있다고 했잖아."

스탠리는 너무 많이 마시면 안 된다는 것을 알면서도 참을 수가 없었다. 주거니 받거니, 스탠리와 제로는 단지 바닥까지 싹 비워버렸다.

"몇 개나 더 남았니?"

스탠리가 묻자 제로가 대답했다.

"하나도 안 남았어."

스탠리는 실망한 얼굴로 말했다.

"이제 너를 캠프로 데려가야겠다."

"난 다시는 구덩이 안 팔 거야."

"너한테 구덩이를 파라고 안 할걸. 아마 병원으로 보낼 거야. 멀미봉투처럼 말이야."

"멀미봉투는 방울뱀을 밟았어."

스탠리는 자신도 하마터면 방울뱀을 밟을 뻔한 일이 떠올랐다.

"멀미봉투는 방울 소리를 못 들었나 보네."

"걔는 일부러 그랬어."

"설마!"

"미리 자기 신발과 양말도 벗었는걸."

그 장면을 상상하자 스탠리는 온몸이 후들후들 떨렸다.

"마야 루오우가 뭐냐?"

제로가 물었다.

"뭐?"

제로는 잔뜩 신경을 쓰면서 다시 말했다.

"마ー야, 루ー오ー우."

"모르겠는데."

"보여 줄게."

제로가 보트 밖으로 기어 나갔다.

스탠리는 제로의 뒤를 따랐다. 밖으로 나오니 눈이 부셔서 손으로 눈을 가려야 했다.

제로가 배 뒤쪽으로 가더니 뒤집힌 글자를 가리키며 말했다.

"마－야 루－오－우."

스탠리는 빙긋이 웃었다.

"메리 루(Mary Lou). 이건 배 이름이야."

"메리 루."

제로가 열심히 글자를 보며 따라 했다.

"난 와이(y)는 '야'로 발음하는 줄 알았어."

"그건 맞아. 하지만 단어 끝에 나올 때는 안 그래. 와이는 어떤 때는 모음으로 쓰이고 어떤 때는 자음으로 쓰여."

갑자기 제로가 끙끙 앓는 소리를 내면서 몸을 숙여 배를 움켜잡았다.

"괜찮니?"

제로가 땅바닥에 털썩 쓰러지더니, 무릎을 가슴팍까지 올린 채 모로 누웠다. 그러면서 계속해서 끙끙 앓는 소리를 냈다.

스탠리는 어쩔 줄 모른 채 제로를 보고만 있었다. 스플루시 때문인 듯했다. 스탠리는 초록호수 캠프 쪽을 보았다. 아니, 캠프가 있을 것 같은 방향을 보았다. 물론 그쪽이 맞는지는 확실하지 않았다.

제로가 앓는 소리를 멈췄다. 웅크린 몸도 천천히 다시 폈다.

"널 데리고 돌아가야겠어."

스탠리가 말했다.

제로가 힘겹게 몸을 일으켜 세웠다. 그러고는 깊은 숨을 몇 차례 들이마셨다가 내쉬었다.

"제로, 잘 들어. 나한테 좋은 계획이 있어. 그러니 네가 혼날 일은 없을 거야. 내가 금 뚜껑을 발견했을 때 생각나지? 그걸 내가 엑스레이한테 줬잖아. 그리고 소장은 열을 올리면서 우리한테 엑스레이가 그걸 찾아냈다고 한 구덩이 주위를 파라고 했지. 내 생각에는 소장한테 실제로 금 뚜껑을 찾은 곳을 알려주면, 소장이 우리를 봐줄 것 같아. 맞아, 그럴 거야."

스탠리는 제로에게 이렇게 큰소리를 쳤다.

"난 안 돌아가."

"거기 말고는 갈 곳도 없잖아."

제로는 아무 말이 없었다.

"넌 여기서 죽게 될 거야."

"여기서 죽지, 뭐."

스탠리는 어찌할 바를 몰랐다. 제로를 구하겠다고 와서는 괜히 마지막 남은 스플루시나 마셔버린 꼴이었다. 스탠리는 눈을 들어 먼 곳을 바라보았다.

"제로, 저것 좀 봐."

"난 안 돌아……."

"저기 산을 보란 말이야. 저 산꼭대기에 불쑥 솟은 거 보이지?"

"응, 그래."

"네가 보기엔 뭐같이 생겼냐?"

제로는 아무 말이 없었다.

그러나 산을 열심히 살피던 제로는 오른손으로 천천히 주먹을 쥐었다. 그리고는 엄지손가락을 곧추세웠다. 제로는 산에서 눈길을 돌려 자기 주먹을 한 번 보고는 다시 산을 보았다.

36

스탠리와 제로는 만약의 경우를 대비해 깨지지 않은 단지 네 개를 삼베 자루에 넣었다. 스탠리는 자루를, 제로는 삽을 들었다.

"미리 경고하는데, 난 그다지 운이 좋은 사람은 아니야."

스탠리가 말했다.

"평생 구덩이에서 지낸 사람이 더 떨어질 데가 어디 있어. 위로 올라가는 길뿐이지."

제로는 별 상관없다는 듯 이렇게 말했다.

둘은 서로에게 엄지손가락을 세워 보이고는 길을 나섰다.

하루 중 가장 더운 때였다. 스탠리는 텅, 텅, 텅 빈 물통을 여전히 목에 두르고 있었다. 스탠리는 물탱크를 떠올리며 물을 가득 채운 다음 도망칠걸 하고 후회했다.

얼마 가지 않아, 제로가 다시 통증을 느꼈다. 제로는 땅에 쓰러지면서 배를 움켜쥐었다.

통증이 가라앉기를 기다리는 것 말고 스탠리가 할 수 있는 일은 없었다. 스플루시는 제로의 목숨을 구하기도 했지만, 이제는 몸속에서 제로를 괴롭히고 있었다. 얼마나 더 있으면 나도 저런 증세를 보일까 하고 스탠리는 생각했다.

스탠리는 고개를 들어 엄지손가락 산을 보았다. 처음 출발할 때보다 조금도 더 가까워진 것 같지 않았다.

제로가 심호흡을 한 번 하고는 겨우 몸을 일으켜 앉았다.

"걸을 수 있겠어?"

"잠시만 기다려봐."

제로는 다시 한 번 숨을 고르고는, 삽으로 땅을 짚으면서 일어났다. 그러고는 스탠리에게 엄지손가락을 세워 보였다. 두 사람은 다시 걷기 시작했다.

이따금씩 스탠리는 한동안 엄지손가락 산을 보지 않고 걸으려고 애썼다. 마음속에 그 산의 마지막 모습을 담아두고는, 산을 보지 않은 채 10분 정도 걷고 난 뒤 더 가까워졌는지 보았다.

그러나 산은 결코 가까워지지 않았다. 마치 달을 쫓아 걷는 것 같았다.

만약 그 산에 도착한다 하더라도, 그다음에는 산을 타고 올라가야 한다는 걸 스탠리는 알고 있었다.

"난 그 여자가 누구인지 궁금해."

제로가 말했다.

"누구?"

"메리 루 말이야."

스탠리는 빙긋이 웃었다.

"그 여자는 한때 실제 호수에 살았던 인물이 아닌가 싶어. 상상이 잘 안 되긴 하지만."

"틀림없이 예뻤을 거야. 누군가가 그 여자를 끔찍이도 사랑했고, 그래서 그 여자 이름을 배 이름으로 썼을 거야."

"그래. 남자 친구가 노를 젓는 동안 수영복 차림으로 배에 앉아 있는 모습이 정말 끝내줬을 거야."

제로는 삽을 세 번째 다리 삼아 걸었다. 두 다리만으로는 제대로 걸을 수 없었다. 얼마 뒤 제로가 말했다.

"난 좀 쉬어야겠어."

스탠리는 엄지손가락 산을 바라보았다. 아무리 봐도 조금도 가까워진 것 같지 않았다. 제로가 일단 멈추면 다시는 일어나 걷지 못할까 봐 스탠리는 걱정이 되었다.

"거의 다 왔어."

말은 그렇게 했지만, 스탠리는 여기에서 초록호수 캠프가 더 가까운지, 엄지손가락 산이 더 가까운지조차 알 수 없었다.

"난 정말 좀 앉아서 쉬어야겠어."

"조금만 더 힘을……."

제로가 힘없이 앞으로 푹 고꾸라졌다. 삽은 아주 짧은 시간 동안 완벽하게 중심을 잡고 서 있더니, 이내 제로 옆으로 툭 쓰러졌다.

제로는 땅에 머리를 처박은 채 무릎을 꿇었다. 입에서는 낮은 신음 소리가 새어 나왔다. 스탠리는 삽을 바라보며, 어쩌면 저 삽으로 무덤을 파야 할지도 모른다는 생각을 했다. 제로의 마지막 구덩이.

그나저나 내 무덤은 누가 파주지 하고 스탠리는 생각했다.

그런데 제로는 보란 듯이 엄지손가락을 곧추세우며 일어났다. 그러고는 힘없는 목소리로 말했다.

"아무 단어나 한번 말해봐."

스탠리가 제로의 말뜻을 이해하는 데는 몇 초가 걸렸다. 이윽고 스탠리는 빙긋이 웃으며 말했다.

"r, u, n."

제로는 스탠리의 말을 한 번 큰 소리로 따라 하고는 대답했다.

"르런, 런. 런!"

"좋아. f, u, n."

"프펀, 펀."

단어 공부가 효과를 발휘했다. 정신을 집중하느라 제로는 통증과 피로를 잊을 수 있었다.

단어 공부는 스탠리의 주의를 다른 데로 돌리는 효과도 있었다. 다음번에 보았을 때, 엄지손가락 산은 진짜로 더 가까이 보였다.

스탠리와 제로는 말하는 것조차 고통스러울 정도가 되어서야 단어 맞추기를 그만두었다. 스탠리는 목이 바싹바싹 타고, 피곤하고, 지쳐 있었다. 더욱 안타까운 점은, 제로는 스탠리보다 열 배는 더 힘든 상태라는 것이었다. 제로가 계속 걸을 수 있다면, 스탠리도 당연히 계속 걸을 수 있었다.

스탠리는 자기 몸에는 나쁜 세균이 침투하지 않았을 가능성이 크다고 생각했다. 아니, 그러기를 바랐다. 제로는 스탠리가 마신 스플루시 단지의 뚜껑을 열지 못했다. 그러니 세균도 그 안에 들어가지 못했을 수도 있지 않은가. 어쩌면 세균은 뚜껑이 쉽게 열리는 단지에만, 그러니까 지금 스탠리가 들고 가는 단지들에만 들어갔을지도 모른다.

죽음을 떠올릴 때 스탠리가 가장 두려워하는 것은 죽음 그 자체가 아니었다. 죽음의 고통은 어떻게 할 수 있을 것 같았다. 생각보다 그 고통이 그렇게 심하지 않을 수도 있을 것 같았다. 사실 죽는 순간이 되면 몸이 너무 약해져서 고통을 느끼지 못할 수도 있지 않을까? 죽음은 구원일 수도 있다는 생각도 들었다. 스탠리가 가장 걱정하는 점은 부모님이 자기에게 무슨 일이 일어났는지, 자기가 죽었는지 살았는지도 모르게 된다는 사실이었다. 엄마와 아빠가 아무것도 모른 채 헛된 희망을 품고 하루하루 살아갈 생각을 하니 끔찍했다. 죽으면 스탠리한테는 모든 게 끝이겠지만, 부모님의 고통은 끝이 없을 것이다.

소장이 자기를 찾으려고 수색 팀을 보내지는 않았을까 하고 스탠리는 생각해보았다. 그러나 그럴 가능성은 별로 없어 보였다. 제로가 도망갔을 때도 소장은 아무도 보내지 않았다. 하지만 제로한테 신경을 쓰는 사람은 아무도 없지 않은가. 그래서 그들은 쉽게 제로의 기록을 없애버린 것이고.

스탠리에게는 가족이 있었다. 스탠리가 캠프에 온 적이 없다고 잡아뗄 수는 없는 노릇이었다. 스탠리는 소장이 가족들에게 언제, 어떻게 말을 할지 궁금했다.

"저 위에 뭐가 있을까?"

제로가 물었다.

스탠리는 엄지손가락 산 꼭대기를 쳐다보았다.

"어, 이태리 레스토랑이 있을 것 같은데."

제로는 힘겹게 빙긋이 웃었다.

"페페로니 피자와 루트 비어(알코올 성분이 거의 없는 음료수—옮긴이)를 주문할까 하는데."

스탠리의 말에 제로도 장단을 맞추었다.

"난 아이스크림썬디(초콜릿, 과일, 과즙 따위를 얹은 아이스크림—옮긴이)로 할래. 땅콩이랑 거품 낸 크림이랑 바나나랑 뜨거운 퍼지(설탕, 버터, 우유, 초콜릿으로 만든 물렁한 캔디—옮긴이)를 듬뿍 얹은 걸로 말이야."

해가 거의 정면에서 스탠리와 제로를 비추었다. 해 바로 밑에서 엄지손가락 산이 곧추세운 손가락으로 해를 가리키고 있었다.

스탠리와 제로는 호수의 끝자락까지 왔다. 그곳에는 하얀색의 거대한 절벽이 두 사람 앞에 떡하니 버티고 서 있었다.

초록호수 캠프가 있는 동쪽 호숫가와 달리, 서쪽 호숫가는 경사가 완만하지 않았다. 지금까지는 거대한 프라이팬의 바닥을 걸어온 것이나 마찬가지였다. 이제 어떻게든 프라이팬 밖으로 나가야 했다.

엄지손가락 산은 보이지 않았다. 절벽이 시야를 가렸기 때문이다. 절벽은 해마저도 가렸다.

제로가 다시 신음 소리를 내며 배를 움켜쥐었다. 그러나 이번에는 쓰러지지 않고 버티고 서 있었다.

"괜찮아."

제로가 아주 작은 소리로 말했다.

절벽에 깊게 파인 홈이 스탠리의 눈에 보였다. 폭이 30센티미터 정도이고 깊이는 15센티미터 정도 되는 홈이 절벽 위에서 아래까지 쭉 나 있었다. 그 홈 양쪽으로는 바위들이 불쑥불쑥 튀어나왔다.

스탠리가 말했다.

"저쪽으로 한번 올라가 보자."

위로 곧장 족히 4~5미터는 되는 높이였다.

스탠리는 좌우를 번갈아 가며 바위 턱에서 턱으로 발을 옮겨 천천히 위로 올라갔다. 그 와중에도 단지가 든 자루는 놓치지 않고 왼손으로 꼭 붙잡았다. 때로는 다음 바위 턱으로 가기 위해서 홈의 옆면을 지지물로 삼아야 했다.

제로는 놀랍게도 스탠리를 잘 따라왔다. 암벽을 오를 때 제로의 허약한 몸은 심하게 떨렸다.

어떤 바위 턱은 앉을 수 있을 만큼 넓었지만, 어떤 바위 턱은 겨우 10센티미터도 안 될 정도만 튀어나와서 잠깐 발을 디딜 수 있을 뿐이었다. 스탠리는 절벽의 3분의 2 지점쯤에 있는 넓은 바위 턱에서 멈추었다. 제로도 올라와 스탠리 옆에 앉았다.

"괜찮아?"

스탠리가 묻자 제로는 엄지손가락을 곧추세워 보였다. 스탠리도 엄지손가락을 곧추세웠다.

스탠리는 위를 올려다보았다. 다음 바위 턱으로 올라갈 일이 까마득했다. 그 바위 턱은 1미터 정도 위에 있었고, 중간에 발을 디딜 만한 곳도 없었다. 스탠리는 아래를 내려다보기가 두려웠다.

"나를 먼저 밀어 올려줘. 그러면 내가 삽으로 너를 끌어당겨 줄게."

제로가 말했다.

"그 몸으로는 나를 끌어 올릴 수 없어."

"아냐, 할 수 있어."

스탠리는 두 손을 깍지 끼었고, 제로가 스탠리의 손을 밟고 올라 섰다. 스탠리는 제로가 암벽의 툭 튀어나온 부분을 붙잡을 수 있도 록 높이 들어 올렸다. 그리고 제로가 바위 턱에 올라가도록 밑에서 받치고 밀어주었다.

제로가 바위 턱에 자리를 잡는 동안, 스탠리는 자루에 구멍을 뚫 은 다음 삽에 끼워 제로에게 건넸다.

제로는 먼저 자루를 잡은 다음 삽을 잡았다. 제로는 삽날의 반이 바위 턱에 걸치게 하고 나무 손잡이가 스탠리 쪽을 향하게 했다.

제로가 말했다.

"됐어."

스탠리는 이렇게 해서 성공할 수 있을지 미심쩍었다. 스탠리가 자기 체중의 반밖에 안 되는 제로를 밀어 올리는 것하고 제로가 스 탠리를 끌어 올리는 것하고는 차원이 다른 이야기였다.

스탠리는 삽 손잡이를 잡고 암벽에 발을 밀착시키면서 암벽을 타고 올라갔다. 그리고 한 손씩 번갈아 삽 손잡이를 잡으면서 한 발 한 발 올라갔다.

이윽고 제로의 손이 스탠리의 손목을 잡았다.

스탠리는 삽 손잡이를 쥔 손을 놓고 바위 턱을 잡았다.

그러고는 힘을 모아 마치 중력의 힘을 거부하듯 날쌔게 암벽을 타고 올랐다. 그런 다음 제로의 도움을 받아 몸을 훌쩍 끌어 올렸다.

스탠리는 거친 숨을 골랐다. 몇 달 전 같았으면 어림도 없는 일이었다.

스탠리는 자기 손목에 얼룩진 핏자국을 발견했다. 알고 보니 그것은 제로의 피였다.

제로의 양손에는 상처가 깊이 파여 있었다. 스탠리가 올라올 때 삽이 떨어지지 않도록 삽날을 꽉 움켜잡은 탓이었다.

제로는 손을 입으로 가져가 피를 빨았다.

자루에 있던 단지 한 개가 깨졌다. 스탠리와 제로는 깨진 조각을 버리지 않고 가져가기로 했다. 칼이나 다른 용도로 쓸모가 있을 것 같아서였다.

조금 쉰 뒤, 스탠리와 제로는 다시 암벽을 기어올랐다. 그때부터는 올라가기가 아주 쉬웠다.

이윽고 평지에 도달했을 때, 스탠리는 고개를 들어 해를 바라보았다. 불을 뿜는 공이 엄지손가락 위에 균형을 잡고 놓여 있었다. 마치 신이 엄지손가락 위에 농구공을 놓고 빙글빙글 돌리는 것 같았다.

잠시 뒤 스탠리와 제로는 이제 기다랗게 드리워진, 엄지손가락 산의 그림자 속을 걷고 있었다.

37

"거의 다 왔어."

산기슭을 보며 스탠리가 말했다.

실제로 엄지손가락 산이 코앞에 보이자 스탠리한테는 두려운 마음이 일었다. 엄지손가락 산은 스탠리의 유일한 희망이었다. 만약 그곳에 물이 없다면, 피난처가 없다면 이제 그들에게는 모든 것이, 희망마저도 사라지게 될 것이었다.

딱히 평지가 끝나고 산이 시작되는 지점이라고 할 만한 곳은 없었다. 땅이 점점 더 가팔라지는 걸 느끼면서 산에 오르는구나 하는 생각이 들었다.

엄지손가락은 보이지 않았다. 가파른 경사가 앞을 가로막았기 때문이었다.

나중에는 경사가 너무 급해 똑바로 올라갈 수도 없었다. 그래서 스탠리와 제로는 지그재그로 왔다 갔다 하면서 조금씩 조금씩 올라갔다.

산등성이에는 잡초들이 듬성듬성 무리 지어 있었다. 스탠리와 제로는 발판 삼아 잡초들만 골라 밟으며 걸었다. 높이 오를수록 잡초는 더 무성했다. 게다가 가시 돋친 풀들이 많았다. 그래서 스탠리와 제로는 잡초 사이를 지나면서 잔뜩 신경을 써야 했다.

스탠리는 잠시 쉬고 싶었지만, 그랬다가는 다시 일어나지 못할까 봐 겁이 났다. 제로가 계속 걷는다면 스탠리도 계속 걸을 수 있지 않겠는가. 게다가 머지않아 해가 진다는 것을 알고 있었다.

하늘이 어둑해지자 곤충들이 잡초 위로 모습을 드러내기 시작했다. 땀 냄새 때문에 모기떼가 몰려들었다. 스탠리도 제로도 손을 저어 모기떼를 쫓을 힘조차 없었다.

"어때, 할 만해?"

스탠리가 묻자 제로는 엄지손가락을 세워 보이면서 대답했다.

"모기 한 마리만 내 몸에 앉아도 쓰러질 것 같아."

스탠리는 다시 단어를 불렀다.

"b, u, g, s."

제로는 골똘히 생각에 잠기더니 말했다.

"부그스."

스탠리는 하하 웃었다.

지치고 아픈 제로의 얼굴에도 환한 미소가 피어올랐다.

"버그즈(벌레들)."

제로가 다시 말했다.

"잘했어. 잊지 마. e로 끝나는 단어가 아니면 u는 '어'에 가깝게 발음한다는 거. 좋아, 이번엔 좀 어려운 거야. l, u, n, c, h. 이게 뭐지?"

"러…… 런……."

갑자기 제로가 허리를 숙여 배를 움켜잡고는 온몸이 뒤틀리는 듯 끔찍한 소리를 냈다. 가냘픈 몸이 심하게 흔들리는가 싶더니, 제로는 배 속에 든 것들을 토해냈다. 스플루시가 모조리 밖으로 나왔다.

제로는 무릎에 가슴을 댄 채 몇 차례 심호흡을 했다. 그러더니 벌떡 일어나 다시 걷기 시작했다.

모기떼는 따라오지 않고 뒤에 남았다. 얼굴에 흐르는 땀보다 제로의 위 속에 있던 내용물이 더 마음에 든 것이다.

스탠리는 제로가 힘을 아껴야 한다는 생각에 새로운 단어 문제를 주지 않았다. 그런데 15분쯤 지났을 때 제로가 불쑥 말했다.

"런치(점심)."

높이 오를수록 잡초는 더 무성했다. 스탠리와 제로는 가시덩굴에 발이 걸리지 않도록 더욱 조심해야 했다. 문득 스탠리의 머리를 스치는 것이 있었다. 초록호수에는 잡초가 하나도 없었다!

"잡초! 그리고 벌레! 이 근처 어딘가에 물이 있다는 증거야. 물이 있는 곳에 점점 가까이 가고 있는 게 틀림없어!"

스탠리가 말하자 제로의 얼굴에 어릿광대 같은 커다란 미소가 번졌다. 제로는 엄지손가락을 힘차게 세워 보였다. 그러고는 곧바로 쓰러졌다.

제로는 일어나지 않았다. 스탠리는 허리를 굽혀 제로에게 말했다.

"일어나, 제로. 거의 다 왔어. 자, 헥터. 잡초하고 벌레, 잡초하고 벌레가 있다니까."

스탠리는 제로를 흔들었다.

"너를 위해 맛있는 아이스크림썬디를 주문해놨어. 금방 나올 거야."

제로는 아무 말이 없었다.

38

스탠리는 제로의 팔뚝을 잡고 일으켜 앉혔다. 그러고는 제로와 마주 본 다음 몸을 숙여 제로를 자기 오른쪽 어깨에 기대게 했다. 그런 다음 벌떡 일어나면서 탈진한 제로의 몸을 들쳐 메었다.

삽과 자루를 뒤에 남겨둔 채, 스탠리는 다시 산을 오르기 시작했다. 제로의 다리가 스탠리의 눈앞에서 출렁거렸다.

스탠리는 자기 발을 볼 수 없어서 뒤엉킨 잡초와 덩굴 사이로 걷기가 쉽지 않았다. 한 발 한 발, 스탠리는 온 신경을 집중해서 조심스럽게 발을 들어 올렸다가 다시 조심스럽게 내려놓아야 했다. 스탠리는 자신 앞에 놓인 불가능한 일 대신 당장 내딛는 한 걸음 한 걸음만 생각했다.

조금씩 조금씩 스탠리는 산을 올랐다. 몸속 깊은 곳에서 힘이 솟아났다. 그런데 몸 밖에서도 무엇인가가 자신에게 힘을 불어넣어 주는 것 같았다. 오랫동안 엄지손가락 산에 온통 정신을 쏟았더니, 그 산이 자신의 기를 다 빨아들이고, 이제는 마치 거대한 자석처럼 자신을 끌어당기는 것 같은 느낌이었다.

잠시 뒤, 어디선가 고약한 냄새가 났다. 처음에는 그 냄새가 제로한테서 나는 줄 알았다. 그런데 가만 보니 냄새는 스탠리를 무겁게 짓누르는 공기 속에서 나는 것 같았다.

게다가 땅도 이제 가파르지 않았다. 땅이 평평해지는가 싶더니, 달빛에 희미하게 보이는 거대한 바위 절벽이 스탠리의 눈앞에 우뚝 서 있었다. 한 발 한 발 앞으로 갈 때마다 절벽은 점점 더 커지는 것 같았다.

바위 절벽은 이제 엄지손가락처럼 보이지 않았다.

스탠리는 그 절벽을 결코 오를 수 없으리라는 것을 알고 있었다.

주변을 감싸던 냄새는 더욱 지독해졌다. 그것은 쓰라린 절망의 냄새였다.

설사 어찌어찌 해서 엄지손가락 산에 오른다 해도, 물을 찾을 수 있을 것 같지 않았다. 거대한 바위산 위에 물이 있을 리 없었다. 잡초와 벌레는 캠프에서도 경험한, 가끔씩 닥치는 폭풍우 덕분에 살아남았을 것이다.

그럼에도 불구하고 스탠리는 계속 걸었다. 특별한 이유 없이도 스탠리는 어쨌든 엄지손가락 산까지 가고 싶었다.

하지만 그것은 불가능했다.

스탠리가 발을 헛디뎌 제로의 머리가 스탠리의 등을 치는 바람에 스탠리는 그만 작은 진흙 웅덩이로 자빠지고 말았다.

진흙탕에 얼굴을 처박은 스탠리는 다시는 일어설 수 없을 것 같았다. 아예 일어서려고 시도해볼 힘조차 없는 것 같았다. 결국 이렇게 되려고 지금까지 그 고생을 했단 말인가…….

'진흙이 되려면 물이 있어야 하잖아!'

그 생각이 떠오르자 스탠리는 웅덩이에서 가장 질퍽거리는 곳을 향해 기어갔다. 땅은 점점 질척해졌다. 스탠리가 땅을 손바닥으로 내리치자 진흙이 이리저리 튀었다.

스탠리는 진흙탕 바닥에 구덩이를 팠다. 너무 어두워서 볼 수는 없었지만, 구덩이 바닥에 물이 고이는 것이 느껴졌다. 스탠리는 구덩이에 머리를 처박고 물을 핥아 먹었다.

스탠리는 구덩이를 점점 더 깊게 팠다. 그럴수록 더 많은 물이 고이는 것 같았다. 볼 수는 없었지만 느낄 수 있었다. 먼저 손가락으로, 그다음에는 혀로.

스탠리는 자기 팔 깊이가 될 때까지 구덩이를 팠다. 물이 어느 정도 고이자 스탠리는 손으로 물을 떠서 제로의 얼굴에 뿌렸다.

제로는 눈을 뜨지 않았다. 하지만 입술 사이로 혀를 쑥 내밀고는 물방울을 찾았다.

스탠리는 제로를 물구덩이 가까이로 끌고 갔다. 그러고는 다시 진흙을 좀 더 파내고 손으로 물을 떠서 제로의 입에 부어주었다.

더 넓게, 더 깊이 구덩이를 파 내려가는 스탠리의 손에 부드럽고 둥근 물체가 닿는 느낌이 들었다. 돌이라고 하기에는 너무 부드럽고 둥근 물체였다.

흙을 털고 보니, 그것은 양파였다.

스탠리는 껍질을 까지도 않은 채 양파를 한입 베어 물었다. 맵고 쓴 즙이 입 안에 싸 하고 퍼졌다. 그 느낌이 눈까지 바로 전해졌다. 양파를 꿀꺽 삼키자 따뜻한 기운이 목구멍을 타고 위장까지 내려가는 것이 느껴졌다.

스탠리는 양파를 반만 먹었다. 그리고 나머지 반을 제로에게 주었다.

"이거 좀 먹어봐."

"이게 뭐야?"

제로가 힘없이 물었다.

"뜨거운 핫초코에 얹은 아이스크림이야. 달고 시원한 아이스크림썬디."

39

풀밭에서 잠을 자다 깨어난 스탠리는 거대한 바위 탑을 쳐다보았다. 바위 탑은 여러 층이었고 붉은색, 진한 오렌지색, 고동색, 황갈색 등 여러 빛깔을 띠고 있었다. 높이가 30미터는 족히 되어 보였다.

스탠리는 그렇게 한참을 누워 있었다. 사실 일어날 힘이 없었다. 입 안과 목구멍에 모래가 한 겹 쌓인 것 같았다.

놀랄 일도 아니었다. 옆으로 몸을 굴리자 물구덩이가 보였다. 70센티미터 정도의 깊이에 90센티미터 정도의 폭이었다. 바닥에는 짙은 황토색 물이 5센티미터 가량 고여 있었다.

어제 맨손으로 구덩이를 판 탓에 스탠리는 손가락 마디마디가 쑤셨다. 특히 손톱 아래가 가장 아팠다. 스탠리는 더러운 물을 조금 떠서 입에 넣고는 흙을 걸러내려고 오물거리며 마셨다.

제로가 끙끙거렸다.

제로에게 말을 걸려고 했지만, 목소리가 나오지 않았다. 스탠리는 목을 가다듬고는 말했다.

"좀 어때?"

말을 하니 목이 아팠다.

"별로야."

제로가 나지막하게 말했다. 제로가 끙끙거리며 몸을 굴려 무릎을 꿇고 앉더니 물구덩이를 향해 기어갔다. 그런 다음 머리를 처박고는 물을 핥아 먹었다.

곧이어 뒤로 움찔하더니 무릎을 가슴팍에 묻고는 옆으로 굴렀다. 그러고는 심하게 몸을 떨어댔다.

스탠리는 삽을 찾으러 다시 산을 내려가야겠다고 생각했다. 삽이 있으면 구덩이를 더 깊이 팔 수 있고, 그러면 더 깨끗한 물을 마실 수 있을 거라고 생각했다. 그리고 단지는 컵으로 쓰면 될 것 같았다.

그러나 산을 다시 올라오는 건 둘째치고 산을 내려갈 힘도 없는 것 같았다. 게다가 삽이 어디에 있는지도 알 수 없었다.

스탠리는 겨우겨우 자리에서 일어났다. 주위를 둘러보니 초록빛이 감도는 하얀 꽃들이 피어 있었다. 짐작에 꽃들은 바위 탑을 빙

둘러가며 핀 듯했다.

스탠리는 숨을 한 번 깊이 들이마시고 15미터 정도를 걸어가서 는 거대한 바위 절벽에 손을 댔다.

잡았다! 이제 네가 술래야.

그런 다음 스탠리는 제로와 물구덩이가 있는 곳으로 발걸음을 돌렸다. 가는 길에 꽃을 하나 꺾었다. 꺾고 보니 큰 꽃 한 송이가 아니라 아주 작은 꽃들이 수도 없이 모여 둥근 공 모습을 하고 있었다. 스탠리는 꽃을 입에 넣고 씹어보았으나 금방 뱉어내야만 했다.

어젯밤 제로를 들쳐 메고 올라올 때 생긴 발자국이 눈에 띄었다. 만약 다시 내려가서 삽을 찾을 생각이라면 그 발자국이 사라지기 전에, 그러니까 지금 당장 가야 할 것 같았다. 하지만 제로를 남겨두고 갈 수는 없는 노릇이었다. 삽을 가지러 간 사이에 제로가 죽기라도 할까 봐 겁이 났다.

제로는 여전히 몸을 반으로 접은 채 모로 누워 있었다.

"할 말이 있어, 스탠리."

제로가 신음 섞인 목소리로 말했다.

"말하지 마, 힘을 아껴야 해."

"아니야. 내 말 잘 들어."

제로는 두 눈을 감은 채 고통으로 얼굴을 찡그리면서도 뜻을 굽히지 않았다.

"그래, 말해봐."

스탠리가 속삭이자, 제로는 이렇게 말했다.

"내가 네 운동화를 가져갔어."

스탠리는 제로가 무슨 말을 하는 건지 어리둥절했다. 자기 운동화는 발에 잘 붙어 있었다.

"괜찮아. 이제 그만 쉬어."

"모든 게 다 내 탓이야."

"누구 탓도 아니야."

"난 몰랐어."

"괜찮아, 쉬기나 해."

제로는 눈을 지그시 감았다. 하지만 금세 다시 입을 열었다.

"난 그런 운동화인 줄 몰랐어."

"무슨 운동화?"

"그 노숙자 보호소 말이야."

스탠리가 제로의 말을 이해하는 데는 시간이 좀 걸렸다.

"클라이드 리빙스턴의 신발 말이니?"

"미안해."

스탠리는 제로를 뚫어지게 바라보았다. 그건 말도 안 되는 소리였다. 제로가 헛소리를 하는 게 분명했다.

'고백'을 하고 나니 마음의 짐이 좀 덜어지는지, 굳었던 제로의 얼굴 근육이 풀렸다. 제로는 스르르 잠에 빠져들었고, 스탠리는 옆에 앉아 집안 대대로 내려오는 노래를 조용히 불러주었다.

"만약에, 만약에……."

딱따구리가 한숨짓네.

"나무껍질이 하늘처럼 부드럽다면."

나무 아래 허기진 외로운 늑대 한 마리,

입맛 다시며 다―아―아―아―알을 보면서 울부짖네.

"만약에, 만약에……."

40

간밤에 양파를 발견했을 때, 스탠리는 양파가 어떻게 해서 그곳에 있는지 궁금해 할 정신도 없었다. 그저 맛있게 먹기에 바빴다. 그런데 이제 엄지손가락 산과 꽃들이 만발한 풀밭을 바라보고 있자니, 양파에 대해 궁금증이 일었다.

양파가 하나 있다는 것은, 양파가 더 있을 수도 있다는 뜻 아닌가.

스탠리는 손의 통증을 좀 가시게 하려고 두 손을 비볐다. 그런 다음 몸을 숙여 꽃 하나를 쥐고 뿌리까지 통째로 확 뽑았다.

"양파요! 신선하고, 맵고, 달콤한 양파요."

메리 루가 끄는 수레를 몰며 쌤이 큰길에서 소리쳤다.

"열두 개에 8센트요!"

화창한 봄날 아침이었다. 호수와 호숫가에 늘어선 복숭아나무 색깔처럼 하늘은 옅은 청색과 분홍색으로 물들어 있었다.

글래디스 테니슨 부인이 잠옷에 가운만 걸친 채 쌤을 쫓아 달려왔다. 테니슨 부인은 평소 정장과 모자를 쓰지 않고는 사람들 앞에 나서지 않는 매우 정숙한 부인이었다. 그래서 초록호수 마을 사람들은 테니슨 부인이 그런 모습으로 달려가는 것을 보고 대단히 놀랐다.

"쌤!"

테니슨 부인이 소리쳤다.

"워워, 메리 루."

쌤은 수레를 세웠다.

"안녕하세요, 테니슨 부인. 레베카는 좀 괜찮아졌나요?"

테니슨 부인은 얼굴 가득 미소를 지었다.

"괜찮아질 것 같아. 한 시간 전에 열이 완전히 내렸어. 고마워, 쌤."

"제 생각에는 하느님과 호손 선생님 덕분인 것 같은데요."

"하느님 덕분이지, 당연히. 하지만 호손 선생님 덕분은 아니야. 그 돌팔이 의사는 레베카의 배에 거머리를 올려놓으려고 했다니까! 서머리 말이야! 원 세상에나, 거머리가 나쁜 피를 다 빨아 먹을 거라고 했어. 그게 말이나 돼? 거머리가 좋은 피, 나쁜 피를 어떻게 분간할 수 있겠어?"

"그건 저도 분간 못 하겠는데요."

"쌤의 양파 덕분이야. 바로 양파로 만든 약 덕분에 애가 나은 거
야."

마을 사람들이 하나둘 수레 주위로 몰려들기 시작했다.

"안녕, 글래디스? 오늘 아침 옷차림이 아주 멋진데."

해티 파커가 말했다.

몇몇 사람들이 낄낄댔다.

"안녕, 해티."

테니슨 부인이 인사를 하자 해티가 물었다.

"네가 잠옷 바람으로 이렇게 밖에 나온 걸 남편도 아니?"

더 많은 사람들이 낄낄댔다.

"내가 지금 어디에 어떤 차림으로 있는지 남편도 잘 알아. 어쨌
든 고마워. 우리는 함께 레베카 옆에 붙어서 밤을 꼬박 샜어. 레베
카가 배탈이 나서 죽다 살아났거든. 어제 먹은 고기가 상했나 봐."

해티의 얼굴이 새빨개졌다. 푸줏간 주인인 짐 파커가 해티의 남
편이었다.

"고기를 먹고 남편하고 나도 배탈이 나긴 했지만, 어린 레베카는
거의 죽을 뻔했어. 쌤이 레베카의 목숨을 구했단 말야."

"레베카를 구한 건 제가 아니라 양파예요."

쌤이 말했다.

"레베카가 괜찮다니 천만다행이네."

해티가 겸연쩍어하며 말하자, 잡화점 주인인 파이크 씨가 끼어들어 한마디 했다.

"짐 파커한테 칼을 깨끗이 씻으라고 매일 노래를 하는데도."

해티 파커는 미안하다고 하고는 서둘러 자리를 떴다.

"레베카한테 다 나으면 우리 가게에 들르라고 하세요. 공짜로 사탕을 하나 줄 테니까요."

파이크 씨가 말했다.

"고맙습니다. 그렇게 할게요."

집으로 돌아가기 전에 테니슨 부인은 쌤한테서 양파 열두 개를 샀다. 부인은 10센트짜리 동전을 주면서 거스름돈은 그냥 가지라고 했다.

"저는 공짜를 바라는 사람이 아닙니다. 하지만 양파를 몇 개 더 사서 메리 루에게 주신다면 녀석이 아주 고마워할 것 같은데요."

"그럼 좋아. 그 거스름돈만큼 양파를 줘."

쌤은 테니슨 부인에게 양파를 세 개 더 주었고, 부인은 그 양파를 하나씩 하나씩 메리 루에게 먹였다. 늙은 당나귀가 손에 얹은 양파를 날름날름 먹자 테니슨 부인은 싱글벙글 웃었다.

스탠리와 제로는 시도 때도 없이 자고 일어나고, 양파를 실컷 먹고 흙탕물로 입을 적시면서 이틀을 보냈다. 늦은 오후가 되면 엄지손가락 산이 그늘을 드리워주었다. 스탠리는 물구덩이를 더 깊게 파려고 애썼지만, 그럴수록 삽이 없는 게 아쉬웠다. 괜히 진흙을 휘저어 물만 더 더럽히는 꼴이 되기 일쑤였다.

제로는 자고 있었다. 제로는 아직도 힘이 없고 몸이 안 좋았지만, 푹 자고 양파를 많이 먹은 덕분에 그래도 많이 나아진 상태였다. 스탠리는 이제 제로가 죽을지도 모른다는 걱정은 하지 않았다. 하지만 여전히 잠자는 제로를 놔두고 삽을 가지러 가고 싶지는 않았다. 잠에서 깨어난 제로가 혹시라도 자기를 버리고 가버렸다고 생각할까 봐 걱정이 되었기 때문이다.

스탠리는 제로가 눈을 뜰 때까지 기다렸다.

"삽을 찾으러 가야 할 것 같아."

"나는 여기서 기다릴게."

어쩔 수 없다는 듯 제로가 맥없이 말했다.

스탠리는 산 아래로 내려갔다. 잠과 양파 덕분에 스탠리도 몸이 많이 좋아졌다. 몸에서 힘이 불끈불끈 솟는 게 느껴졌다.

이틀 전에 찍힌 발자국을 따라가는 것은 꽤 쉬웠다. 제대로 가고 있는지 확신이 들지 않는 곳도 몇 군데 있기는 했지만, 주위를 조금만 둘러보면 곧 다시 발자국을 찾을 수 있었다.

한참 산을 내려왔는데도 삽은 보이지 않았다. 스탠리는 고개를 들어 다시 산꼭대기를 쳐다보았다. 삽이 있는 곳을 지나친 게 틀림없다고 생각했다. 아무리 봐도 지금 있는 곳에서 저 위 꼭대기까지 제로를 들쳐 메고 갔다는 건 말이 안 되는 것 같았다.

하지만 스탠리는 혹시나 하는 마음에 계속 아래로 내려갔다. 풀밭 사이로 맨땅이 보이는 곳에 이르자, 그곳에 앉아 잠시 쉬었다. 이제 너무 많이 내려온 게 확실한 것 같았다. 여기까지 걸어서 내려오는 것만으로도 힘들어 죽겠는데, 제로를 들쳐 메고 저 꼭대기까지 갔다는 것은 도저히 불가능해 보였다. 더구나 음식도 물도 없이 하루 종일 걸은 뒤에 말이다. 삽은 지나쳐 온 풀밭 어딘가에 파묻힌 게 분명했다.

다시 산을 올라가기 전에, 스탠리는 마지막으로 사방을 한 번 휘둘러보았다. 조금 아래쪽 풀밭에 크게 움푹 들어간 곳이 보였다. 그곳에 삽이 있을 것 같지는 않았지만, 여기까지 내려왔으니 어차피 내친걸음이었다.

긴 잡초들 사이에 삽과 단지가 든 자루가 놓여 있었다. 스탠리는 자기 눈을 의심했다. 삽과 자루가 언덕에서 굴러 이곳까지 온 게 아닌가 싶었다. 하지만 원래 깨져 있던 단지 말고는 단지들이 멀쩡한 것도, 삽과 단지가 나란히 잘 놓여 있는 것도 이상했다.

산으로 다시 오르는 길에 스탠리는 몇 번이고 앉아서 쉬어야 했다. 이렇게 힘들고 먼 길을 제로를 들쳐 메고 올라갔다니.

41

제로의 상태는 점점 더 좋아졌다.

스탠리는 천천히 양파 껍질을 한 겹 벗겼다. 스탠리는 양파를 한 겹 한 겹씩 벗겨 먹는 게 좋았다.

물구덩이는 이제 스탠리가 초록호수 캠프에서 파던 구덩이들만큼이나 커졌다. 그 안에는 흙탕물이 60센티미터 정도 고였다. 스탠리는 혼자서 그 구덩이를 다 팠다. 제로가 돕겠다고 했지만, 스탠리는 제로에게 힘을 아끼라고 말했다. 물이 질퍽한 곳에서 구덩이를 파는 것은 말라붙은 호수에서 파는 것보다 훨씬 더 힘들었다.

스탠리는 스플루시 때문이든, 더러운 물 때문이든, 양파만 먹고 사는 것 때문이든 자기가 병이 나지 않는 게 신기했다. 예전에 집에 있을 때는 꽤 자주 앓았는데 말이다.

스탠리와 제로는 둘 다 맨발이었다. 양말을 빨았기 때문이다. 몸에 걸친 것들은 다들 말도 못하게 지저분했지만, 양말이 단연 최악이었다.

물이 오염될까 봐 스탠리와 제로는 양말을 물구덩이에 담그지 않았다. 그 대신 단지에 물을 담아 양말에 부었다.

"나는 노숙자 보호소에 자주 가지는 않았어. 날씨가 아주 궂을 때만 갔지. 그럴 때면 내 엄마인 척해줄 사람을 찾아야 했어. 나 혼자 가면 이것저것 막 물어봐. 그러고는 엄마가 없다는 걸 알게 되면 나를 생활보호 대상자로 지정하는 거야."

제로가 말했다.

"생활보호 대상자가 뭐야?"

제로가 싱긋 웃고는 대답했다.

"나도 몰라. 하지만 왠지 안 좋게 들리더라고."

스탠리는 펜댄스키 선생님이 소장에게 제로가 주 정부가 지정한 생활보호 대상자라고 말하던 게 생각났다. 스탠리는 제로가 자기가 실제로 생활보호 대상자가 되었다는 것을 알고나 있는지 궁금했다.

"난 밖에서 자는 걸 좋아했어. 보이스카우트 흉내를 내곤 했지. 나는 항상 보이스카우트가 되고 싶었어. 공원에서 애들이 파란색 유니폼을 입고 다니는 걸 지켜봤지."

제로가 말하자 스탠리가 말을 받았다.

"난 보이스카우트 해본 적 없어. 나는 그렇게 여럿이서 뭘 하는 거는 잘 못해. 애들이 나보고 뚱뚱하다고 놀려댔거든."

"난 그저 파란색 유니폼이 좋았을 뿐이야. 보이스카우트 하라면 안 했을 거야."

스탠리는 한쪽 어깨를 으쓱해 보였다.

제로가 다시 말을 이었다.

"우리 엄마는 어렸을 적에 걸스카우트였어."

"엄마가 안 계신다고 하지 않았니?"

"누구한테나 엄마는 있지."

"어, 그래. 맞아."

"엄마가 한번은 걸스카우트 과자를 제일 많이 팔아서 상을 탔다고 말씀하셨어. 엄마는 그 일을 진짜 자랑스러워하셨지."

제로의 말을 들으면서 스탠리는 양파 껍질을 또 한 겹 벗겼다.

"우리는 늘 필요하면 뭐든지 그냥 가져갔어. 어렸을 때는 그게 도둑질인지도 몰랐어. 그게 도둑질이라는 걸 언제 알게 됐는지 모르겠어. 어쨌든 우리는 필요하면 뭐든지 늘 그냥 가져갔어. 하지만 딱 필요한 만큼만 가져갔지. 그래서 노숙자 보호소에서 그 운동화를 봤을 때, 아무 생각 없이 유리 상자를 열고 운동화를 가져간 거야."

"클라이드 리빙스턴의 운동화 말이야?"

"그게 클라이드 리빙스턴의 운동화라는 것도 몰랐어. 그냥 헌 운동화라고 생각했어. 새 운동화보다는 헌 운동화를 가져가는 게 낫다 싶었어. 그 신발이 그렇게 유명한 사람 것인 줄 내가 알았나. 이름이 적혀 있었지만, 너도 알다시피 난 글자를 몰랐잖아. 그러고 나서 보니까, 운동화가 없어졌다며 난리가 났지 뭐야. 좀 웃기더라. 보호소 전체가 벌집을 쑤셔놓은 것 같더라고. 사람들이 우왕좌왕하며 '운동화 어떻게 됐어?' '운동화가 사라졌어!' 하고 법석을 부리는 와중에 내가 떡하니 그 운동화를 신고 있었던 거지. 난 그냥 문밖으로 걸어 나왔어. 아무도 나한테 눈길 한 번 안 주더라고. 밖으로 나오자마자 막 뛰었어. 그리고 길모퉁이를 돌자마자 운동화를 벗었어. 그러고는 주차되어 있던 차 지붕에 운동화를 올려놓았지. 신발에서 어찌나 지독한 냄새가 나던지, 지금도 생생하다."

"그래, 그게 바로 그 운동화야. 그런데 그 운동화가 네 발에 맞디?"

"신을 만했어."

스탠리는 예전에 클라이드 리빙스턴의 신발 크기가 작다는 것을 알고는 놀란 일이 생각났다. 자기 신발보다도 더 작았다. 클라이드 리빙스턴의 발은 작고 빨랐다. 스탠리의 발은 크고 느렸다.

제로가 말했다.

"그냥 그 운동화를 신고 다닐 걸 그랬나 봐. 어차피 아무한테두 들키지 않고 가지고 나왔는데 말이야. 그러다 난 결국 다음 날 신발

가게에서 새 운동화를 훔쳐 신고 나오다가 체포됐잖아. 만약 내가 그 냄새나는 헌 운동화를 계속 신고 다녔다면, 지금 우린 둘 다 여기 없을 텐데."

42

    제로는 이제 물구덩이 파는 일을 도울 만큼 건강해졌다. 제로가 일을 마치고 보니, 물구덩이의 깊이는 1미터 80센티미터가 넘었다. 제로는 바닥에 돌을 깔아 물과 흙이 섞이지 않게 했다.

    누가 뭐래도 구덩이 파는 일은 제로가 최고였다.

    "이게 내가 파는 마지막 구덩이야."

    삽을 내던지면서 제로가 선언하듯 말했다.

    스탠리는 빙긋이 웃었다. 제로의 말대로 되길 바랐지만, 결국에는 초록호수 캠프로 돌아가는 것 말고는 다른 방법이 없다는 것을 알고 있었다. 죽을 때까지 양파만 먹으면서 살 수는 없지 않은가.

    스탠리와 제로는 엄지손가락 산 주위를 완전히 한 바퀴 돌았다.

엄지손가락은 거대한 해시계 같았다. 스탠리와 제로는 엄지손가락 산의 그늘을 따라 움직였다.

사방을 쭉 둘러봐도 갈 만한 곳은 보이지 않았다. 산을 빙 둘러 온통 사막뿐이었다.

제로가 엄지손가락 산을 뚫어지게 바라보며 말했다.

"저 안에 틀림없이 구덩이가 있을 거야. 구덩이 안에는 물이 가득 차 있고."

"정말 그렇게 생각해?"

"저기 아니면 어디에서 물이 나오겠어? 물이 위로 흐르는 거 봤냐?"

스탠리는 양파를 한입 베어 물었다. 이젠 양파를 먹어도 눈과 코가 맵지 않았다. 사실 이제는 양파가 특별히 독한 맛이 난다는 느낌도 없었다.

스탠리는 맨 처음 제로를 들쳐 메고 산을 올라올 때, 공기에서 지독한 냄새가 나던 걸 떠올렸다. 그건 양파들이 자라고 썩고 싹을 틔우는 냄새였다.

이제는 주변에서 무슨 특별한 냄새가 나는 것 같지도 않았다.

"지금까지 우리가 먹은 양파가 몇 개나 될까?"

스탠리의 질문에 제로가 어깨를 으쓱하며 말했다.

"나는 우리가 여기에 며칠 동안 있었는지도 모르겠어."

"한 일주일쯤 된 것 같은데. 하루에 너 스무 개, 나 스무 개 정도

먹었을 거야. 그러니까……."

"280개."

제로가 말하자 스탠리는 빙그레 웃으며 말했다.

"우리 몸에서 냄새깨나 나겠다."

이틀 뒤, 스탠리는 누워서 별이 총총한 밤하늘을 보고 있었다. 스탠리는 행복에 겨워 잠이 오지 않았다.

행복할 이유가 없다는 것은 스탠리도 알았다. 스탠리는 사람이 죽기 바로 직전에 갑자기 기분이 좋아지고 마음이 푸근해진다는 얘기를 어디서 읽은 것 같기도 하고 들은 것 같기도 했다. 스탠리는 지금 자기가 바로 그 상태에 있는 것 같았다.

마지막으로 행복을 느낀 때가 언제였는지 스탠리는 기억도 나지 않았다. 초록호수 캠프로 보내진 일 말고도 스탠리의 인생을 비참하게 만든 일은 무지 많았다. 학교에서도 불행했다. 친구도 없었고 데릭 던 같은 녀석들이 괴롭히기만 했다. 아무도 스탠리를 좋아하지 않았다. 솔직히 말하면, 스탠리 자신도 자신을 좋아하지 않았다.

이제 스탠리는 자신을 좋아했다.

스탠리는 자신이 미친 게 아닌가 하고 생각했다.

스탠리는 옆에서 잠든 제로를 보았다. 제로의 얼굴은 별빛에 반짝반짝 빛났고, 쿠앞에는 꽃잎이 하나 떨어져 제로가 숨을 쉴 때마다 앞뒤로 팔랑거렸다. 마치 만화의 한 장면 같았다. 제로가 숨을 들이마시면 꽃잎은 코에 닿을 듯 빨려갔다가, 숨을 내쉬면 턱 쪽으로 밀려났다. 꽃잎은 놀라울 정도로 오랫동안 그렇게 제로의 얼굴에 머물다가, 결국 팔랑거리며 얼굴 옆으로 떨어졌다.

스탠리는 꽃잎을 주워 다시 제로의 코앞에 둬볼까도 생각했지만, 아까처럼 될 것 같지 않았다.

제로는 초록호수 캠프에서 평생을 산 사람처럼 보였다. 하지만 따지고 보면, 스탠리보다 고작 한두 달 먼저 캠프에 왔을 뿐이었다. 사실 제로는 스탠리보다 하루 늦게 체포되었다. 그러나 스탠리의 재판은 프로야구 때문에 계속 늦춰졌다.

제로가 며칠 전에 한 말이 떠올랐다. 자기가 그 운동화를 그냥 신었으면 자기도 스탠리도 이곳에 있지 않았을 거라는 말.

별이 반짝이는 밤하늘을 보면서 스탠리는 세상에서 여기보다 더 좋은 곳은 없을 거라고 생각했다. 제로가 주차된 차 위에 운동화를 올려놓길 잘했다고 생각했다. 그리고 그 차가 고가도로를 지나는 바람에 운동화가 자기 머리 위에 떨어진 것도 잘된 일이라고 생각했다.

운동화가 하늘에서 떨어졌을 때, 스탠리는 그것이 운명이라고 생각했다. 지금 또 그런 생각이 들었다. 단순히 우연이라고 할 수는 없었다. 이건 분명 운명이었다.

반드시 초록호수 캠프로 돌아갈 필요는 없다는 생각이 문득 들었다. 캠프를 그냥 지나쳐 도로를 따라 문명세계로 돌아갈 수도 있지 않을까? 자루에 양파를 잔뜩 담고 단지 세 개에 물을 가득 채우고 길을 나설 수 있는 것 아닌가? 게다가 물통도 하나 있고 말이다.

캠프에 들러서 단지와 물통에 물을 다시 채울 수도 있으리라. 어쩌면 식당으로 몰래 들어가 음식을 구할 수도 있을 것이고.

상담 선생님들이 아직도 경비를 서고 있을 것 같지는 않았다. 모두들 스탠리와 제로가 죽었을 거라고 생각할 것이다. 독수리 밥이 된 줄 알겠지?

하지만 그렇게 되면 나머지 일생은 도망자로 살아야 할 것이다. 경찰이 언제나 뒤를 쫓을 것이다. 그래도 적어도 부모님에게 전화를 걸어 아직 살아 있다고 얘기할 수는 있을 것이다. 경찰이 아파트를 감시할 수도 있기 때문에 직접 찾아가지는 못하겠지. 물론 모든 사람이 스탠리 옐내츠가 죽었다고 생각한다면, 경찰이 아파트를 감시하지 않을 가능성도 있기는 하다. 어찌 되든 간에 새로운 신분증은 하나 구해야 할 것이다.

'무슨 미친 생각을 하는지, 원.'

스탠리는 그렇게 생각했다. 그러자 과연 미친 사람들이 스스로 미쳤다고 생각할까 하는 의문이 생겼다.

이런 생각을 하는 와중에도 스탠리의 머릿속에서는 더욱더 황당한 생각들이 꼬리에 꼬리를 물었다. 그것들이 너무 황당해서 생각힐 가치도 없다는 걸 스탠리도 모르는 바는 아니었다. 그럼에도 불구하고, 만약 평생을 도망자로 살아야 한다면 어느 정도의 돈, 이를 테면 금은보화가 가득한 보물 상자 같은 게 있으면 도움이 되겠지 하는 따위의 생각들이 떠올랐다.

'넌 미쳤어!'

스탠리는 스스로에게 말했다. 그건 그렇다치고, 'KB'라고 새겨진 립스틱 뚜껑을 하나 발견했다고 해서, 그곳에 반드시 보물이 묻혀 있다는 보장도 없지 않은가.

다 미친 생각이었다. 지금 이 순간 행복을 느낀다는 것만 봐도 미친 게 분명했다.

하지만 어쩌면 운명일지도 모를 일이었다.

스탠리는 손을 뻗어 제로의 팔을 흔들었다.

"야, 제로."

스탠리는 나지막하게 불렀다.

"어?"

제로가 투덜거리듯 대답했다.

"제로, 일어나."

"왜? 왜 그래?"

제로가 머리를 들면서 말했다.

스탠리가 물었다.

"너 구덩이 하나만 더 팔래?"

43

"우리가 늘 노숙자였던 건 아니야. 지금도 노란색 방이 기억나."

제로가 말했다.

"몇 살 때 넌……."

스탠리는 적당한 말을 찾기가 어려웠다.

"……그 집에서 이사했니?"

"나도 몰라. 아주 어렸을 때인 건 분명해. 기억나는 게 별로 없어. 이사한 건 하나도 기억이 안 나. 내가 아기용 침대에 서 있고 엄마가 노래를 불러준 건 생각나. 엄마가 내 손목을 잡고는 박수를 치게 했지. 엄마는 그 노래를 가끔 불러줬어. 전에 네가 불러준 노래 말이야…… 약간 다르기는 하지만……."

기억을 더듬는지 제로의 말이 점점 느려졌다.

"그러다 나중에는 길에서 살게 됐어. 왜 그 집에서 나오게 되었는지는 모르겠어. 아파트가 아니고 일반 주택이었던 건 확실해. 내 방이 노란색이었던 것도 생각나고."

느지막한 오후였다. 스탠리와 제로는 엄지손가락 산이 만들어준 그늘에서 쉬고 있었다. 오전에는 양파를 캐서 자루에 담았다. 시간이 많이 걸린 건 아니었지만, 일을 끝냈을 때는 그날 산을 내려가기에는 늦은 시간이 되어버렸다.

스탠리와 제로는 동이 막 틀 때 떠날 생각이었다. 어두워지기 전에 초록호수 캠프에 도착할 시간을 충분히 확보하기 위해서였다. 스탠리는 문제의 구덩이를 발견할 수 있기를 간절히 바랐다. 구덩이를 발견하면 모두가 잠들 때까지 그 구덩이 안에 숨을 작정이었다.

1초도 더 끌지 않고 딱 안전하다 싶을 때까지만 구덩이를 팔 작정이었다. 그런 다음 보물을 찾든 말든 무조건 도로로 나갈 심산이었다. 100퍼센트 안전하다고 확신이 드는 경우에만 캠프 식당에서 물과 음식을 훔치기로 했다.

"어디든 몰래 들어갔다가 빠져나오는 데는 내가 선수야."

제로가 말했다.

"휴게실 문 삐걱거리는 거 잊으면 안 돼."

스탠리가 주의를 주었다.

이제 스탠리는 등을 바닥에 대고 누웠다. 앞으로 닥칠 힘든 날들을 위해 힘을 아낄 생각이었다. 제로 부모님한테 무슨 일이 있었는지 궁금했지만 물어보지 않았다. 제로는 질문에 대답하는 걸 싫어했다. 스스로 말하고 싶을 때 말하도록 내버려 두는 편이 나았다.

스탠리는 자기 부모님에 대해 생각했다. 마지막 편지에서 엄마는 운동화 삶는 냄새 때문에 아파트에서 쫓겨날지도 모른다고 걱정했다. 자기 부모님도 언제 노숙자가 될지 모르는 신세인 셈이었다.

스탠리가 캠프에서 도망친 사실을 부모님에게 알렸는지도 궁금했다. 혹시 죽었다고 한 건 아닐까?

엄마 아빠가 서로 부둥켜안고 우는 장면이 떠올랐다. 스탠리는 그런 생각을 떨쳐버리려고 애썼다.

그 대신 어젯밤에 가진 느낌, 설명할 수 없는 행복감과 운명적인 느낌을 다시 느껴보고 싶었다. 그러나 그 느낌들은 되살아나지 않았다.

그저 두려움만 느껴졌다.

다음 날 아침, 스탠리와 제로는 산을 내려갔다. 모자를 물에 적셔 머리에 쓴 다음 제로는 삽을 들고 스탠리는 자루를 들었다. 자루는 양파와 물을 담은 단지 세 개로 꽉꽉 채워졌다. 깨진 단지는 그냥 버렸다.

"여기가 삽을 발견한 곳이야."

스탠리가 잡초 더미 하나를 가리키며 말했다.

제로는 몸을 돌려 산꼭대기 쪽을 보았다.

"야, 정말 멀다."

"넌 가벼웠어. 배 속에 있는 걸 모두 토한 다음이었잖아."

스탠리는 자루를 한쪽 어깨에서 다른 쪽 어깨로 옮겼다. 자루는 정말 무거웠다. 그러다 돌멩이를 밟고 미끄러져 꽈당 하고 넘어졌다. 다음 순간, 스탠리는 가파른 산등성이를 데굴데굴 구르고 있었다. 스탠리는 자루를 놓쳤고, 양파가 사방으로 흩어졌다.

스탠리는 정신없이 굴러 풀밭 속으로 처박히는 와중에 간신히 가시넝쿨을 붙잡았다. 가시넝쿨은 땅에서 뽑혀버렸지만 덕분에 스탠리는 멈출 수 있었다.

제로가 위에서 물었다.

"괜찮아?"

스탠리는 신음 소리를 내며 손바닥에 박힌 가시를 뽑았다.

"응!"

스탠리는 괜찮았다. 물이 담긴 단지들이 더 걱정이었다.

제로가 스탠리를 뒤쫓아 내려오면서 양파를 하나하나 주웠다. 그동안 스탠리는 바지에 박힌 가시를 빼냈다.

다행히 단지들은 깨지지 않았다. 양파들이 스티로폼처럼 완충재 역할을 해준 덕분이었다.

제로가 말했다.

"나를 들쳐 메고 갈 때 이러지 않아서 천만다행이네."

양파 3분의 1이 없어졌다. 하지만 산을 따라 내려가면서 거의 대부분 다시 찾을 수 있었다. 산을 다 내려왔을 때, 호수 위로 막 해가 떠오르고 있었다. 스탠리와 제로는 해를 향해 똑바로 걸었다.

이윽고 그들은 절벽에 다다라 마른 호수 바닥을 내려다보았다. 확실하지는 않지만 저 멀리 배 '메리 루'의 잔해가 보이는 것 같았다.

"목마르니?"

스탠리가 물었다.

"아니. 넌 어때?"

제로가 되물었다.

"아니."

스탠리는 거짓말을 했다. 먼저 물을 마시는 사람이 되고 싶지는 않았기 때문이다. 서로에게 말을 하지는 않았지만, 누가 먼저 물을 마시느냐 하는 게 둘 사이의 시합처럼 되어버렸다.

스탠리와 제로는 프라이팬 모양의 호수 바닥으로 내려갔다. 지난번에 올라온 곳과는 다른 곳이었다. 스탠리와 제로는 자루에 신경을 바짝 쓰면서 바위 턱들을 이리저리 밟아 내려갔다.

배는 이제 보이지 않았다. 해가 뜨면서 예의 그 아지랑이와 먼지도 함께 피어오른 탓이었다. 스탠리는 올바른 방향인 것 같은 쪽으로 걸어갔다.

"목마르니?"

제로가 묻자 스탠리가 대답했다.

"아니."

제로가 이어 말했다.

"물이 가득 든 단지를 세 개나 들고 가니까, 네가 너무 무거울 것 같아서 말이야. 물을 좀 마시면 그만큼 짐이 가벼워질 텐데."

"난 목 안 말라. 하지만 네가 마시고 싶다면 물을 좀 줄게."

"나도 목 안 말라. 그냥 네가 걱정돼서."

스탠리는 빙긋이 웃으며 말했다.

"나는 낙타야."

아주 오랫동안 걸은 것 같은데도 배는 보이지 않았다. 스탠리는 방향을 제대로 잡았다고 확신했다. 배에서 산으로 출발했을 때 지는 해를 향해 똑바로 걸은 것을 스탠리는 기억했다. 지금은 뜨는 해를 향해 똑바로 걸어가고 있었다. 스탠리는 해가 정확히 동쪽에서 떠서 서쪽으로 지는 게 아니라 약간 남동쪽에서 떠서 북서쪽으로 진다는 것을 알고 있었지만, 그게 지금 배가 보이지 않는 것과 상관이 있을 것 같지는 않았다.

스탠리는 목이 사포로 덮인 것처럼 느껴졌다. 스탠리는 제로에게 물었다.

"정말 목 안 말라?"

"난 괜찮아."

제로의 목소리는 메마르고 까칠했다.

마침내 스탠리와 제로는 동시에 물을 마시기로 합의를 보았다. 짐을 바꾸어 자루를 들고 오던 제로가 자루를 내려놓고는 단지 두 개를 꺼내 하나를 스탠리에게 건넸다. 물통은 깨질 염려가 없기 때문에 마지막 순간까지 남겨두기로 했다.

"네가 알다시피 난 목 안 말라. 너 마시라고 나도 마시는 거야."

단지 뚜껑을 열면서 스탠리가 말했다.

"난 너 마시라고 마시는 거다."

제로도 지지 않고 말했다.

둘은 쨍그랑 소리가 나게 건배를 한 다음 서로에게서 눈길을 떼지 않고 각자 고집스러운 입에 물을 부었다.

배를 먼저 발견한 건 제로였다. 배는 400미터쯤 앞 약간 오른쪽으로 치우친 곳에 있었다. 둘은 배로 향했다.

시간은 아직 정오가 되기 전이었다. 스탠리와 제로는 그늘진 쪽에 앉아 휴식을 취했다.

"우리 엄마한테 무슨 일이 있었는지 모르겠어. 어느 날 떠나버렸고 다시는 돌아오지 않으셨어."

제로기 말했디.

스탠리는 양파를 한 겹 벗겼다.

"엄마는 항상 날 데리고 다니실 수는 없었어. 가끔은 혼자서 일을 하셔야 했으니까."

스탠리는 제로가 자기 스스로에게 뭔가를 설명하고 있다는 느낌을 받았다.

"그럴 때면 엄마는 나보고 어딘가에서 기다리라고 하셨어. 내가 아주 어렸을 때는 현관이나 출입구처럼 좁은 장소에서 엄마를 기다려야 했지. '엄마가 돌아올 때까지 가만히 있어라.' 엄마는 그렇게 말씀하셨어. 엄마가 나만 두고 가는 게 난 정말 싫었어. 나한테는 작은 기린 인형이 하나 있었는데, 엄마가 없는 동안 그 인형을 꽉 껴안곤 했지. 내가 좀 더 컸을 때는 좀 넓은 장소에 있어도 된다고 하셨어. 그때는 '이 구역 안에만 있어라.' 또는 '이 공원 밖으로 나가면 안 된다.' 같은 말을 들었지. 그런데 나는 그때까지도 재피를 들고 다녔어."

스탠리는 재피가 기린 인형의 이름일 거라고 추측했다.

"그런데 어느 날 엄마가 돌아오시지 않은 거야."

제로의 목소리가 갑자기 휑하게 들렸다.

"나는 레이니 공원에서 엄마를 기다리고 있었어."

"레이니 공원? 나도 거기 가봤는데."

스탠리가 말했다.

"거기 미끄럼틀 알지?"

제로가 물었다.

"그럼. 나도 그거 타고 놀았어."

"난 그 공원에서 한 달도 넘게 엄마를 기다렸어. 미끄럼틀하고 흔들리는 다리 사이에 동굴처럼 생긴 통로 있는 거 알지? 난 거기서 잤어."

스탠리와 제로는 각자 양파 네 개를 먹고 물 반 단지를 마셨다. 스탠리는 자리에서 일어나 주위를 둘러보았다. 사방이 모두 똑같아 보였다.

"내가 캠프를 떠날 때, 엄지손가락 산을 향해 곧장 걸었거든. 그때 배가 오른쪽에 있는 게 보였어. 그러니까 지금은 우리가 약간 왼쪽으로 방향을 틀어야 한다는 뜻이 되지."

"뭐라고? 응, 그래."

제로는 무언가 생각에 잠겨 있었다.

스탠리와 제로는 다시 걷기 시작했다. 스탠리가 자루를 들 차례였다.

"애들이 생일 파티를 하고 있었어. 엄마가 떠난 지 2주쯤 되었을 거야. 미끄럼틀 옆에 있는 야외용 탁자에 풍선이 매달려 있었어. 걔들은 내 나이 또래로 보였어. 여자애 하나가 나에게 '안녕?' 하더니 같이 놀고 싶은지 물었어. '응.' 하고 대답하고 싶었지만, 난 '아니.'라고 했지. 나는 그 파티에 초대받은 사람이 아니었으니까. 그런데 어떤 애 엄마가 나를 괴물 보듯이 빤히 바라보는 거야. 잠시 뒤 한 남자애가 나한테 '케이크 한 조각 먹을래?' 하고 묻더라. 그런데 아까 그 아줌마가 나한테 이렇게 말하는 거야. '저리 가!' 그러고는 애들한테 나하고 놀지 말라고 했어. 그래서 난 케이크를 한입도 못 먹었어. 나는 있는 힘을 다해 뛰었어. 그 바람에 재피를 잃어버리고 말았지."

"그럼 끝내 재피는 못 찾은 거야?"

잠시 동안 제로는 아무 대답이 없었다. 그러더니 이렇게 말했다.

"재피는 내가 지어낸 거야."

스탠리는 다시 자기 부모님에 대해 생각했다. 자식이 죽었는지 살았는지도 모르는 것이 부모에게 얼마나 끔찍한 일일까 하는 생각이 들었다. 스탠리는 자기 엄마한테 무슨 일이 일어났는지 전혀 모르는 제로의 심정을 이해할 것 같았다. 동시에 제로가 왜 아빠에 대해서는 한마디도 안 하는지 궁금했다.

"잠깐!"

제로가 갑자기 발걸음을 멈추며 말했다.

"우리는 지금 엉뚱한 방향으로 가고 있어."

"아냐, 이 길이 맞아."

"네가 엄지손가락 산을 향해 걷는데 배가 오른쪽에 보였다고 했어. 그러니까 우리가 배에서 출발해서 걸을 때는 오른쪽 방향으로 가야 해."

"확실해?"

제로는 바닥에다 그림을 그렸다.

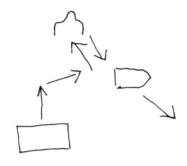

스탠리는 여전히 확신이 서지 않았다.

"이쪽이야."

제로는 그림 지도 위에 가야 할 방향을 표시하고는, 그 방향으로 발걸음을 옮겼다.

스탠리는 제로의 뒤를 따랐다. 제로의 생각이 틀린 것 같았지만, 제로는 너무도 자신만만했다.

오후에는 간간이 구름이 해를 가리기도 했다. 그건 반길 만한 일이었고, 다시 한 번 스탠리는 운명이 자기편이라고 생각했다.

갑자기 제로가 발걸음을 멈추더니 손으로 스탠리를 붙잡아 세웠다. 그러고는 낮은 목소리로 말했다.

"잘 들어봐."

스탠리의 귀에는 아무 소리도 들리지 않았다.

스탠리와 제로는 소리를 죽여 다시 걷기 시작했고, 이윽고 스탠리의 귀에도 초록호수 캠프에서 나는 소리가 희미하게 들리기 시작했다. 아직은 멀리 떨어져서 캠프는 보이지 않았지만, 여러 소리가 뒤섞인 웅성웅성 하는 소리가 들려왔다. 좀 더 가까이 가자 미스터 선생님 특유의 고함 소리가 사이사이 들려왔다.

자기들이 소리를 들을 수 있으면 자기들 소리도 저쪽에 들릴 수 있다는 생각에, 스탠리와 제로는 소리를 죽여가며 살금살금 걸었다.

스탠리와 제로는 구덩이들이 모여 있는 쪽으로 다가갔다.

"모두들 캠프로 돌아갈 때까지 여기서 기다리자."

제로의 말에 스탠리는 고개를 끄덕였다. 스탠리는 아무것도 없는 것을 확인한 다음 구덩이 속으로 들어갔다. 제로는 바로 옆 구덩이로 쏙 들어갔다.

한동안 길을 잘못 들기도 했지만, 스탠리가 걱정한 것만큼 시간을 오래 잡아먹은 건 아니었다. 이제 스탠리와 제로가 할 일은 기다리는 것뿐이었다.

햇살이 구름 사이로 스탠리를 내리쬐었다. 그러나 곧 더 많은 구름이 몰려오더니 하늘을 뒤덮어 스탠리가 있는 구덩이에 그늘을 드리웠다.

스탠리는 마지막 아이가 일을 다 마쳤다는 확신이 들 때까지 기다렸다.

그런 뒤에도 조금 더 기다렸다.

최대한 소리를 죽여가며 스탠리와 제로는 구덩이에서 빠져나와 캠프를 향해 기어갔다. 물 단지끼리 부딪쳐 소리가 날까 봐 스탠리는 자루를 어깨에 메는 대신 앞으로 돌려 두 팔로 껴안았다. 텐트, 휴게실 그리고 참나무 아래 소장의 오두막집이 보였다. 공포가 물밀듯이 밀려왔다. 무서워서 현기증이 날 지경이었다. 스탠리는 숨을 크게 한 번 쉬고는 용기를 내서 계속 앞으로 갔다.

"바로 저거야."

금 뚜껑을 찾은 구덩이를 가리키며 스탠리가 속삭였다. 50미터 정도 떨어져 있었지만, 스탠리는 자기가 찾는 구덩이가 틀림없다고 확신했다. 더는 위험을 감수하면서까지 가까이 갈 필요가 없었다.

스탠리와 제로는 가까이에 있는 구덩이로 각자 기어 들어가서 캠프 전체가 잠에 곯아떨어지기를 기다렸다.

44

당분간은 잠을 잘 만한 기회가 없을지도 모른다는 생각에 스탠리는 미리 잠을 좀 자두려고 했다. 샤워하는 소리가 들렸고, 조금 뒤에는 저녁 식사하는 소리가 들렸다. 휴게실 문이 삐걱거리는 소리도 들렸다. 스탠리는 손가락으로 구덩이 한쪽 벽을 탁탁 두드렸다. 심장이 고동치고 있었다.

스탠리는 물통을 열어 물을 조금 마셨다. 물 단지는 제로한테 있었고, 양파는 각자 충분히 가지고 있었다.

구덩이 속에 얼마나 있었는지 확실하지는 않지만, 다섯 시간은 족히 된 것 같았다. 일어나라고 속삭이는 제로의 목소리에 스탠리는 화들짝 놀랐다. 스탠리는 자기가 까무룩 잠이 들었다는 것도 몰랐다. 설사 잤더라도 5분 정도겠지 생각했다. 그런데 사방이 아주 깜깜한 것을 보고는 깜짝 놀랐다.

캠프에는 불이 한 군데만 켜져 있었다. 사무실이었다. 하늘이 흐려 별빛도 거의 보이지 않았다. 은빛 달이 구름 사이로 숨었다 나왔다 했다.

스탠리는 제로를 데리고 조심스럽게 그 구덩이 쪽으로 갔지만, 어두워서 찾기가 어려웠다. 작은 흙더미를 넘으면서 스탠리가 속삭였다.

"내 생각에는 이 구덩이 같아."

"같다고?"

제로가 물었다.

"이게 바로 그 구덩이야."

스탠리는 실제보다 더 확신에 찬 목소리로 말했다. 스탠리가 구덩이로 내려가자, 제로가 스탠리에게 삽을 건넸다.

스탠리는 삽을 구덩이 바닥에 쑤셔 넣고 삽날을 힘껏 발로 밟았다. 삽은 스탠리의 무게에 눌려 쑥 들어갔다. 스탠리는 흙을 파서 구덩이 옆으로 퍼냈다. 그러고는 다시 삽질을 했다.

제로는 한동안 스탠리를 지켜보았다.

"단지에 물을 좀 채워야겠어."

스탠리는 숨을 깊이 들이마셨나가 내뱉었다.

"조심해."

스탠리는 그렇게 말하고 계속 땅을 팠다.

너무 어두워서 삽이 잘 보이지도 않았다. 스탠리는 흙 대신 황금이나 다이아몬드를 캐낼 수도 있다는 생각만 했다. 스탠리는 한 삽씩 팔 때마다 흙 가까이에 얼굴을 대고 뭔가 특별한 게 없나 살펴본 뒤에 구덩이 밖으로 버렸다.

구덩이를 깊이 파 들어갈수록 흙을 밖으로 내던지기가 더욱 힘들어졌다. 스탠리가 파기 전부터 구덩이는 깊이가 1.5미터였다. 스탠리는 차라리 구덩이를 옆으로 더 넓게 파기로 마음을 바꾸었다.

그게 더 말이 되지 하고 스탠리는 생각했다. 만약 케이트 바로우가 보물 상자를 묻었다면 지금보다 더 깊이 구덩이를 팔 수는 없었을 것이라는 생각에서였다.

물론 케이트 바로우가 자기와 한패인 도둑 떼를 시켜서 땅을 깊이 파게 했을 수도 있지만 말이다.

"아침 먹을래?"

스탠리는 제로의 목소리에 깜짝 놀랐다. 제로가 다가오는 소리를 전혀 듣지 못한 탓이었다.

제로가 씨리얼 상자를 내밀었다. 스탠리는 조심스럽게 씨리얼을 입 안으로 부어 넣었다. 흙 묻은 손을 상자 속에 집어넣기는 싫었다. 스탠리는 엄청난 단맛에 거의 숨이 막힐 뻔했다. 그건 설탕을 입힌 플레이크(낟알을 얇게 으깬 식품―옮긴이)였다. 일주일 넘게 양파만 먹은 스탠리는 단맛이 버거웠다. 스탠리는 물을 쭉 들이켜

입 안을 가셨다.

이제 제로가 구덩이 파는 일을 맡았다. 스탠리는 혹시라도 놓친 게 있나 싶어서 조금 전에 파 올린 흙더미를 체로 치듯이 손가락으로 샅샅이 살폈다. 손전등이 있으면 좋겠다고 생각했다. 조약돌보다 작은 다이아몬드만 찾아도 몇천 달러는 나갈 것이다. 그러나 흙 속에 다이아몬드가 있다 한들, 눈으로 볼 방법이 없었다.

제로가 샤워실 수도꼭지에서 받아 온 물은 벌써 동나 버렸다. 스탠리는 자기가 가서 단지에 물을 채워 오겠다고 했지만 제로는 한사코 자기가 가야 한다고 우겼다.

"기분 나쁘라고 하는 소리는 아니지만, 넌 걸을 때 너무 시끄러워. 덩치를 생각하셔야지."

스탠리가 다시 구덩이 파는 일을 맡았다. 구덩이가 넓어지자 땅 위에 있는 흙들이 자꾸만 무너져 내렸다. 덩달아 움직일 공간은 자꾸 좁아져만 갔다. 구덩이를 더 넓게 파기 위해서는 먼저 구덩이 주위에 쌓인 흙더미부터 치워야 했다. 캠프 기상 시간까지 얼마나 남았을까, 스탠리는 생각했다.

"잘돼 가니?"

물을 가지고 온 제로가 물었다.

스탠리는 한쪽 어깨를 으쓱해 보였다. 그러고는 삽을 구덩이 벽으로 가져가 흙을 얇게 한 겹 훑어 내렸다. 그런데 바로 그 순간, 뭔가 딱딱한 물체에 부딪혀 삽이 튕겨 나오는 것이 느껴지는 게 아닌가!

"뭐야?"

제로가 물었다.

스탠리도 그게 뭔지 알 수 없었다. 스탠리는 삽을 구덩이 벽에 대고 위아래로 움직여 보았다. 흙이 조금씩 떨어져 나가면서 딱딱한 물체가 조금 더 모습을 드러냈다.

그 물건은 구덩이 바닥에서 50센티미터 정도 되는 곳에 불쑥 튀어나와 있었다. 스탠리는 그것을 손으로 만져보았다.

"뭐냐니까?"

제로가 다시 물었다.

스탠리 손에는 물건의 모서리만 겨우 만져졌다. 대부분은 아직도 흙 속에 묻혀 있었다. 그것은 차고 매끄러운 금속성 물건이었다.

"아무래도 내가 보물 상자를 찾은 것 같아."

스탠리의 목소리는 흥분보다는 놀라움으로 가득 차 있었다.

"정말?"

"그런 것 같아."

구덩이는 스탠리가 삽을 수평으로 들고 벽을 팔 수 있을 만큼은 되었다. 스탠리는 아주 조심스럽게 벽을 파야 한다는 걸 알고 있었다. 위에 쌓인 흙더미와 함께 구덩이 벽이 무너지기라도 하면 큰일이었다.

스탠리는 상자같이 생긴 물건의 한쪽 면이 완전히 드러날 때까지 구덩이 벽을 긁듯이 파냈다. 그러고는 다시 손가락으로 만져보았다. 세로 20센티미터, 가로 5센티미터쯤 되는 것 같았다. 그러나 땅속에 박힌 부분은 길이가 얼마나 되는지 가늠할 수 없었다. 힘껏 잡아당겨 보았지만, 물건은 꿈쩍도 하지 않았다.

물건을 빼내려면 땅 위부터 다시 파 내려오는 수밖에 없다는 생각이 들었다. 하지만 그렇게 할 만한 시간이 없었다.

"이 물건 아래에서 흙을 파내 볼게. 그러면 아래로 잡아당겨서 빼낼 수 있을지도 몰라."

"어서 해봐."

스탠리는 삽을 구덩이 밑바닥 근처에 쑤셔 넣고는 금속성 물건 아래로 굴을 파기 시작했다. 구덩이 벽이 무너지지 않기를 바라면서.

스탠리는 이따금씩 삽질을 멈추고 웅크리고 앉아 상자 끝이 닿는지 손을 넣어 뻗어보았다. 그러나 팔 길이만큼 굴을 판 다음에도 상자 끝은 만져지지 않았다.

스탠리는 다시 한 번 상자를 잡아 빼내려고 했지만, 상자는 땅속에 단단히 박혀 있었다. 무리해서 상자를 당기다가는 구덩이가 무너져 내릴 것 같았다. 상자를 잡아 뺄 준비가 되면, 위에 있는 흙이 무너지기 전에 재빨리 잡아당겨야겠다고 스탠리는 생각했다.

굴은 점점 더 넓어지고 깊어졌다. 덩달아 구덩이가 무너질 위험도 커졌다. 마침내 스탠리의 손에 상자 한쪽 끝에 있는 걸쇠가 만져졌다. 그리고 가죽으로 된 손잡이가 잡혔다. 상자가 아니라 가방 같았다.

"내 생각에 금속으로 만든 여행 가방 같아."

"삽을 지렛대처럼 이용해서 가방을 살살 움직여봐."

"그러다 구덩이 벽이 무너지면 어떡해?"

"그러지 말고 일단 한번 해봐."

스탠리는 물을 한 모금 마시고는 말했다.

"한번 해보지, 뭐."

스탠리는 삽날 끝을 가방 위쪽과 흙 사이에 우겨 넣은 다음, 삽을 이리저리 움직여 가방이 흙에서 떨어지게 하려고 애썼다. 손전등이라도 있다면 자기가 어떻게 하는지를 볼 수 있을 텐데 하고 스탠리는 생각했다.

삽 끝을 앞뒤로, 위아래로 계속해서 움직이자 마침내 가방이 툭 하고 떨어지는 게 느껴졌다. 곧이어 가방 위로 흙더미가 쏟아졌다.

그러나 구덩이가 그리 많이 허물어진 것은 아니었다. 구덩이 바닥에 무릎을 꿇고서 보니, 쏟아져 내린 흙은 얼마 되지 않았다.

스탠리는 손으로 흙을 헤친 다음, 가죽 손잡이를 찾아냈다. 손잡이를 잡아당기자 가방이 흙더미 속에서 쑥 나왔다.

"됐어!"

스탠리가 외쳤다.

여행 가방은 무거웠다. 스탠리는 여행 가방을 제로에게 넘겨주었다.

"네가 해냈어."

제로가 가방을 받으면서 말했다.

"우리가 해낸 거야."

스탠리가 말했다.

스탠리는 남은 힘을 끌어 모아 구덩이 밖으로 나오려고 했다. 그때 갑자기 환한 불빛이 스탠리의 얼굴을 비추었다.

"고맙구나. 이 신세를 어떻게 갚지?"

소장이었다.

45

스탠리의 얼굴을 비추던 손전등 불빛이 제로에게로 옮아갔다. 제로는 무릎을 꿇고 앉아 있었고, 허벅지 위에는 여행 가방이 놓여 있었다.

손전등을 든 사람은 펜댄스키 선생님이었다. 미스터 선생님은 그 옆에서 권총을 빼 들어 손전등이 비추는 방향으로 겨누고 있었다. 맨발에 웃통은 벗은 채 잠옷 바지만 입은 모습이었다.

소장이 제로에게 다가갔다. 소장 역시 기다란 티셔츠 스타일의 잠옷 차림이었다. 그래도 미스터 선생님과 달리 부츠를 신고 있었다.

옷을 제대로 갖춰 입은 사람은 펜댄스키 선생님뿐이었다. 아마도 오늘 당직이었던 모양이었다.

어둠 속 저 멀리서 또 다른 불빛 두 개가 춤을 추며 이쪽으로 오고 있었다. 구덩이 속에 있는 스탠리는 절망감에 사로잡혔다.

소장이 입을 열었다.

"너희들은 정말 딱 시간에 맞춰 와주었……."

소장이 갑자기 말을 끊고 걸음도 멈추더니, 이내 뒷걸음쳤다.

노랑 반점 도마뱀 한 마리가 여행 가방 위에 올라와 있었다. 도마뱀의 커다란 빨간 눈이 손전등 불빛을 받아 벌겋게 불탔다. 도마뱀은 입을 쩍 벌리고 있었다. 그리고 검은 이빨 사이로 하얀 혀를 날름거렸다.

제로는 조각상처럼 꼼짝하지 않았다.

다른 도마뱀 한 마리가 가방을 타고 올라가서는 제로의 새끼손가락에서 3센티미터도 채 안 되는 곳에 멈춰 섰다.

스탠리는 너무 무서워서 눈을 감을 수도, 뜰 수도 없었다. 도마뱀이 자기 쪽으로 오기 전에 구덩이에서 냉큼 빠져나가야 하는 것 아닌가 생각했지만, 괜히 도마뱀 성질만 건드리는 꼴이 되고 싶지는 않았다.

두 번째 도마뱀이 제로의 손을 타고 팔 중간쯤까지 기어 올라갔다. 제로한테 가방을 건넬 때 도마뱀이 이미 가방 위에 있었을지도 모른다는 생각이 들었다.

"저기 또 한 마리 있다!"

펜댄스키 선생님이 움찔하며 소리쳤다. 펜댄스키 선생님이 손전등으로 스탠리가 있는 구덩이 바로 옆의 씨리얼 상자를 비췄다. 도마뱀이 씨리얼 상자 속에서 슬금슬금 기어 나오고 있었다.

그 불빛에 스탠리가 있는 구덩이 속도 환히 밝아졌다. 스탠리는 아래를 힐끗 보고는 터져 나오려는 비명을 가까스로 참았다. 스탠리의 발아래에 바로 도마뱀 소굴이 있었다. 스탠리는 자기 몸 안에서 비명 소리가 울려 퍼지는 것을 느꼈다.

도마뱀 여섯 마리가 보였다. 땅 위에 세 마리, 스탠리의 왼쪽 발에 두 마리, 오른쪽 운동화에 한 마리.

스탠리는 꼼짝도 하지 않으려고 애썼다. 무언가가 스탠리의 뒷목을 타고 올라왔다.

다른 상담 선생님 세 명이 도착했다. 그중 한 선생님이 "무슨 일……."이라고 말하다 말고는 "세상에, 이런!" 하고 낮게 웅얼거렸다.

"이제 어떻게 하지요?"

펜댄스키 선생님이 묻자 소장이 대답했다.

"기다린다. 그렇게 오래 걸리지는 않을 거야."

"최소한 그 여자한테 줄 시체는 있겠군요. 그 여자가 질문깨나 할 겁니다. 이번에는 수석 검사도 데리고 온다던데."

미스터 선생님이 말했다.

"질문할 테면 해보라지, 뭐. 저 가방만 손에 넣으면 어찌 되든 상관없어. 그거 알아? 내가 얼마나 오랫동안……."

소장의 목소리가 잠시 잦아드는가 싶더니 금세 다시 커졌다.

"어렸을 때 나는 부모님이 구덩이를 파는 걸 지켜봤어. 주말마다 휴일마다. 좀 자란 뒤에는 내가 직접 구덩이를 파야 했어. 심지어는 크리스마스 때도 말이야."

목을 타고 오르던 도마뱀이 방향을 바꿔 턱 쪽으로 움직이는 순간, 스탠리는 도마뱀의 발톱들이 얼굴에 찍히는 것을 느꼈다.

소장이 말했다.

"이제 얼마 안 남았어."

스탠리의 심장이 마구 고동쳤다. 심장은 고동칠 때마다 '넌 아직 살아 있어.'라고 말하는 듯했다. 살아 있는 시간이 앞으로 1초밖에 안 될 수도 있지만.

46

500초 뒤, 스탠리의 심장은 여전히 고동치고 있었다.

펜댄스키 선생님이 비명을 질렀다. 씨리얼 상자에 있던 도마뱀이 선생님을 향해 뛰어올랐기 때문이다.

미스터 선생님이 날아가는 도마뱀을 향해 총을 쐈다.

총소리에 공기가 갈기갈기 찢기는 것 같았다. 도마뱀들이 뻣뻣하게 굳은 스탠리의 몸 위에서 미친 듯이 팔딱거렸다. 스탠리는 꿈쩍도 하지 않았다. 도마뱀 한 마리가 굳게 다문 스탠리의 입술 위로 지나갔다.

스탠리는 제로를 보았다. 제로의 눈과 스탠리의 눈이 마주쳤다. 어쨌든 아직 그들은 살아 있었다. 최소한 1초는, 최소한 심장이 한

번 더 뛸 때까지는 더 살아 있을 것이다.

미스터 선생님이 담배에 불을 붙였다.

"담배 끊은 줄 알았는데."

한 상담 선생님이 말했다.

"때로는 해바라기 씨로도 담배를 끊을 수 없는 때가 있지."

미스터 선생님이 담배를 길게 한 모금 빨고는 말을 이었다.

"난 평생 악몽에 시달릴 것 같아."

"그냥 저것들을 총으로 쏴버리는 게 어떨까요?"

펜댄스키 선생님이 말하자, 한 상담 선생님이 물었다.

"뭘? 도마뱀, 아니면 애들?"

"어차피 쟤들은 죽은 목숨이야."

펜댄스키 선생님이 차가운 미소를 지으며 말했다. 그러고는 껄껄 웃으며 말을 이었다.

"무덤 걱정할 일은 없겠다. 사방에 널려 있으니."

그러자 소장이 말했다.

"시간은 우리 편이야. 난 오랫동안 이 순간을 기다렸어. 조금 더 기다린다고 해서……."

소장의 목소리는 점점 희미해졌다.

스탠리는 도마뱀 한 마리가 주머니 속을 들락거리는 것을 느꼈다.

소장이 다시 입을 열었다.

"이번 일은 이렇게 정리하면 간단해. 그 여자야 질문을 퍼붓겠지. 수석 검사는 조사에 착수할 가능성이 아주 높아. 우리는 이렇게 얘기하면 돼. 스탠리가 저녁에 몰래 도망치다가 구덩이에 빠졌다, 그때 도마뱀이 스탠리를 물었다. 그리고 제로의 시체는 줄 필요도 없어. 사람들은 제로의 존재를 아예 몰라. 펜댄스키 선생 말마따나, 우리가 쓸 수 있는 무덤은 널려 있잖아."

소장의 말에 펜댄스키 선생님이 물었다.

"오늘 풀려나는 걸 알면서 스탠리가 왜 도망치겠습니까?"

"그거야 난들 아나. 스탠리는 제정신이 아니잖아. 그래서 우리가 어제 스탠리를 못 풀어준 거고. 스탠리가 정신착란 상태에 빠져서 자해를 하거나 다른 애들을 해치지 못하도록 감시할 수밖에 없었던 거잖아."

"그 여자가 못마땅해 할 것 같은데요."

"그 여자야 우리가 하는 말은 뭐든지 못마땅해할 거야."

소장은 제로와 여행 가방을 뚫어지게 바라보면서 말했다.

"너, 아직도 안 죽었냐?"

스탠리는 그들이 하는 이야기를 반쯤은 흘려들었다. 그들이 말하는 '그 여자'가 누구인지도 몰랐고 '수석 검사'가 무슨 말인지도 몰랐다. 스탠리의 신경은 온통 자기 얼굴을 왔다 갔다 하고 머리카락을 헤집고 다니는 도마뱀의 작은 발톱에 쏠려 있었다.

스탠리는 뭔가 다른 생각을 하려고 애썼다. 소장이나 미스터 선생님, 뇌를 갉아 먹는 도마뱀의 모습을 머릿속에 새긴 채 죽고 싶지는 않았다. 그 대신에 스탠리는 엄마의 얼굴을 떠올리려고 했다.

스탠리는 기억을 더듬어 어린 시절로 돌아갔다. 두꺼운 겨울 외투를 꽁꽁 껴입고 있다. 엄마와 함께 벙어리장갑을 낀 손을 맞잡고 걷다 그만 얼음길에 미끄러져 눈 덮인 언덕에서 구른다. 언덕 아래까지 가서야 겨우 멈춘다. 울음이 금방이라도 터질 것 같지만, 엉엉 우는 대신 까르르 웃음을 터뜨린다. 엄마도 옆에서 까르르 웃는다.

그때 일을 생각하니 언덕에서 구를 때의 어쩔어쩔한 느낌이 되살아났다. 귓불에 닿던 날카로운 눈의 냉기도 느껴지는 것 같았다. 그리고 눈에 뒤범벅이 된 엄마가 환하고 생기 있게 웃던 얼굴이 떠올랐다.

스탠리는 그곳에서 죽고 싶었다.

"야, 원시인, 너 그거 알아? 넌 무죄로 판명되었어. 네가 알고 싶어 할 것 같아서 얘기해주는 거다. 어제 네 변호사가 너를 데리러 왔어. 불행하게도 넌 여기에 없었지만."

미스터 선생님이 말했다.

여전히 눈밭 속을 헤매는 스탠리에게 그 말은 아무런 의미도 없었다. 스탠리와 엄마는 다시 언덕을 구른다. 이번에는 일부러. 집에 돌아온 스탠리와 엄마는 함께 마시멜로를 잔뜩 넣은 뜨거운 코코아를 마신다.

"네 시 반이 다 되어가는데요. 곧 애들이 일어날 겁니다."

펜댄스키 선생님이 말했다.

소장은 상담 선생님들에게 텐트로 돌아가라고 했다. 아이들에게 아침 식사를 주고, 누구한테도 아무 말도 하지 말도록 단단히 주의를 주라고 했다. 아이들한테 시키는 대로 하기만 하면 이제부터 다시는 구덩이를 파지 않아도 되지만, 지시를 어기고 다른 사람과 얘기를 하면 엄중한 처벌을 받을 것이라고 전하라고 했다.

"어떤 처벌을 받게 될 거라고 말할까요?"

한 상담 선생님이 묻자 소장은 이렇게 답했다.

"애들 상상에 맡겨."

소장과 미스터 선생님을 제외하고 모든 선생님들은 텐트로 돌아갔다. 이제 아이들이 구덩이를 파든 말든 소장은 신경도 쓰지 않을 거라는 것을 스탠리는 알고 있었다. 그토록 찾던 물건을 찾았으니까.

스탠리는 제로 쪽으로 눈길을 돌렸다. 도마뱀 한 마리가 제로의 어깨 위에 앉아 있었다.

제로는 몸은 꼼짝도 하지 않은 채 오른손을 천천히 오므려 주먹을 쥐었다. 그러고는 엄지손가락을 곧추세웠다.

스탠리는 미스터 선생님이 조금 전에 자기한테 한 말들과 지금까지 토막토막 엿들은 대화들을 떠올려 보았다. 그리고 그 말들의 뜻을 헤아려보려고 했다. 미스터 선생님은 변호사 어쩌고 했지만, 스탠리는 자기 부모님에게 변호사를 댈 돈이 없다는 것을 알고 있었다.

　너무 오랫동안 움직이지 않고 한 자세로 있은 탓에 스탠리는 다리가 저려왔다. 꼼짝 않고 서 있는 것이 걷는 것보다 훨씬 더 힘들었다. 스탠리는 아주 조심스럽게 구덩이 벽에 몸을 기댔다.

　그런데 스탠리가 움직이든 말든 도마뱀들은 관심도 없는 것 같았다.

47

해가 떴다. 스탠리의 심장은 여전히 고동치고 있었다. 구덩이 속에는 도마뱀 여덟 마리가 스탠리와 함께 있었다. 도마뱀들의 등에는 노랑 반점이 열한 개씩 있었다.

잠을 못 잔 탓에 소장의 눈 아랫부분은 검게 변해 있었다. 얼굴의 주름살은 투명한 아침 햇살을 받아 더욱 도드라져 보였다. 주근깨 투성이의 피부도 그대로 드러났다.

"사탠."

제로가 중얼거렸다.

스탠리는 제로가 실제로 자기를 부른 건지 아니면 자기가 상상을 한 건지 헷갈린 채로 제로를 보았다.

"제로한테 가서 여행 가방을 빼앗아 올 수 있는지 한번 보지그래."

소장이 미스터 선생님에게 말했다.

"네, 맞는 말씀입니다."

미스터 선생님이 맞장구를 쳤다.

"도마뱀들이 배가 안 고픈 것 같아."

"그렇다면 소장님께서 한번 여행 가방을 가져와 보지 그래요?"

그들은 기다리는 수밖에 없었다.

제로가 말했다.

"사-탠-리."

얼마 뒤, 스탠리는 구덩이에서 멀지 않은 곳에서 독거미가 기어오는 것을 보았다. 독거미를 한 번도 본 적이 없지만 그게 독거미라는 걸 한눈에 알 수 있었다. 독거미가 커다랗고 털이 삐쭉삐쭉 난 몸통을 천천히 그리고 차분하게 움직이는 모습을 스탠리는 순간 넋을 잃고 바라보았다.

"저것 봐, 독거미다!"

미스터 선생님이 소리쳤다. 그러고는 스탠리처럼 넋 놓고 독거미를 지켜보았다.

"난 한 번도 저놈을 본 적이 없어. 딱 한 번……."

소장이 말했다.

갑자기 스탠리의 목 근처가 따끔했다.

도마뱀에게 물린 것은 아니었다. 도마뱀 발톱에 찍힌 것이었다. 도마뱀은 스탠리의 목에서 뛰어내려 독거미를 덮쳤다. 다음 순간 도마뱀의 입 밖으로 독거미의 털 난 다리 하나가 버둥거렸다.

"도마뱀들이 배가 안 고프다고요?"

미스터 선생님이 말했다.

스탠리는 다시 눈이 쌓인 장면으로 돌아가려고 했지만, 해가 뜨고 나니 그마저도 쉽지 않았다.

해가 나자 도마뱀들은 구덩이 아래쪽 그늘로 자리를 옮겼다. 스탠리의 머리와 어깨에 있던 도마뱀들은 배와 다리, 그리고 발 쪽으로 옮겨 갔다.

제로의 몸에도 도마뱀들이 보이지 않았다. 그러나 여행 가방 아래, 그러니까 제로의 무릎 사이에 생긴 그늘에 두 마리가 있는 것 같았다.

"어때? 괜찮아?"

스탠리가 물었다. 목소리가 착 가라앉아 있었다. 일부러 목소리를 낮추려고 해서가 아니라 목이 타 저절로 쉰 소리가 났다.

"다리에 감각이 없어."

"난 구덩이에서 한번 기어 나가보려고."

스탠리가 팔 힘만으로 몸을 올리려고 하자, 도마뱀 한 마리가 발톱으로 스탠리의 발목을 콕 찍었다. 스탠리는 조심스럽게 몸을 원래대로 내려놓았다.

"스탠리, 네 이름을 거꾸로 읽으면 네 성이 되니?"

제로가 물었다.

스탠리는 깜짝 놀라 제로를 빤히 바라보았다. 그걸 어떻게 알았을까? 밤새 연구라도 했나?

스탠리는 자동차가 다가오는 소리를 들었다.

미스터 선생님과 소장 역시 그 소리를 들었다.

"그들이 온 건가?"

소장이 묻자 미스터 선생님이 말했다.

"과자를 파는 걸스카우트는 아닌 것 같군요."

차가 멈추고 차 문이 열렸다 다시 닫히는 소리가 들렸다. 잠시 뒤 펜댄스키 선생님이 낯선 사람 두 명과 함께 걸어오는 것이 보였다. 한 사람은 양복 정장에 카우보이모자를 쓴 키가 큰 남자였고, 또 한 사람은 서류 가방을 든 키가 작은 여자였다. 여자는 카우보이모자를 쓴 남자가 두 걸음을 걸을 때 종종거리며 세 걸음을 걸어야 했다.

"스탠리 옐내츠?"

일행 가운데 맨 앞에 오던 키 작은 여자가 물었다.

그러자 미스터 신생님이 말했다.

"그만, 이쪽으로 더 가까이 오지 마세요."

"나를 가로막아 보시겠다?"

여자는 톡 쏘아붙이더니 잠옷 바지만 달랑 입은 미스터 선생님을 한 번 힐끗 쳐다보고는 말을 이었다.

"우리가 너를 거기에서 빼내 주마. 스탠리, 걱정 마라."

머리카락이 곧고 검은 것으로 보아 여자는 라틴아메리카 출신인 듯했다. R을 발음할 때 혀를 떠는 게 멕시코 사람 억양이 조금 느껴지기도 했다.

"이런, 젠장!"

키 작은 여자를 뒤따라오던 키 큰 남자가 외쳤다.

키 작은 여자가 뒤를 홱 돌아봤다.

"내 말 잘 들으세요. 만약 스탠리한테 무슨 일이 생기면, 우리는 워커 소장과 초록호수 캠프뿐만 아니라 텍사스 주 정부를 고소하겠어요. 아동 학대, 불법 감금, 고문으로."

여자보다 머리 하나는 더 큰 남자가 여자의 머리 너머로 소장을 보며 말했다.

"언제부터 저 아이들이 저기에 있었소?"

"우리 옷차림을 보면 아시겠지만, 저 아이들은 밤새 저기에 있었습니다. 저 녀석들은 내가 잠든 사이에 내 오두막집으로 숨어들어 여행 가방을 훔쳤습니다. 그러고는 내가 뒤쫓자 도망치다가 도마뱀 소굴에 빠져버렸어요. 도대체 무슨 생각으로 그런 짓을 했는지, 원."

"거짓말이에요!"

스탠리가 소리치자 키 작은 여자가 말했다.

"스탠리, 네 변호사로서 한 가지 충고할게. 아무 말도 하지 마라. 너와 나, 단둘이서만 얘기할 기회가 올 때까지는 아무 말도 하지 마."

스탠리는 소장이 여행 가방에 대해 왜 거짓말을 하는지 의아했다. 그리고 여행 가방이 법적으로 누구의 소유가 되는 건지 궁금했다. 스탠리는 변호사에게 그걸 꼭 물어보고 싶었다. 여자가 정말 자기 변호사가 맞다면 말이다.

"아직까지 살아 있다는 게 기적이군."

키 큰 남자가 말했다.

"그러게 말이에요."

소장은 맞장구를 쳤지만, 목소리에는 실망한 기색이 역력했다.

"애들이 살아서 구덩이를 빠져나올 수 있도록 기도나 하시는 게 좋을걸요."

스탠리의 변호사가 으름장을 놓더니 내처 말했다.

"당신이 어제 스탠리를 석방해 나한테 넘겼으면 이런 일도 안 생겼을 테니까."

"스탠리가 도둑이 아니었다면 이런 일이 생기지도 않았겠죠. 나는 스탠리에게 오늘 석방될 거라고 말해줬어요. 내 생각에는 스탠리가 내 귀중품을 훔쳐 가기로 작정했던 것 같아요. 스탠리는 지난

주 내내 정신착란 상태였거든요."

"왜 어제 변호사가 찾아왔을 때 스탠리를 석방하지 않은 거요?"

키 큰 남자가 물었다.

"저 변호사한테는 정당한 권한이 없었습니다."

소장의 말에 키 작은 여자는 발끈했다.

"나는 법원 명령서를 가지고 있었어요!"

"하지만 그건 정식 문서가 아니잖아요."

"정식 문서? 그건 스탠리에게 선고를 내린 판사가 직접 싸인한 거예요."

"나는 수석 검사님의 인증이 필요했어요. 그게 적법한 건지 내가 어떻게 알겠어요? 또 내가 관리하는 애들은 이미 사회에 아주 위험한 존재라는 게 증명된 아이들이에요. 누가 와서 그깟 종이 한 장 딸랑 내민다고 어떻게 애들을 풀어줄 수 있겠어요?"

"당연히 그렇게 해야죠, 그 종이가 법원 명령서라면."

"스탠리는 지난 며칠 동안 입원해 있었어요. 환각과 정신착란에 시달렸지요. 마구 헛소리를 지껄이고 고래고래 소리를 질러댔어요. 내보낼 수 있는 상태가 아니었다고요. 떠나기 바로 전날 내 물건을 훔친 것만 봐도……."

스탠리는 도마뱀의 신경을 건드리지 않기 위해 팔 힘만으로 구덩이에서 빠져나오려고 애썼다. 스탠리가 몸을 조금 들어 올리자 도마뱀들은 직사광선을 피하려고 아래로 움직였다. 그리고 다리

하나를 구덩이 밖으로 올려놓자 마지막까지 들러붙었던 도마뱀 한 마리마저 떨어져 나갔다.

"하느님, 감사합니다!"

소장이 외쳤다. 소장은 스탠리를 향해 다가오다가 우뚝 멈춰 섰다.

스탠리의 바지 주머니에서 도마뱀 한 마리가 불쑥 튀어나와 다리를 타고 내려갔다. 스탠리는 현기증이 몰려와 하마터면 쓰러질 뻔했다. 스탠리는 정신을 가다듬고 손을 아래로 뻗어 제로의 팔을 잡고는 천천히 일으켜 세웠다. 제로는 여전히 여행 가방을 꼭 붙들고 있었다.

여행 가방 아래 숨었던 도마뱀들은 종종걸음 치며 구덩이 속으로 들어갔다.

스탠리와 제로는 구덩이를 뒤로한 채 비틀거리며 걸었다.

소장이 그들에게 달려왔다. 그러고는 제로를 껴안았다.

"하느님, 감사합니다. 넌 살았어."

소장은 제로에게서 여행 가방을 뺏으려 했다.

제로는 여행 가방을 홱 잡아챘다.

"이건 스탠리 거예요."

"더 말썽 부리지 마라. 그건 너희가 내 오두막집에서 훔친 거야. 너희들은 현장에서 들킨 거야. 내가 고소하면 스탠리는 다시 감옥행이야. 이런저런 사정을 봐서 내가 기꺼이……."

"여행 가방에 스탠리의 이름이 적혀 있어요."

제로가 말했다.

스탠리의 변호사가 키 큰 남자를 밀치며 앞으로 나와 여행 가방을 살펴보았다.

제로는 그 여자에게 여행 가방을 보여주었다.

"보세요, 스탠리 옐내츠."

스탠리도 그걸 보았다. 여행 가방 위에 검은 글씨로 커다랗게 **스탠리 옐내츠**라고 쓰여 있었다.

키 큰 남자는 다른 사람들 머리 너머로 가방에 있는 이름을 보았다.

"소장, 당신은 이 아이들이 당신 오두막집에서 이 가방을 훔쳤다고 하지 않았소?"

소장은 믿어지지 않는 듯 가방을 뚫어져라 바라보았다.

"이건 이, 이, 있을 수 없는……."

소장은 말문이 막혔다.

48

모두들 천천히 걸어 캠프로 돌아왔다. 키 큰 남자는 텍사스 주 수석 검사로 텍사스 주의 법을 집행하는 검사들의 대표였다. 스탠리의 변호사 이름은 모렝고 씨였다.

스탠리는 여행 가방을 들고 있었다. 너무 피곤해서 생각을 제대로 할 수가 없었다. 지금 벌어지는 일들이 이해도 안 됐고, 그저 꿈속을 걷는 것만 같았다.

일행은 캠프 사무실 앞에서 멈추었다. 미스터 선생님은 스탠리의 물건을 가지러 텐트 안으로 들어갔다. 수석 검사는 펜댄스키 선생님에게 스탠리와 제로에게 먹을 것과 마실 것을 가져다주라고 했다.

소장은 스탠리만큼이나 정신이 없는 것 같았다.

"넌 글도 못 읽잖아."

소장의 말에 제로는 아무 대꾸도 하지 않았다.

모렝고 씨는 스탠리 어깨에 손을 얹고는 조금만 더 견디라고 하면서, 이제 곧 부모님을 만날 수 있을 거라고 했다.

모렝고 씨 키가 더 작은데도, 스탠리는 왠지 모렝고 씨의 키가 더 큰 것처럼 느껴졌다.

펜댄스키 선생님이 오렌지 주스 두 팩과 베이글 두 개를 가져왔다. 스탠리는 주스를 마시긴 했지만 뭘 먹고 싶은 생각은 없었다.

"잠깐!"

소장이 소리쳤다.

"난 저 녀석들이 내 여행 가방을 훔쳤다고 말하지 않았어요. 보시다시피 여행 가방은 스탠리 거예요. 하지만 가방 안에는 스탠리가 내 집에서 훔친 물건들이 들어 있어요."

"아까 한 말과는 다르군요."

모렝고 씨가 말했다.

"가방 안에 뭐가 들었지? 그 안에 뭐가 들어 있는지 우리한테 말해봐. 그런 다음 열어서 같이 확인해보자."

소장이 스탠리에게 말했다.

스탠리는 어떻게 해야 할지 몰랐다.

"스탠리, 네 변호사로서 말하는데, 가방을 열지 마라."

모렝고 씨가 말했다.

"열어야 돼! 나는 이곳 아이들 모두의 개인 소지품을 검사할 권리가 있어요. 그 안에 마약이나 총이 들어 있는지 누가 알겠어요? 쟤는 물탱크 트럭도 훔친 애라고요! 증인도 있어요!"

소장이 다시 말했다. 거의 발작 직전이었다.

"스탠리는 이제 당신 관할 아래 있지 않습니다."

스탠리의 변호사가 말했지만, 소장도 물러서지 않았다.

"스탠리는 아직 공식적으로 석방된 게 아니에요. 스탠리, 가방 열어!"

"열지 마, 스탠리."

스탠리의 변호사가 말했다.

스탠리는 가만히 있었다.

미스터 선생님이 스탠리의 배낭과 옷을 가지고 돌아왔다.

수석 검사는 모렝고 씨에게 서류 한 장을 건넸다. 그리고는 스탠리에게 이렇게 말했다.

"넌 이제 자유다. 네가 한시라도 빨리 여기서 나가고 싶어 하는 것 안다. 그러니 옷을 갈아입을 필요도 없다. 기념품으로 가져라. 아니면 태워버리든지. 네 마음대로 해라. 행운을 빈다, 스탠리."

수석 검사는 악수를 하려고 손을 내밀었지만, 모렝고 씨가 서둘러 스탠리를 데려갔다.

"어서 가자, 스탠리. 할 얘기가 많다."

스탠리는 걸음을 멈추고 돌아서서 제로를 바라보았다. 이렇게 제로를 두고 갈 수는 없었다.

제로는 엄지손가락을 세워 보였다.

"헥터를 두고 갈 수는 없어요."

"어서 가는 게 좋겠다."

변호사의 목소리는 긴박했다.

"난 괜찮을 거야."

제로가 말했다.

제로의 눈길이 옆에 있는 펜댄스키 선생님에게로, 다시 반대쪽에 있는 소장과 미스터 선생님에게로 옮겨 갔다.

"네 친구를 위해서 내가 해줄 수 있는 일이 없구나. 넌 판사님의 명령에 따라 풀려나는 거야."

모렝고 씨가 말했다.

"저 사람들이 제로를 죽일 거예요."

그러자 수석 검사가 말했다.

"네 친구는 안전할 거다. 곧 이곳에서 벌어진 모든 일에 대한 조사를 시작할 거야. 당분간 내가 캠프를 관리하게 될 거다."

스탠리의 변호사도 거들었다.

"가자, 스탠리. 부모님이 기다리고 계셔."

하지만 스탠리는 그 자리에서 꿈쩍도 하지 않았다.

스탠리의 변호사가 한숨을 내쉬고는 말했다.

"헥터에 관한 서류 좀 봐도 될까요?"

"물론이지요. 워커 소장, 헥터의 서류를 가져와요."

소장은 멍하니 수석 검사를 바라보았다.

"어서."

소장이 펜댄스키 선생님에게로 몸을 돌리더니 말했다.

"헥터 제로니의 서류를 가져와."

펜댄스키 선생님은 소장을 빤히 바라보았다.

"당장 가져와!"

소장이 명령조로 말했다.

펜댄스키 선생님은 사무실로 들어갔다. 그러고는 몇 분 뒤에 돌아와 서류를 어디에 두었는지 모르겠다고 말했다.

수석 검사는 화가 단단히 났다.

"도대체 캠프를 어떻게 운영한 거요, 워커 소장?"

소장은 아무 말도 하지 못한 채 여행 가방만 물끄러미 바라보았다.

수석 검사는 스탠리의 변호사에게 제로의 서류를 찾을 수 있을 거라고 장담했다.

"실례하겠습니다. 사무실에 전화 좀 걸고 오겠습니다."

수석 검사는 다시 소장을 향해 말했다.

"설마 전화는 제대로 작동하겠죠?"

수석 검사는 문을 쾅 딛으면서 캠프 사무실로 들어갔다. 잠시 뒤 수석 검사가 문을 열고 나와 소장에게 할 말이 있다고 했다.

소장이 투덜거리면서 사무실 안으로 들어갔다.

스탠리는 제로에게 엄지손가락을 세워 보였다.

"원시인, 너 맞지?"

스탠리가 돌아보니, 겨드랑이와 오징어가 휴게실에서 나오고 있었다. 오징어가 휴게실 안에 대고 소리쳤다.

"원시인과 제로가 밖에 있어!"

순식간에 D조의 아이들이 뛰어나와 스탠리와 제로를 에워쌌다.

"다시 보게 돼서 반갑다. 우린 네가 독수리 밥이 된 줄 알았어."

겨드랑이가 악수를 하면서 말했다.

"스탠리는 오늘 석방되었다."

펜댄스키 선생님이 말했다.

"이야, 잘됐다."

자석이 스탠리의 어깨를 치며 말했다.

"이젠 방울뱀 밟을 걱정은 안 해도 되겠네."

오징어도 한마디 했다.

지그재그조차도 스탠리와 악수를 했다.

"그 일은 미안하게 됐어. 너도 알잖아."

"괜찮아."

스탠리가 말했다.

"우리가 구덩이에서 물탱크 트럭을 끌어냈어. C조, E조 애들까지 총동원됐다니까."

지그재그가 말했다.

"정말 굉장했어."

덜덜이가 말했다.

엑스레이만 스탠리에게 다가오지 않았다. 스탠리는 엑스레이가 애들 뒤에 잠깐 서 있다가 휴게실로 돌아가는 것을 보았다.

"엄마가 그러는데, 앞으로 구덩이 안 파도 된대."

자석이 펜댄스키 선생님을 힐끗 보면서 말했다.

"잘됐다."

스탠리가 말했다.

"내 부탁 하나만 들어줄래?"

오징어가 말했다.

"그러지, 뭐."

스탠리는 조금 머뭇거리는 듯 대답했다.

"그러니까 뭐냐면……."

오징어가 모렝고 씨를 향해 말했다.

"저기요, 종이하고 펜 좀 빌릴 수 있을까요?"

모렝고 씨가 종이와 펜을 주자, 오징어는 전화번호를 하나 적어 스탠리에게 건넸다.

"우리 엄마한테 전화 좀 걸어줘, 알았지? 엄마한테…… 내가 미안하고 하더라고 전해줘. 엄미한테 앨런이 미안해한다구 꼭 말해줘."

스탠리는 그러겠다고 약속했다.

"바깥세상에 나가면 조심해야 돼. 세상 사람들이 다 우리처럼 좋은 사람들은 아니거든."

겨드랑이의 말에 스탠리는 빙긋이 웃었다.

소장이 사무실에서 나오자 아이들은 모두 자리를 떴다.

"내 사무실에서 그러는데, 헥터 제로니의 기록을 찾는 데 약간 문제가 있답니다."

소장을 뒤따라오던 수석 검사가 말했다.

"그러니까 당신은 헥터에 대해 전혀 권한을 행사할 수 없다는 뜻이군요."

모렝고 씨가 말했다.

"내 말뜻은 그게 아닙니다. 헥터는 컴퓨터 안에 있어요. 단지 헥터의 기록에 접근할 수 없을 뿐입니다. 기록들이 싸이버 스페이스에 있는 구멍으로 빠져나갔다고나 할까요."

"싸이버 스페이스에 있는 구멍이라."

모렝고 씨가 수석 검사의 말을 되씹고는 이어 말했다.

"정말 흥미롭군요. 헥터가 석방되는 날짜가 언제죠?"

"잘 모르겠습니다."

"헥터가 여기 온 지는 얼마나 되었죠?"

"아까 말씀드린 바와 같이, 우리는……."

"그럼 헥터를 어떻게 하실 계획이죠? 당신들이 싸이버 스페이스의 블랙홀 속에서 헤매는 동안 정당한 사법권도 없이 헥터를 무한정 감금할 작정인가요?"

수석 검사가 모렝고 씨를 똑바로 바라보며 말했다.

"헥터가 감금된 데에는 분명한 이유가 있습니다."

"아, 그래요? 그럼 그 이유가 뭔가요?"

수석 검사는 아무런 대꾸도 하지 못했다.

스탠리의 변호사가 제로의 손을 잡아끌었다.

"가자, 헥터. 우리랑 함께 가는 거야."

49

예전에는 초록호수 마을에 노랑 반점 도마뱀이 살지 않았다. 그 도마뱀이 나타난 것은 호수가 모두 말라버린 다음이었다. 하지만 마을에는 그전부터 마을 밖 사막에 '붉은 눈 괴물'이 산다는 이야기가 돌았다.

어느 날 오후 양파 장수 쌤은 자기 당나귀 메리 루를 데리고 호숫가에 대어놓은 배로 돌아가고 있었다. 11월 하순이라 복숭아나무의 나뭇잎들이 거의 떨어진 상태였다.

누군가가 쌤을 불렀다.

"쌤!"

뒤돌아보니 남자 셋이 모자를 흔들며 달려오고 있었다. 쌤은 서서 그들을 기다렸다.

"안녕하세요? 월터, 보우, 제스."

숨을 고르며 걸어오는 그들에게 쌤이 인사했다.

월터, 보우, 제스는 차례로 이렇게 말했다.

"떠나기 전에 보게 돼서 다행이군. 우린 내일 아침 사막으로 방울뱀 사냥을 가."

"그래서 말인데, 자네의 그 도마뱀 물약 좀 얻을 수 있을까?"

"난 방울뱀은 하나도 안 무서워. 하지만 붉은 눈 괴물은 진짜 만나고 싶지 않아. 예전에 한 번 그 도마뱀을 본 적이 있는데, 아주 질려버렸어. 눈이 빨갛다는 건 이미 들어서 알고 있었지만, 이빨은 또 왜 그렇게 커다랗고 새까만지."

"난 하얀 혓바닥이 진짜 무섭더라고."

보우가 다시 말했다.

쌤은 세 사람에게 양파로 만든 물약을 두 병씩 주었다. 쌤은 그들에게 한 병은 그날 밤 잠자기 전에 마시고 나머지 한 병의 반은 다음 날 아침에, 나머지 반은 점심때쯤 마시라고 했다.

"이게 정말 효과가 있는 게 확실해?"

월터가 묻자 쌤은 이렇게 대답했다.

"이렇게 하면 어때요? 그 물약이 효과가 없으면 다음 주에 저를 찾아오세요. 그러면 돈을 돌려드리겠습니다."

보우와 제스는 웃음을 터뜨렸지만, 쌤의 농담을 이해하지 못한 월터는 주위만 두리번거렸다. 쌤도 함께 웃음을 터뜨렸다. 메리 루마저도 좀처럼 내지 않는 "히잉!" 소리를 냈다.

쌤은 그들이 떠나기 전에 이렇게 말했다.

"꼭 기억해두세요. 중요한 건 오늘밤에 꼭 한 병을 마셔야 한다는 겁니다. 약이 피 속으로 들어가야 해요. 도마뱀은 양파가 섞인 피를 싫어하거든요."

스탠리와 제로는 모렝고 씨의 베엠베(BMW) 자동차 뒷좌석에 앉았다. 둘 사이에는 구덩이에서 파낸 여행 가방이 놓여 있었다. 가방은 잠겨 있었는데, 아이들은 스탠리 아빠의 작업실에서 아빠한테 열어달라고 부탁하기로 했다.

"여행 가방 안에 뭐가 들었는지 모르지, 그렇지?"

모렝고 씨가 물었다.

"몰라요."

스탠리가 대답했다.

"내 그럴 줄 알았다."

에어컨을 켜놓았지만 모렝고 씨는 창문을 모두 내린 채 차를 몰았다.

"기분 나쁘게 듣지는 마라. 너희한테서 나는 냄새가 정말 지독해."

모렝고 씨는 자기가 특허 전문 변호사라고 설명해주었다.

"나는 네 아빠가 새로 발명한 발명품 일로 네 아빠를 돕고 있었지. 그러다 우연히 네 이야기를 들었어. 그래서 내가 조사를 좀 해 봤지. 클라이드 리빙스턴의 운동화가 없어진 시간은 세 시 십오 분 이전이었어. 데릭 던이라는 아이를 만나봤는데, 걔 말로는 네가 화장실 변기에서 공책을 꺼낸 때가 세 시 이십 분이었어. 여자 아이 둘도 네가 남자 화장실에서 젖은 공책을 들고 나오는 걸 봤다고 했어."

스탠리는 귓불이 빨개졌다. 온갖 일을 다 겪은 뒤였지만, 그때를 기억하면 스탠리는 여전히 부끄럽기만 했다.

"따라서 너는 운동화를 훔치려야 훔칠 수가 없는 상황이었지."

"스탠리가 안 했어요. 제가 했어요."

제로가 말했다.

"네가 뭘 했다고?"

모렝고 씨가 물었다.

"제가 그 운동화를 훔쳤다고요."

모렝고 씨는 운전 중이었으면서도 몸을 돌려 제로를 보았다.

"난 네가 한 말 못 들었다. 그리고 한 가지 충고하겠는데, 내 앞에서 다시는 그 얘기를 꺼내지 마라."

"아빠가 뭘 발명했는데요? 헌 운동화를 새 운동화로 만드는 방법을 찾아내신 거예요?"

"아니, 아직도 연구 중이셔. 하지만 네 아빠는 발 냄새를 없애는 제품을 발명했어. 여기 서류 가방 안에 샘플이 하나 있단다. 샘플을 더 가져올걸. 그걸로 너희들을 목욕시키면 좋을 텐데."

모렝고 씨가 한 손으로 서류 가방을 열어서 작은 병 하나를 꺼내 스탠리에게 건넸다. 상큼하고 약간 톡 쏘는 냄새가 났다. 스탠리는 그 병을 제로에게 건넸다.

"이거 이름이 뭐예요?"

스탠리가 물었다.

"아직 이름은 못 지었어. 딱히 좋은 게 없어서."

"이거 어디서 많이 맡아본 냄샌데……."

제로가 말하자, 모렝고 씨는 이렇게 말했다.

"복숭아! 그렇게 말하려고 했지? 다들 그렇게 말하더라고."

잠시 뒤 스탠리와 제로는 잠이 들었다. 스탠리와 제로 뒤로 보이는 하늘이 어두워지더니, 100년이 넘는 세월 동안 한 번도 일어나지 않았던 일이 벌어졌다. 텅 빈 호수에 비가 내리기 시작한 것이다.

3
구덩이 메우기

50

스탠리의 엄마는 애초에 저주 따위는 없었다고 주장한다. 게다가 스탠리 고조할아버지가 진짜로 돼지를 훔쳤는지도 의심스러워한다. 그러나 독자 여러분이 흥미를 느낄 만한 사실이 하나 있다. 스탠리의 아버지가 발 냄새 없애는 약을 발명한 것은 엘리아 옐내츠의 고손자가 마담 제로니의 고손자를 업고 산으로 간 바로 다음날이었다.

수석 검사는 초록호수 캠프를 폐쇄했다. 돈이 필요했던 워커 소장은 집안 대대로 내려온 땅을 팔아야만 했다. 소녀들의 복지를 담당하는 한 국가기관이 그 땅을 샀다. 몇 년 뒤면 초록호수 캠프는 걸스카우트 캠프로 탈바꿈할 것이다.

이제 이야기는 거의 끝이 났다. 독자 여러분한테는 아직도 궁금한 것들이 몇 가지 있을 것이다. 그러나 불행하게도 그런 질문에 일일이 답하는 것은 시간도 많이 걸리고 지루한 일이 될 것이다.

스탠리의 수학 선생님인 벨 선생님은 스탠리의 체중이 몇 프로나 빠졌는지 궁금하겠지만, 여러분은 스탠리의 성격과 자신감에 어떤 변화가 있었는지가 더 궁금할 것이다. 하지만 이런 변화들은 미묘하고 측정하기가 어렵다. 간단하게 대답할 수 있는 성질의 문제가 아닌 것이다.

여행 가방 안에 담긴 물건조차도 별게 아니었다. 스탠리의 아빠가 작업실에서 그 가방을 열었을 때, 처음에는 모두들 반짝이는 보석에 숨이 막힐 지경이었다. 스탠리는 자기와 헥터가 이제 백만장자가 될 거라고 생각했다. 그러나 그 보석들은 싸구려라서, 모두 팔아봤자 2,000달러가 될까 말까 했다.

그런데 보석 아래에 스탠리 옐내츠 1세 소유의 서류 한 묶음이 있었다. 그것은 주식과 신용장, 약속어음 등이었다. 그 서류들은 읽기도 어려웠고, 내용을 이해하기는 더욱 어려웠다. 모렝고 씨 법률사무소에서 그 서류들을 모두 검토하는 데 두 달이 넘게 걸렸다.

서류들은 보석보다 훨씬 더 값신 것으로 밝혀졌다. 수수료와 세금을 떼고 난 뒤 스탠리와 제로는 각각 엄청난 돈을 받게 되었다.

백만장자가 될 수 있는 돈은 아니었다.

하지만 100만 달러가 살짝 안 되는 돈이었다.

그 돈은 스탠리가 지하에 연구실이 딸린 집을 새로 사고, 헥터가 사설탐정 팀을 고용하고도 남을 돈이었다.

그러나 스탠리와 제로의 삶에 일어난 모든 변화를 하나하나 세세하게 이야기하는 것은 따분하기 짝이 없는 일이 될 것이다. 그 대신 스탠리와 헥터가 초록호수 캠프를 떠난 지 1년 반쯤 지난 뒤에 벌어진 일을 여러분에게 마지막으로 이야기해주겠다.

남은 구덩이는 여러분 스스로 메워야 할 것이다.

옐내츠 집에서 작은 파티가 열렸다. 스탠리와 제로를 빼고는 모두 어른들이었다. 캐비아와 샴페인 그리고 아이스크림썬디를 만드는 기구까지, 온갖 음식과 음료수가 차려졌다.

텔레비전에서는 슈퍼볼 경기가 중계되고 있었다. 하지만 경기를 관심 있게 보는 사람은 사실 아무도 없었다.

"바로 다음 광고 시간에 나올 거예요."

모렝고 씨가 모두에게 말했다.

휴식 시간을 알리는 호루라기 소리가 들렸고, 텔레비전에 광고가 나오기 시작했다.

모두들 대화를 멈추고 텔레비전에 눈을 모았다.

광고에서는 야구 경기 장면이 나오고 있었다. 먼지 구름 속에서 클라이드 리빙스턴이 홈플레이트를 향해 미끄러지고, 포수가 공을 잡아 태그 아웃을 시키려고 했다.

"쎄이프!"

심판이 두 팔을 쫙 벌리며 소리쳤다.

스탠리의 집에 있던 사람들은 그게 진짜 경기에서 결정적인 점수라도 되는 양 환호성을 질렀다.

클라이드 리빙스턴이 벌떡 일어나 유니폼에 묻은 흙을 툭툭 털었다. 그러고는 더그아웃으로 걸어가면서 카메라를 향해 말했다.

"안녕하세요? 클라이드 리빙스턴입니다. 하지만 다들 저를 '달콤한 발'이라고 부르죠."

"잘했어, 달콤한 발!"

다른 선수 하나가 클라이드 리빙스턴과 손바닥을 마주치며 말했다.

클라이드 리빙스턴은 지금 스탠리와 나란히 소파에 앉아서 텔레비전에 나오는 자기 모습을 보고 있었다.

"하지만 제 발이 언제나 달콤했던 건 아니에요."

텔레비전 속의 클라이드 리빙스턴이 더그아웃의 벤치에 앉으면서 말했다.

"예전에는 발 냄새가 너무 심해서 더그아웃에서 아무도 제 옆에 앉으려 하질 않았지요."

"발 냄새가 정말 코를 찔렀어요."

클라이드 맞은편에 앉은 여자가 말했다. 여자는 한 손으로 코를 붙잡고는 다른 손을 마구 휘저었다.

클라이드가 여자에게 '쉿!' 하는 동작을 했다.

"그런데 팀 동료가 스플루시에 대해 말해주더군요."

텔레비전 속의 클라이드가 말했다. 클라이드는 벤치 아래에서 스플루시 한 통을 꺼내 모두가 볼 수 있도록 높이 들었다.

"아침마다 두 발에 조금 뿌리기만 했지요. 그런데 이제는 정말 달콤한 발을 가지게 되었답니다. 게다가 싸한 느낌이 얼마나 좋은지 몰라요."

성우의 목소리가 이어졌다.

"스플루시. 발 냄새 치료제. 100프로 천연 재료. 발 냄새를 유발하는 세균과 미생물을 싹 잡아줍니다. 아 참, 싸한 느낌에도 반할 거예요."

파티에 참석한 사람들이 모두 박수를 쳤다.

"거짓말 아니에요. 예전에는 클라이드의 양말이 있는 방에는 들어갈 수조차 없었다니까요."

클라이드 옆에 앉은 여자가 말했다.

사람들이 까르르 웃었다.

여자가 계속해서 말했다.

"농담 아니에요. 발 냄새가 어찌나 고약하던지……."

"아, 고만 좀 해요. 당신 말 무슨 말인지 다들 알아들었으니까."

클라이드가 손으로 여자의 입을 막고는 스탠리를 보며 말했다.

"부탁 하나 들어줄래, 스탠리?"

스탠리는 왼쪽 어깨를 으쓱했다.

"난 캐비아를 좀 더 먹으러 갈 건데, 네가 손으로 우리 마누라 입 좀 막아줄래?"

클라이드는 스탠리의 어깨를 툭툭 두드리며 소파에서 일어났다.

스탠리는 어쩔 줄 모르고 자기 손을 한 번 본 다음 클라이드 리빙스턴의 아내를 보았다.

여자가 스탠리에게 윙크를 했다.

스탠리는 얼굴이 빨개져서는 그 자리를 떠 헥터에게로 갔다. 헥터는 아주 푹신한 의자 앞에 앉아 있었다.

의자에는 한 여인이 앉아 평화로운 표정을 지은 채 손가락으로 헥터의 머리카락을 만지작거리고 있었다. 여인은 아주 늙은 편은 아니었지만, 가죽 같은 피부에 고단한 세월의 흔적이 어려 있었다. 살면서 못 볼 것을 너무 많이 본 양 눈은 피곤해 보였다. 그리고 웃을 때면 입이 너무 크게 벌어져 얼굴이 작아 보일 정도였다.

아주 부드러운 목소리로, 여인은 어린 시절 할머니가 불러주던 노래를 흥얼거렸다.

만약에, 만약에……

달은 아무 대답이 없네.

해와 사라진 모든 것을 그저 말없이 되비출 뿐.

지친 내 늑대야, 힘을 내렴.

용감하게 돌아서렴.

높이 날거라, 내 아기 새,

나의 천사, 나만의 천사.

『구덩이』는 한마디로 대단한 작품이다. 짧은 줄거리로 요약하기에는 여러 사건이 너무도 교묘하고 기이하게 얽혀 있다. 간단하게 주제를 말하기에는 담긴 메씨지가 너무도 깊고 심오하다. 서너 개 단어로 작품의 성격을 언급하기에는 너무도 다양한 감정과 분위기를 담고 있다. 성장소설, 모험소설, 사회문제 고발 소설, 웃기는 소설, 권선징악과 해피 엔딩 등 모두가 이 작품을 설명할 수 있는 단어인 동시에, 이 작품을 제대로 평가하기에는 부족한 단어이다. 그만큼 이 작품이 주는 느낌, 재미, 감동, 교훈은 넓고 깊고 풍성하다. 그래서 '1999년 뉴베리 메달 수상작'이라는 산난한 사실만 인급하고, 요약이나 감상문 대신 책을 직접 읽어보라는 말로 대신하고픈

작품이다.

『구덩이』는 크게 세 이야기로 이루어졌다. 가장 주된 이야기는 유명한 야구 선수의 신발을 훔쳤다는 누명을 쓴 스탠리의 이야기이다. 스탠리는 그 벌로 사막 한가운데 있는 소년원으로 가게 된다. '초록호수 캠프'란 이름의 그 소년원은 '못된 아이들을 데려다가 매일 뙤약볕 아래서 구덩이를 파게 하면, 착한 아이들이 될 것'이라는 표어 아래 운영되는데, 스탠리는 다른 아이들과 함께 매일 그것도 온종일 구덩이를 판다.

두 번째는 한 여자의 사랑을 받는 데 실패하고 고향을 떠난 엘리아의 이야기이다. 그 과정에서 엘리아는 집씨 할멈과 한 약속을 저버리게 되고, 집씨 할멈은 엘리아의 집안에 대대로 내려올 저주를 남긴다.

세 번째는 인종 차별이 심하던 시대에 흑인 양파 장수를 사랑하게 된 백인 여선생 케이트 바로우의 이야기이다.

이 세 이야기는 처음에는 독자들을 어리둥절하게 할 정도로 따로 제시된다. 하지만 책장을 넘길수록 교묘하고 정교하게 아귀가 맞도록 고안된 퍼즐 조각임이 밝혀진다. 서로 상관없어 보이는 인물과 장소와 사건이 몇 세대를 이어 내려오는 질긴 인연과 운명의 끈으로 이어졌음이 밝혀지는 과정은 잘 짜인 추리소설의 치밀함과 기발함을 능가한다. 그러니 독자 여러분은 긴장해야 한다. 서둘러 읽다가는 무릎을 탁 칠 만한 연결 고리를 그냥 지나칠 수 있으니까

(한 예만 들자면, 소설의 절정 부분이라 할 만한 45~48장에서 도마뱀들은 왜 스탠리를 물지 않았을까?). 퍼즐 조각이 하나씩 맞추어질 때마다 독자 여러분은 탄성을 지르며 전율을 느낄 것이다.

지은이 루이스 쌔커는 이렇게 복잡하고 정교하게 얽힌 이야기를 간결하고 건조한 문체로 풀어나간다. 그리고 군데군데 유머가 있다. 사실 간결한 문체와 유머는 루이스 쌔커의 작품 세계 전반을 특징짓는 요소이자, 그가 미국에서 가장 사랑받는 어린이 청소년문학 작가 가운데 한 명이 된 이유이다.『웨이싸이드 학교 별난 아이들』을 비롯한 여러 작품에서 우리는 고정관념을 유쾌하게 파괴하고, 상상력으로 상식을 뒤집고, 약자에게 따스한 시선을 보내는 쌔커식 유머를 볼 수 있다.

쌔커의 다른 작품에 비해 좀 더 심각하고 무거운 소재를 다룬 『구덩이』에서 간결한 문체와 유머는 더욱 빛을 발한다. 소년원, 인종차별, 목숨을 건 탈출 등 긴박하고 암울한 상황에서 작가는 낙천적 유머 감각을 발휘한다. 이와 반대로, 엄청난 사설을 늘어놓아도 될 성싶은 곳에서는 아무런 감정이나 가치판단을 드러내지 않은 채 짧고 담담한 문체로 이야기한다. 이는 작품의 주제와 더할 나위 없이 어울리는 짝을 이룬다. 이 작품의 주제는 결국 사람의 삶이 선과 악, 행운과 불운, 애정과 증오, 자유와 운명의 대립에서 어느 하나로 결정되거나 설명할 수 없는, 매우 복잡하고 신비스럽고 풍요로운 그 어떤 것이라는 점이기 때문이다. 루이스 쌔커는 삶의 희극과 비극 사이에서 현란한 줄타기를 하며, 두부 자르듯 설명할 수 없는 오묘한 인생의 원리를 제시한다. 그 인생의 원리는 작가가 섣불리 개입해서 이거다 저거다, 하고 말할 수 없을 정도로 깊고 넓은 것이다. 그래서 쌔커는 여백의 미를 갖는 간결하고 건조한 문체를 택한 것이리라. 복잡한 퍼즐 조각을 다 맞춘 뒤에도 독자들 스스로 파거나 메워야 할 구덩이가 남는 셈이다.

주인공 스탠리는 "잘못된 시간에 잘못된 장소"에 있었던 불운 때문에 소년원에서 종일 구덩이를 파야 하는 신세가 되었다. 하지만 결국 그 구덩이는 "올바른 시간에 올바른 장소"에 있었던 행운으로 변했다. 행운과 불운, 선과 악, 희극과 비극, 자유와 운명 사이의 뒤섞임과 반전 속에서 드러나는 인연과 운명, 삶의 원리 앞에서 독자 여러분은 숙연한 기분이 들 것이다. 그리고 그 숙연함은 이렇게 풀어 쓸 수 있을 것이다. 행복한 사람은 겸손하게 되고, 불행한 사람은 희망을 품게 된다고. (그렇지만 희망도 하나의 "저주"일지 모른다. "희망이 산산조각 나는 아픔"을 겪게 될지도 모르니까.)

유머와 모험과 삶에 대한 진지한 성찰을 한데 아우른 작품, 인종차별과 소년원 같은 묵직한 사회문제를 다루면서도 추리소설처럼 흥미진진한 작품. 『구덩이』는 앞으로 어린이 청소년문학의 고전 반열에 오를 만한 작품이 될 것이다.

2007년 여름 김영선

'창비청소년문학'을 펴내면서

우리에게는 10대 청소년의 세계를 다룬 본격적인 문학작품이 드뭅니다. 그래서 청소년이 읽는 문학작품은 어른들이 읽는 것과 별다른 차이를 보이지 않습니다. 출판사에서 청소년에게 읽히고자 펴낸 문학작품 중에는 이른바 대표작가의 대표명작을 모은 선집들이 무척 많습니다. 인류의 문화유산으로서 전수되는 뛰어난 고전과 현대의 창작물을 청소년이 자기 것으로 만드는 일은 자연스럽고 또 바람직합니다. 문제는 그것들이 대개 입시를 겨냥한 수업의 연장선상에서 읽힌다는 점입니다. 더욱이 초등학교 시절에 동화책을 읽던 아이들이 그다음 단계에서 성인문학의 세계로 곧장 비약하게 됨에 따라 놓치는 것이 적지 않습니다. 청소년 고유의 감수성이라든지 청소년기에 직면하는 문제 등 작품과 대화를 나눌 수 있는 요소가 많지 않다면, 문학작품을 읽는 일은 점점 자기 삶과 무관한 요식행위처럼 되기 쉽습니다. 동화책에 푹 빠져서 책 읽기를 좋아하던 아이들이 나이를 먹어가면서 문학의 매력을 느끼지 못하고 즐거운 책 읽기에서 멀어지는 까닭 중 하나가 여기에 있다고 봅니다.

이런 사정을 염두에 두고 우리는 '창비청소년문학'을 새롭게 시작하려고 합니다. 그 핵심은 세상에 대한 자각을 높이고 성장의 의미를 함축한 뛰어난 문학작품입니다. '지금 여기'의 청소년과 공감대를 넓힐 수 있는 새로운 감수성과 문제의식을 충실하게 담아 즐겁고도 의미 있는 책 읽기가 되도록 힘쓸 생각입니다. 최근 청소년문학의 중요성이 새롭게 인식되면서 의욕을 보이는 작가들이 속속 모습을 드러내고 있습니다만, 양적으로나 질적으로나 아직 충분치 않을뿐더러 마땅한 청소년문학의 모범이 없어 작가들도 어려움을 겪는다고 합니다. 청소년문학이 아동문학과 성인문학 양쪽에서 소외되어 자기 정체성을 확립하지 못한 채 표류하는 현상은 마치 경계의 존재라 하여 주변부로 밀려난 청소년의 현재 모습을 떠올려주는 것이겠습니다. 우리는 '지금 여기'의 청소년을 뚜렷이 의식하되 현대 세계문학의 다양한 흐름을 적극적으로 받아 안으면서 새로운 도전에 나서고자 합니다. 장르와 영역을 넓히는 국내 창작물과 외국작품의 소개는 물론이고, 참신한 시각으로 재구성한 숨은 작품들과 창의적인 기획물의 모색 등이 여기에 포함될 것입니다. 새 길을 여는 '창비청소년문학'에 많은 관심을 부탁드립니다.

2007년 5월

창비청소년문학 기획편집위원회

창비청소년문학 2

구덩이

초판 1쇄 발행 • 2007년 8월 10일
초판 67쇄 발행 • 2024년 6월 17일

지은이 • 루이스 쌔커
옮긴이 • 김영선
펴낸이 • 염종선
책임편집 • 박숙경
펴낸곳 • (주)창비
등록 • 1986년 8월 5일 제85호
주소 • 10881 경기도 파주시 회동길 184
전화 • 031-955-3333
팩시밀리 • 영업 031-955-3399 편집 031-955-3400
홈페이지 • www.changbi.com
전자우편 • ya@changbi.com